Das Buch

Leonie Ossowski sucht in ihren Romanen immer wieder Schauplätze auf, die ihr vertraut sind. So war Schlesien, das Land ihrer Kindheit und Jugend, das Thema ihrer großen Roman-Trilogie »Wolfsbeeren«, »Weichselkirschen« und »Holunderzeit«. Ihr neues Erzählumfeld ist Berlin, ihre zweite Heimat. Mit der »Maklerin« führt sie den Leser mitten hinein ins Großstadtgetriebe rund um den Kurfürstendamm, wo ein seltsames Original, »die Tütenlady«, ihren Wohnsitz unter freiem Himmel hat. Eine rätselhafte Existenz für alle, die ihr begegnen. Leonie Ossowski hat ihr eine Geschichte gegeben.

Dora Botag, 1925 in der Nähe von Riga in ärmliche Verhältnisse hineingeboren, folgt ihrer Familie 1939 im Zuge des Umsiedlungsprogramms der Nazis nach Polen, wo in enteigneten Häusern und Betrieben bessere Lebensbedingungen locken. Nach 1945 müssen sie ihr neues Zuhause verlassen, jetzt sind sie die Vertriebenen. In Berlin nimmt Dora mit einem unbändigen Verlangen nach Sicherheit und Wohlstand ihr Leben allein in die Hand. Die fünfziger Jahre sind ein idealer Boden für eine ehrgeizige, nach oben strebende Frau. Sie heiratet einen erfolgreichen Lebensmittelhändler, hegt mit ihren beiden Kindern das Familienglück. Doch dann gerät sie in den Sog des Unternehmerbooms. Sie wird Maklerin, besessen von Ehrgeiz, Besitz und Geld. Das persönliche Unglück nimmt seinen Lauf, ohne daß sie es so recht merkt. Doch als sie mit der Vergangenheit eine alte Schuld einholt, kann sie in ihrer bürgerlichen Existenz nicht weitermachen. Sie flüchtet sich in die Anonymität der Obdachlosen …

Die Autorin

Leonie Ossowski, geboren 1926 in Niederschlesien, lebt als freie Schriftstellerin in Berlin. Sie hat neben Theaterstücken für Jugendliche und Filmdrehbüchern zahlreiche Romane und Erzählungen geschrieben. Sie wurde 1980 mit dem Adolf-Grimme-Preis ausgezeichnet, 1981 mit dem Schlesischen Kulturpreis. 1982 erhielt sie den Schillerpreis der Stadt Mannheim.

Im Wilhelm Heyne Verlag liegen vor: *Stern ohne Himmel* (01/7817), *Wer fürchtet sich vorm schwarzen Mann* (01/7835), *Blumen für Magritte* (01/8183), *Weckels Angst* (01/8255), *Von Gewalt keine Rede* (01/8417), *Wilhelm Meisters Abschied* (01/8795), *Neben der Zärtlichkeit* (01/8823), *Weichselkirschen* (01/9256), *Wolfsbeeren* (01/9257), *Holunderzeit* (01/9258).

LEONIE OSSOWSKI

DIE MAKLERIN

Roman

WILHELM HEYNE VERLAG
MÜNCHEN

HEYNE ALLGEMEINE REIHE
Nr. 01/9739

Umwelthinweis:
Dieses Buch wurde auf
chlor- und säurefreiem Papier gedruckt.

Wilhelm Heyne Verlag GmbH & Co. KG, München
Printed in Germany 1996
Umschlaggestaltung: Atelier Ingrid Schütz, München,
unter Verwendung des Originalumschlags von
Lo Breier/Kai Eichenauer
Foto: Urs F. Kluyver/Focus, Hamburg
Gesamtherstellung: Elsnerdruck, Berlin

ISBN 3-453-09262-7

DIE JALOUSIEN SIND HERUNTERGELASSEN. In Hausschuhen schleicht Dora Botag von einem Zimmer ins andere. Sie will weder ins Tageslicht sehen müssen noch ihre Schritte hören. Nicht hier in den eigenen vier Wänden, nicht jetzt, da ihr Entschluß feststeht, heute für immer und unbemerkt zu verschwinden. Aber noch ist es nicht so weit. Noch treibt es sie hin und her, als müsse sie darauf achten, daß alles, was sie zurücklassen wird, ihrem Gedächtnis nicht verlorengeht. Was in Schränken verschlossen und auf den ersten Blick unüberschaubar ist, wird von ihr aufgelistet. Jeden silbernen Löffel zählt sie, jeden Teller, jede Tasse ihres Meißner Porzellans, und auch die Damasttischtücher läßt sie nicht aus. Man könnte meinen, sie müsse ihr Hab und Gut verzollen, so ist sie bei der Sache.

Als habe sie unerwartet jemand gerufen, hastet sie plötzlich in ein anderes Zimmer und bleibt dort wie angewurzelt stehen, bewegt ihre Lippen und flüstert Namen, die sie laut nicht aussprechen kann.

Schotte, sagt sie, während ihr Blick über das große Bett in ihrem Schlafzimmer gleitet, in dem Schotte nie neben ihr gelegen hat. Ein schönes Bett, breit genug für zwei, obwohl Dora, von ein paar Ausnahmen abgesehen, immer allein darin geschlafen hat. Wie gesagt, nie mit Schotte, der sich auf einmal und unerwartet jung aus ihrem Gedächtnis schält.

Meine Dora, sagt er, meine Dora, ich liebe dich. Und

im selben Moment ist Schotte auch schon wieder weg, hat sich in Luft aufgelöst und ist in ihre Vergangenheit zurückgeschlüpft. Sie geht um das mächtige Bett herum, das von zwei runden Nachttischen flankiert ist, auf denen je eine italienische Fayence steht, die Schotte ihr einmal geschenkt hat. Die Kissen sind abgezogen, die Decken ordentlich weggeräumt, als sei hier jemand gestorben. Schotte, immer wieder fällt ihr Schotte ein, und sie muß froh sein, wenn er ihr nicht abermals erscheint, womöglich so, wie er heute aussieht, dickbäuchig und mit Tränensäcken, groß wie Datteln unter den Augen.

Der Schmuck ist im kleinen Tresor in der Hinterwand ihres Kleiderschranks verschlossen, registriert und für niemanden zugänglich.

Und dann ist sie wieder da, die Angst, die ihren ganzen Körper zittern läßt. Ein Stimmengewirr dringt in ihre Ohren, Radiomeldungen, Telefonanrufe und immer wieder die Frage, ob es sich in diesem Fall denn wirklich um die angesehene Berliner Immobilienmaklerin Dora Botag handele. Am deutlichsten aber sind Rolf und Lilli zu hören.

So nicht, sagen sie, so kommst du uns nicht davon.

Dora knipst in der ganzen Wohnung das Licht an. Sie sieht in die Ecken, hinter Türen und öffnet Schränke. Im hellen Schein der Lampen wirkt ihr Gesicht grau und läßt alle Falten deutlich erkennen. Es dauert eine Weile, bis sich ihre Nerven beruhigen. Schließlich schläft sie vor Erschöpfung sogar ein, und als sie die Augen wieder öffnet, muß sie erneut die Uhrzeit einordnen, den Tag und ihr Vorhaben.

Das Silberbesteck ist noch nicht fertig gezählt, und

wenn sie alles in der von ihr gewünschten Ordnung zurücklassen will, muß sie sich ranhalten.

Sie geht in die Zimmer der Kinder, in denen sich nichts verändert hat, seit sie ausgezogen sind. In Lillis Zimmer sitzen ein paar Stofftiere auf dem Regal, und in der Ecke steht eine alte Schaufensterpuppe, mit nichts weiter als einem Hut und einem vor Jahren ausrangierten, fleckigen Regenmantel bekleidet. Obwohl sie von der Putzfrau hatte aufräumen lassen, liegen noch immer allerlei Sachen herum, Seidenblumen, Zeitschriften und übergroße Ohrringe. Von der Lampe baumelt ein durchsichtiger Schal, und in allerhand winzigen Gefäßen stecken halbverbrannte Räucherstäbe, ganz so, als habe Lilli noch letzte Nacht hier geschlafen. Dabei lebt sie in Frankfurt, betreibt dort eine Modeboutique und legt auf einen Besuch der Mutter schon lange keinen Wert mehr. Rolfs Zimmer zeigt eher militärische Ordnung. An einer Wand hängt eine Weltkarte, die anderen Wände sind kahl. Als Halbwüchsiger hatte Rolf über sein Bett eine rote Flagge mit einem leicht verfremdeten Hakenkreuz in weißem Rund genagelt. Als Dora darauf bestand, die Fahne wieder abzunehmen, hatte sich Rolf fortan geweigert, irgend etwas anderes an die Stelle des von ihm verehrten Tuchs zu hängen. Heute wohnt er in einer von Dora gekauften kleinen Eigentumswohnung im Grunewald und ist auf dem Weg, eine Beamtenkarriere zu machen.

Die Trennung von den Kindern hat längst stattgefunden, ist plötzlich gekommen mit Härte und Haß und hat Unversöhnlichkeit hinterlassen. Nein, von den Zimmern der Kinder braucht sie nicht Abschied zu nehmen. Das hat Dora Botag schon hinter sich.

Als alle Arbeit getan ist, alles aufgeräumt und gezählt, die Möbel mit Tüchern bedeckt sind, beginnt Dora sich umzuziehen. Sie schiebt in den Schränken Pelze beiseite, Kostüme und Kleider aus teuren Geschäften, bis sie endlich gefunden hat, was ihr geeignet erscheint, einen alten, ein wenig unförmigen Rock und eine verwaschene Bluse, über die sie einen ärmellosen Pullover zieht. Kein Kleidungsstück paßt zum anderen. In diesem derart ärmlichen Aufzug kann sie sicher sein, nicht als die reiche Maklerin, die sie ist, erkannt zu werden. Nur das Schuhwerk macht ihr noch Sorgen. Nichts ist zu gebrauchen. Zu feines Leder, zu modisch, zu gepflegt, kein Paar mit schiefem Absatz dabei. Sollte ihr Vorhaben vielleicht an den Schuhen scheitern? Abermals geht sie in die Zimmer ihrer Kinder und findet bei Rolf das, was sie sucht, ein Paar ausgetretene Stiefel aus seiner Schulzeit, die Dora mit Hilfe dicker Socken einigermaßen passen. Sie geben ihr einen behäbigen, hin und wieder schlurfenden Gang. Obwohl die Jahreszeit noch warm ist und der Sommer sich in die Länge zu ziehen scheint, nimmt sie von Lillis Schaufensterpuppe den alten Regenmantel und zieht ihn über. Zum Schluß bindet sie sich ein Tuch um den Kopf und setzt eine Sonnenbrille auf, deren dunkle Gläser das halbe Gesicht verdecken.

Eigentlich könnte Dora Botag jetzt ihre Wohnung verlassen. Aber sie zögert, und einen Augenblick lang sieht es so aus, als wolle sie sich die Sachen wieder vom Leib reißen, die Tücher von den Möbeln nehmen und das Bett frisch beziehen. Mit den zu großen Stiefeln an den Füßen schlurft sie zum Tresor im Schrank. Ganz hinten liegt ein in Seidenpapier gewickeltes Glas.

Es ist nicht sehr groß und paßt in eine Manteltasche. Aber bevor sie es dort hineinsteckt, hebt sie es gegen das durch die Jalousien gebrochene Licht und flüstert: Dich nehme ich mit.

Es scheint, als ob das winzige, ins Glas gravierte Männlein mit dem großen Schlapphut auf dem Kopf nickt und ihr zulächelt. Ein wenig verwachsen, mit spindeldürren Beinen und einem Messer in der Hand, macht es sich an einem kleinen Bäumchen zu schaffen. Ein Baumschneider, bucklig zwar, aber von so feiner Gestalt ins Glas geschnitten, als sei er lebendig. Und als Dora das Glas zur Hälfte mit Wein füllt, beginnt das Männlein zu schillern und das Zweiglein an seinem Hut zu tanzen. Noch einmal schlurft Dora durch die Wohnung. In jedem Raum hebt sie das Glas, trinkt einen Schluck und schließt dann die Tür hinter sich zu. Nur im Berliner Zimmer läßt sie sich Zeit. Hier ist es so dunkel, daß es nicht nötig ist, die Jalousie herunterzulassen. Wenn Dora die Lampen anmacht, ist das der hellste Raum in der Wohnung. Aber sie macht die Lampen nicht an. Blind würde sie sich zurechtfinden, egal, von welcher der fünf Türen aus sie das geräumige Durchgangszimmer mit nur einem Fenster zum Innenhof beträte.

Hier hat sie ihre Schätze gehortet. Auf Regalen zwischen den Türen reiht sich ein Wertgegenstand an den anderen: Silberkannen und Teller, Tabakdosen, Pendülen, Flakons, Wiener Bronzen, chinesisches Porzellan, silberne Leuchter und Humpen, ein Teeservice, dessen Kostbarkeit auf den dunklen Tüchern besonders zur Geltung kommt. Fast sieht es hier aus wie in einem kunterbunten Antiquitätenladen.

Dora hat die seltenen Stücke nach dem Datum des Erwerbs geordnet, als sei darin der Mehrwert ihres Besitzes ablesbar. Sie weiß auf Anhieb von jedem Gegenstand zwar den Kaufpreis, aber wenn sie die Herkunft benennen sollte, käme sie ins Stottern und würde das eine mit dem anderen verwechseln.

In ihrer merkwürdigen Aufmachung, das Glas mit dem Baumschneider in der Hand, steht sie inmitten dieser Schätze und trinkt den letzten Schluck Wein. Dann steckt sie das Glas, benutzt wie es ist, in die Tasche ihres Regenmantels, greift nach dem Hausschlüssel im Flur, nimmt das Portemonnaie, schließt hinter sich ab und läuft, ohne den Fahrstuhl zu benutzen, die Treppen hinunter aus dem Haus. Ohne sich noch einmal umzusehen, schlurft sie den Kurfürstendamm abwärts, Richtung Halensee.

Dora Botag begibt sich auf die Flucht, und niemand nimmt davon Kenntnis. Es ist die Angst vor ihrer Vergangenheit, die sie aus den eigenen vier Wänden treibt, die sie unerwartet eingeholt hat und der sie sich nun mit allen Mitteln zu entledigen versucht. Sie wechselt mal wieder den Standort. Das ist etwas, was sie in ihrem Leben gelernt hat und was ihr der Vater schon beibrachte, als sie vierzehn Jahre alt war. Damals in Lettland.

Es ist ein kleiner Ort zwischen Riga und der litauischen Grenze, in dem Dora Botag 1925 geboren wurde. In ihrer Kindheit hörte sie vom Vater ständig den Satz: Wenn der Großvater nicht das Geld zum Fenster hinausgeworfen hätte, wären wir heute reiche Leute, und ich hätte in Riga eine Möbelfabrik.

Lange Zeit verstand Dora nicht, warum der Vater damals das Geld nicht vor dem Fenster im Garten aufgehoben hatte, und nie fand sie den Mut, den Großvater zu fragen, was er denn für einen Grund gehabt habe, sein Geld wegzuwerfen. Nur einmal hatte sie sich beiläufig erkundigt, warum der Vater so arm sei und keine Möbelfabrik in Riga besitze, und der Großvater hatte lächelnd geantwortet, daß es Gott allem Anschein nach so gewollt habe, damit sie hier bei ihm in Kalni bleiben könne.

Von da an verbrachte Dora jede freie Minute bei dem Großvater, den sie mehr liebte als ihre Eltern.

Der Vater verdiente sein Geld als Stellmacher, fertigte Wagenräder an, Deichseln, Leitern, Stalltüren, Fensterläden und was man sonst noch so auf dem Land brauchte. Mit ihm verband Dora das ewig laufende Geräusch der elektrischen Säge, das ihr ähnlich vertraut war wie sein ewiges Nörgeln über die Armut und unverdiente Last seines Lebens. Die Mutter war an der Seite des Vaters mürrisch geworden, jammerte mehr, als sie lachte, und wünschte sich sehnlichst, daß wenigstens die Tochter mal etwas Besseres werden würde.

Aber Dora wollte nichts Besseres werden als das, was sie war, die Tochter des Stellmachers in Kalni. Sie liebte das kleine Haus, in dem sie mit den Eltern wohnte, dessen Fenster im Winter mit Eisblumen zuwuchsen und in dem der Ofen in der Wohnstube so groß war, daß man darauf sitzen konnte. Sie liebte den Garten, die Wiesen hinter dem Haus, auf denen sie im Sommer die Gänse des Großvaters hütete und dabei von einem Ende der Welt bis ans andere sehen konnte.

Der wichtigste Mensch aber blieb der Großvater, egal, ob er nun sein Geld aus dem Fenster hinausgeworfen hatte oder nicht.

Zu ihrem zehnten Geburtstag bekam sie von ihm ein Bäumchen geschenkt, eine Weißbuche, die sie selbst einpflanzen durfte. Das Schönste daran war, daß der Großvater sie lehrte, das Bäumchen zu beschneiden. Später, so sagte er, würde es dann die Form annehmen, die sie sich wünschte und von der sie glaubte, daß es ein Kunstwerk darstelle. Dora freute sich jedesmal auf den Tag, wenn es wieder so weit war, daß sie unter Aufsicht des Großvaters die Äste beschneiden durfte. Dann holte sie die Eltern, die meist sauertöpfisch das Werk ihrer Tochter betrachteten. So ein Blödsinn, sagte der Vater, und die Mutter sagte, Dora solle lieber kochen lernen, als an Bäumen herumzuschnippeln. Nur der Großvater strich ihr über den Kopf und schenkte ihr später eine Baumschere.

Die Familie Botag gehörte zu den Deutschbalten, und das hatte im Jahre 1939 seine Konsequenzen. Doras Vater wurde über Nacht ein Nazi. Bis dahin hatte er nie viel von Deutschland geredet, aber jetzt sprach er vom Reich und vom Führer, dem jeder Deutsche zu dienen hätte. Er traf sich immer öfter mit anderen Nazis, und an einem Sonntag beim Mittagessen rückte er mit der Ungeheuerlichkeit heraus, daß ihn der Führer rufe.

Dich? fragte die Mutter ungläubig und ließ den Löffel in den Teller fallen.

Ja, mich und dich und Dora, und wenn Großvater will, kann er auch mitkommen.

Wohin?

Nach Polen. Wenn die Deutschbalten sich für die Umsiedlung entscheiden, bekommen sie nach dem neuen Repatriierungsgesetz dort alles, was sie wollen.

Wer lebt schon in der Fremde besser als zu Hause, wandte die Mutter ein und aß weiter, als sei damit das Thema beendet. Aber der Vater ließ nicht locker. Der Freundschaftspakt mit den Sowjets erlaubt denen, hier Stützpunkte einzurichten, und bald werden sie ganz Lettland besetzen. Hitler zieht, und Stalin schiebt, meinte der Vater und machte ein allwissendes Gesicht. Sie sagen, wir sollen uns fortmachen, solange man uns rausläßt. Wer nach Toresschluß noch da ist, wird nach Sibirien verschleppt.

Aber wenn wir ins Reich kommen, wirst du Soldat werden müssen, und das ist auch nicht viel besser, wandte die Mutter ein. Darauf hob der Vater seine linke Hand, an der zwei Finger fehlten, und behauptete zu Doras Erstaunen erstmals, ein Krüppel zu sein. Und die könnte der Führer im Krieg nicht gebrauchen. Nein, fuhr er fort, auf ihn warteten andere Aufgaben. Er könne zum Beispiel in Kosten bei Posen eine große Tischlerei übernehmen mit entsprechender Werkstatt, Holzlager und einem Haus, dreimal so groß wie dieses, mit Badezimmer und Toilette.

Jesus Maria, sagte die Mutter und vergaß wiederum weiterzuessen. Da hielt es Dora nicht mehr am Tisch. Sie rannte hinaus in den Garten, warf sich unter ihre Weißbuche und hielt sich mit beiden Händen an dem noch schmalen Stamm fest. Nie würde sie von zu Hause weggehen, nicht von ihrem Bäumchen und schon gar nicht vom Großvater, egal, wie groß das Haus und die Tischlerei in Polen waren. Sie drückte ihr Gesicht in den Boden und heulte. Dabei sah sie den Vater vor sich, wie er die linke Hand lachend hochhob, als sei plötzlich der Verlust seiner Finger ein Glücksfall für ihn.

Dora erinnerte sich noch genau, wie es damals passiert war. Der Vater hatte ein Brett in die Bandsäge geschoben. Aber kurz bevor es in zwei Hälften geteilt war, mußte er so heftig niesen, daß ihm die linke Hand ausrutschte und auf dem nun zerschnittenen Brett auch zwei seiner Finger lagen. Grau im Gesicht war der Vater aus der Werkstatt getaumelt und hatte Dora zugerufen, der Mutter Bescheid zu sagen. Wie er dann ins Krankenhaus gekommen ist, daran kann sie sich nicht mehr erinnern. Sie war jedenfalls in die Küche gelaufen, hatte die Mutter vom Herd weg in die Werkstatt gezerrt und auf die Bandsäge und das Brett gewiesen, wo die Finger des Vaters lagen, als habe er sie dort versehentlich zurückgelassen. Wie übergroße Engerlinge sahen sie aus, weißlich und ein wenig gekrümmt in einem kleinen Pfützchen Blut, während der Werkstattboden davon überströmt war. Die Mutter hatte aufgeschrien, war aus der Werkstatt gerannt, wahrscheinlich dem Vater hinterher ins Krankenhaus. Dora gelang es nicht, sich so ohne weiteres von dem Anblick der unnütz gewordenen Finger zu lösen. Vor allem, was sollte mit ihnen geschehen? Schließlich waren es die Finger des Vaters, auch wenn er sie, von der Hand getrennt, nicht mehr gebrauchen konnte. Dora entschied sich, sie in ein Kästchen zu schieben, in dem der Vater Nägel aufzubewahren pflegte, und brachte sie dem Großvater. Der hatte nicht lange überlegt und die Finger samt Kästchen auf dem Fahrrad ins Krankenhaus geschafft, um sie da wieder annähen zu lassen, wo sie der Vater abgesägt hatte. Aber es hieß, dafür sei es zu spät, die Mutter hätte sie gleich hinterher bringen müssen.

Dora verscheuchte diese Erinnerung, raffte sich unter der Weißbuche auf, wischte die Tränen ab und lief quer über die Wiesen zum Großvater. Alle Worte gerieten ihr durcheinander, und sie mußte dreimal von vorn anfangen, bis der Alte verstand, was ihm die Enkelin berichten wollte. Ins Polnische will der Vater repatriieren?

Dora nickte.

Aber er ist doch kein Pole, er ist Deutschbalte, sagte der Großvater, und Dora erzählte weiter von der großen Tischlerei, dem Haus und der Befürchtung, daß die Sowjets alle, die nicht umsiedelten, nach Sibirien verschleppen würden.

So ein Quatsch, sagte der Großvater, das hier ist unsere Heimat, wir haben niemandem etwas getan, warum soll man uns nach Sibirien verschleppen.

Der Vater hat gesagt, du kannst mitkommen, flüsterte Dora und kroch auf des Großvaters Schoß. Sie sah ihn nicht an. Sie hielt sich nur an ihm fest, so wie sie sich zuvor an der Weißbuche festgehalten hatte.

Wenn man alte Bäume und alte Männer verpflanzt, antwortete der Großvater nach einer längeren Pause, dann sterben sie. Mehr sagte er nicht, war nicht umzustimmen und zu keiner weiteren Äußerung bereit.

Nun begann eine Zeit der Unruhe. Der Vater schien sich mehr bei der Repatriierungsstelle als in seiner Werkstatt aufzuhalten und kam eines Tages mit der ungewöhnlichen Nachricht zurück, daß es nun losginge, aber nur das Nötigste zu packen sei, denn in Kosten würden sie alles vorfinden.

Was heißt alles? fragte meine Mutter.

Hausrat und Möbel, Betten und Wäsche.

Also packte sie nur die persönlichen Sachen zusammen. Dora packte nicht, schwieg und lag heulend unter der Weißbuche. Für sie gab es nur den einen Wunsch, für immer in Kalni zu bleiben. Aber der Vater ließ keine Widerrede zu, die Tochter gehörte zu den Eltern. Es gab keinen Trost für Dora, auch nicht den, daß der Großvater mit der Tante ins elterliche Haus ziehen würde und die Weißbuche unter seiner Obhut bliebe, so lange er lebte. Einmal verstieg sich der Vater sogar zu der Bemerkung, daß im Krieg alles möglich sei, denn auf der Behörde habe er gehört, daß die Deutschbalten wieder zurückkämen, und nicht nur die. Aber vorerst seien nun mal die Russen in Lettland am Drükker.

Jedesmal, wenn Dora mit dem Großvater allein war, flehte sie ihn an, bei ihm in Kalni bleiben zu dürfen. Dann nahm er sie in den Arm, strich mit seinen rauhen Altmännerhänden über ihr Haar und sagte, kein Großvater könne der Enkelin die Mutter ersetzen, auch er nicht. Und als Dora ihm widersprechen wollte, sah sie, wie sich aus seinen Augenwinkeln Tränen lösten. Sie rannen von Fältchen zu Fältchen über sein Gesicht, ohne daß er sie abwischte. Darüber erschrak sie so sehr, daß sie ihn nie mehr bat, bei ihm bleiben zu dürfen.

Der Tag des Abschieds fiel Dora später aus dem Gedächtnis. Sie konnte sich nur noch an die Szene auf dem Schiff erinnern, wo sie sich plötzlich geweigert hatte weiterzugehen.

Ich will nicht heim ins Reich, hatte sie so laut geschrien, daß sich alle nach ihr umdrehten, ich will auch nicht nach Polen, ich will nach Hause. Darauf hatte sie der Vater mit den drei Fingern seiner linken Hand am Schlafittchen gepackt, die Anlegetreppe hinaufgezerrt und sich bei den Umstehenden für die Undankbarkeit seiner Tochter dem Führer gegenüber entschuldigt.

Es ist die Hitze, die Dora zu schaffen macht. Sie treibt ihr unterm Regenmantel den Schweiß aus den Poren. Am einfachsten wäre es, das lästige Kleidungsstück auszuziehen. Aber wohin damit? Soll sie mit einem Mantel über dem Arm durch die Straßen ziehen? Außerdem spürt sie in den Stiefeln ihres Sohnes brennende, pfenniggroße Blasen an den Fersen wachsen. Auf jede Bank, an der sie vorbeikommt, setzt sie sich hin, um auszuruhen. Läuft sie aber weiter, dann bemüht sie sich, ein und dasselbe Tempo einzuhalten, ganz so, als habe sie ein Ziel. Nur hat sie kein Ziel, und wie die Dinge liegen, wird sie auch nie mehr eins haben. Im Laufen hängt ihr Kopf vornüber, als habe sie nur anderer Leute Schuhwerk im Sinn. Das Blickfeld, nicht größer als eine Gehwegplatte mit den ständig wechselnden Schuhen, die neben und vor ihr auftauchen, scheint ihr vorerst für die Vorstellung zu genügen, nicht allein auf der Welt zu sein. Sie muß niemandem ins Gesicht sehen.

Nur die Hitze unter dem Plastikmantel und die schmerzenden Blasen an den Füßen lassen Dora immer öfter daran denken, aufzugeben. Sie fühlt den Schlüssel ihrer Wohnung in der Tasche. Sie weiß, daß sie nur zwanzig Minuten in der umgekehrten Richtung zu laufen braucht, um wieder zu Hause zu sein. Aber sofort ruft sie sich die Angst ins Gedächtnis, die sie aus ihrem Leben auf die Straße getrieben hat, die Angst und das Gefühl der Schuld, das sich wie eine gläserne Glocke über sie stülpt. Aus Erfahrung weiß sie längst, daß sie jetzt an einem Punkt angelangt ist, der Folgen haben würde, die sie nicht will. Eine Rückkehr in die Wohnung kommt für sie nicht in Frage.

Um sich aus der Schlinge zu ziehen, konzentriert sie sich weiter auf die Schuhe vor ihr auf dem Pflaster, und es scheint, als nehme jeder einzelne Absatz ein Stück ihrer Vergangenheit mit sich fort. Ihr Kopf wird ganz leicht. Endlich hört sie auch auf zu schwitzen. Inzwischen ist sie zum dritten oder vierten Mal bis zur Halenseebrücke gekommen, die sie bisher immer nur im Auto überquert hat. Der Blick über das Geländer ist triste. Schienen, die von Nordwest nach Südost führen, ohne daß ein Zug zu hören oder zu sehen ist. Ein Herabstürzen auf die Gleise ohne eine Lokomotive, die den Körper überrollt, stellt eher Knochenbrüche in Aussicht als den gewünschten Tod. Wenn sie sich schon hinunterstürzt, will sie wenigstens bis zur Unkenntlichkeit zermalmt sein. Der Gedanke holt ein kleines Lächeln in ihr Gesicht, das ebenso schnell wieder verschwindet. Kein Zug, kein Tod, statt dessen verspürt Dora Hunger. Vom Kiosk her steigt ihr Bratwurstgeruch in die Nase.

Na Oma, fragt der Mann hinter dem Tresen, kannste denn auch bezahlen?

Befriedigt, daß ihre Verkleidung so perfekt ist, kramt sie umständlich in den Taschen, obwohl sie ganz genau weiß, in welcher Tasche sich ihr Geld befindet. Der

Kioskmann hält den Pappteller mit der Wurst zurück und will erst wissen, was Dora denn geldmäßig auf Lager habe. Statt einer Antwort reicht sie ihm einen Fünfzigmarkschein. Der Mann ist perplex.

Ehrlich, ich hab' mir gedacht, ich hätte 'ne tote Ziffer vor mir, murmelt er, schiebt Dora die Wurst rüber, danach das Wechselgeld und wünscht ihr einen guten Appetit.

Die Wurst ist scharf, viel zu scharf, Dora möchte sie am liebsten wegwerfen. Ein bißchen verloren steht sie zwischen den Arkaden, die von einem Kiosk zum anderen reichen und dadurch den Henriettenplatz von der Straße abschirmen. Jeweils zwei dicke Säulen enden oben in trichterähnlichen, goldenen Schüsseln, über denen ein kleines, ganz und gar sinnlos wirkendes gläsernes Dach schwebt. Am unteren Ende hingegen sind die Säulen mit unkenntlichen, in sich verschlungenen Buchstaben beschmiert.

Gegenüber leuchtet ein in den Himmel zeigender Pfeil, um dessen Spitze hin und wieder ein Taubenschwarm wischt. Auch der Pfeil ist bis in Kopfhöhe beschmiert, ebenso die Fassade des Hauses dahinter und sogar der Fahrplan auf der Tafel an der Haltestelle.

Die Busse fahren in gleichmäßigen Abständen an Dora vorbei. Hinter den Fenstern des Doppeldeckers teilnahmslose, müde Gesichter von Menschen, die alle auf dem Weg nach Hause sind. Feierabend, den es für Dora nicht mehr gibt. Für sie wird von nun an eine Stunde wie die andere ablaufen, egal, ob es Nacht ist oder Tag. Der Gedanke daran raubt ihr fast den Verstand. Vielleicht ist sie wirklich nicht mehr ganz bei Troste, vielleicht ist das neue Leben ohne Vergangenheit mit dem sichtbaren Verzicht auf Wohlstand ein Wahn?

Dora reibt sich mit dem Handrücken das Fett der Bratwurst von den Lippen. Zum ersten Mal, seit sie die Straße hin und her läuft, sieht sie auf die Uhr und stellt fest, daß sie kaum länger als vier Stunden unterwegs ist. Vier Stunden, und jede davon so lang wie ein Tag.

Der nächste Bus hält. Dora brauchte nur einzusteigen, bis zur Uhlandstraße zu fahren und von dort aus ein paar Schritte in ihre Wohnung zu gehen. Den Hausschlüssel hält sie längst in der Hand. Ein paar Handgriffe, und die Wohnung ist wieder im alten Zustand. Schon hat sie die Mark parat, hebt sich mit geschlossenen Augen vom Sitz, als sie angesprochen wird.

Wenn du die Augen nicht aufmachst, Mutter, fliegste über deine feinen Stiefel, und das wär 'n Jammer in deinem Alter. Der Mann, der vor ihr steht, ist besoffen, unrasiert, dreckig und stinkt. In der Hand hat er einen halbvollen Flachmann, den er Dora hinhält.

Trink mal, sagt er freundlich, das hilft gegen alles.

Danke, ich trinke keinen Alkohol.

Der Mann schüttelt staunend den Kopf, leert seinen Flachmann und sagt nach einem prüfenden Blick: Das kommt noch, verlaß dich drauf, ich kenn mich da aus.

Vielleicht, antwortet Dora und ist über sich selbst verwundert, daß sie sich mit diesem Penner einläßt. Sie hat etwas an ihm entdeckt, was sie nicht bei sich hat, sein Hab und Gut. Er schleppt ein paar Tüten mit sich herum, und, was sie am meisten fasziniert, er trägt einen alten Schlafsack zusammengerollt um die Hüften.

Alles, was er braucht, hat an ihm seinen Platz. Eine Art Ordnung am eigenen Körper. So verwahrt er zum Beispiel seine Zigaretten, von denen er sich gerade eine ansteckt, unter der Mütze, während das Feuerzeug am Schaft seines Stiefels hängt. In der rechten Jackentasche befindet sich ein weiterer Flachmann, und aus der linken Tasche hängt das Stück einer zusammengefalteten Plastikplane.

Zum Schlafen? fragt Dora und zeigt auf den flatternden Zipfel.

Der Penner findet die Frage überflüssig, nickt aber, weil er gegen eine Unterhaltung nichts hat. Er stellt seine Tüten ab und läßt sich auf einen Hocker unter den Arkaden nieder. Der nächste Bus hält. Dora steigt nicht ein. Ihr geht die Frage im Kopf herum, wo der Penner die Nacht verbringt. Und weil sie ein Du nicht so ohne weiteres über die Lippen bringt, kommt ihre Frage dem Penner spanisch vor.

Wo kann denn unsereins am besten schlafen? Sie spürt die Röte, die ihr dabei ins Gesicht steigt.

Na, im Kempi natürlich, antwortet der Penner, und wenn da kein Zimmer mehr frei ist, im Interconti.

Ich meine es ernst, sagt Dora und versteht nicht, warum der Penner ihr plötzlich den Vogel zeigt. Für wie bekloppt sie ihn halte, will er wissen, daß er ihr für nichts und wieder nichts seine Platte verrate. Und um das Gespräch, von dem er sich nichts mehr verspricht, zu beenden, fügt er laut hinzu, sie könne sonst wem die Hosen ausziehen, aber nicht ihm. Ein paar Leute an der Bushaltestelle drehen sich um, worauf der Penner mit einer obszönen Geste auf Dora zeigt.

Gelächter, ein paar Frauen schütteln die Köpfe. Elendes Gesocks.

So schnell es die schleppenden Stiefel zulassen, rennt Dora weg. Vor Scham spürt sie nicht einmal die schmerzenden Blasen an den Füßen. Sie biegt in eine Nebenstraße ein, läuft, die Augen auf das Pflaster gerichtet, erst nach rechts, dann nach links parallel zum Ku'damm Richtung Uhlandstraße.

Die Alte hat was verloren, sagt ein Junge auf der gegenüberliegenden Seite zu seinem Freund und kommt zu ihr herüber. Soll ich suchen helfen, fragt er freundlich, mein Opa sagt immer, wenn's drauf ankommt, finde ich alles.

Die Frage des Kindes erschreckt Dora. Weiß im Gesicht, kann sie im ersten Moment keinen Fuß mehr vor den anderen setzen, sondern nur nein flüstern, immer wieder nein.

Unablässig starrt sie den Jungen an, der völlig verstört vor ihr steht. Alles nimmt sie an ihm wahr. Seine blonden, kurz geschorenen Haare, seine Augen, die durch die Größe auffallen, und seine kleinen Schultern. Vielleicht hätte sie das alles nicht bemerkt, wenn der Junge nicht diesen Satz zu ihr gesagt und obendrein noch seinen Opa erwähnt hätte. Das geht nicht mit rechten Dingen zu, sagt sich Dora, oder das Schicksal spielt mir einen bösen Streich.

In jedem Fall muß sie weg von dem Kind, bevor sie ihre Vergangenheit holt. Aber es ist zu spät. Schon hat sie die Stimme des Vaters im Ohr, der sie durch eine fremde Tür unter ein fremdes Dach schiebt und sagt: Ab heute ist *das* hier dein Zuhause.

Die Strasse war holprig und führte an den Rand der kleinen Stadt Kosten, die kaum mehr als zehntausend Einwohner zählte. Auf polnisch heißt der Ort Koscian. Aber nachdem die Deutschen Polen besetzt hatten, waren die ehemals deutschen Namen wieder eingeführt worden.

Das Haus, vor dem der Pferdewagen hielt, mit dem die Familie Botag vom Bahnhof abgeholt worden war, stand parallel zur Straße. Es war ein altes Haus mit einem geschwungenen, über das Dach hinaus ragenden Giebel und zwei Stockwerken. Ein Haus, wie es Dora schien, viel zu groß für die Eltern und sie. Das Hoftor, mit gedrechselten Pfosten eine feine Tischlerarbeit, stand offen, als habe man hier auf Botags gewartet.

Als erstes sah Dora die rot und weiß wuchernden Geranien, die aus allen möglichen Gefäßen wuchsen und dadurch dem Anwesen etwas Märchenhaftes gaben.

Der Vater konzentrierte sich allein auf die Holzstämme, die zum Teil schon zu Brettern geschnitten, zum Teil noch im Rohzustand ordentlich gestapelt den halben Hof füllten, während die Mutter sofort auf das Haus zurannte und darin verschwand.

Der Vater sollte recht behalten, sie fanden hier alles vor, besser, schöner und vielfältiger, als sie es in Lettland je besessen hatten. Die Mutter öffnete Schränke, Kommoden und Schubladen. Sicher, das eine oder andere mochte mitgenommen worden sein, aber alles, was zurückgeblieben war, übertraf immer noch sämtliche Vorstellungen der Neuankömmlinge.

Kaum hatte der Vater das wenige Gepäck vom Wagen geladen, trieb es ihn in die Werkstatt. Hier ging es ihm nicht viel anders als seiner Frau drinnen im Haus. Von einer Tischlerei solchen Ausmaßes hatte er bisher nicht einmal geträumt. Er strich über Holz und Werkzeug, prüfte Sägen, Hobelmaschine, Bohrer, Winkel, Hohleisen und Streichmaß. Nichts, aber auch gar nichts fehlte. Daß die Polacken nichts hatten mitgehen lassen, dafür schienen die Deutschen tatsächlich gesorgt zu haben.

Dora war durchs Haus gelaufen und hatte in allen Zimmern aus den Fenstern gesehen. Hier konnte man nicht wie auf den Wiesen von Kalni von einem Ende der Welt bis zum anderen blicken. Hier standen die Häuser eng aneinander, und alle hatten sie diese auffälligen Giebel, gestaffelte oder in Bögen geschwungene und solche, die weit höher waren als das dahinterliegende Dach. Das wirkte ein wenig prunksüchtig und paßte nicht recht zu dem kleinen Ort. Die Straße war mit Feldsteinen gepflastert und der heruntergetretene Bürgersteig nicht breiter als Großvaters Küchentisch.

Ganz anders die Sicht aus den hinteren Fenstern. Hier reihte sich ein Feld an das andere, durchbrochen von Alleen und einzelnen Bäumen, die wie in die Landschaft gemalt schienen, während sich am Horizont ein alles umfassender Wald abzeichnete. Dicht am Haus lag der Garten, in dem zwischen allerlei Gemüse Mengen von Astern wuchsen. Astern von tief lila bis blaßrosa in allen Schattierungen und Größen. Es dauerte eine Weile, bis Dora der am Zaun stehende Baum auffiel. Erst wollte sie es nicht wahrhaben. Sie mußte sich weit aus dem Fenster beugen. Es war unverkennbar eine Weißbuche, wenn auch schon an die fünfzehn

Meter hoch und niemals von Menschenhand beschnitten. Dora erkannte das Grau der Rinde und die feingeriffelten Blätter, wie sie auch ihr Bäumchen in Kalni trug. Was für ein Glück im Unglück.

Die Mutter hatte in der Küche den Tisch gedeckt. Wenig später saßen sie zusammen in dem fremden Haus an dem fremden Tisch und tranken aus fremden Tassen Kaffee. Die Eltern waren fest davon überzeugt, daß alles, aber auch alles, was sie hier vorgefunden hatten, ihr Eigentum war.

Ein Gottesgeschenk, seufzte die Mutter, ein wahres Gottesgeschenk, nachdem der Großvater das Geld zum Fenster hinausgeworfen hat und man in Kalni zu keinerlei Reichtum gekommen ist.

Hör mit dem Unsinn auf, fuhr der Vater sie an, dem Führer hast du das alles zu danken, nicht Gott.

Die Mutter wollte schon aufmucken, als Dora dem Vater plötzlich die unerwartete Frage stellte, wo sich die Menschen jetzt überhaupt befänden, die bisher hier gewohnt hätten.

Menschen? sagte der Vater. Du meinst Polacken.

Von mir aus Polacken, wo sind die denn jetzt?

Der Vater schlug mit der Faust auf den Tisch, daß die fremden Tassen zu tanzen begannen.

Die sind dort, wo sie hingehören, in Arbeitslagern und in ihrem Gouvernement.

Das hier ist nicht mehr ihr Zuhause?

Nein, sagte der Vater, es ist deins, wie oft soll ich dir das noch erklären. Der Grund und Boden hier war bis zum Ersten Weltkrieg preußisch, hast du das denn nicht in der Schule gelernt?

Dora hatte es nicht gelernt, und der Vater fuhr wichtigtuerisch fort, daß sich Deutschland jetzt zurückhole, was anderthalb Jahrhunderte lang den Deutschen gehört habe und was sich die Polacken nach dem Versailler Vertrag unter den Nagel gerissen hätten.

Einmal ins Referieren gekommen, hatte er noch mehr zu sagen, berichtete alles, was er über die Nichtexistenzberechtigung der Polen im Warthegau wußte, und merkte dabei gar nicht, daß sich seine Tochter in den Garten hinausschlich.

Die Stille dort spürte Dora mit großer Erleichterung, und einen Augenblick lang glaubte sie sogar, die Blüten der Astern wendeten sich ihr zu, um sie zu begrüßen. Sie breitete die Arme aus und ging langsam auf dem schmalen Wege zum Zaun, wo die Weißbuche stand, streichelte über die Blätter, ließ die feinen herabhängenden Äste durch die Finger gleiten und umarmte den dicken Stamm.

Ich weiß nicht, wer dich mir geschenkt hat, aber jetzt gehörst du mir, flüsterte sie und küßte die glatte Rinde. Nie hat sie später dieses Gefühl ihrer Lippen auf dem noch von der Sonne warmen Holz vergessen, dieses tröstliche Einssein mit einem Baum, der ihr ganz unverhofft in Polen so nahe war, wie der in Lettland.

Von nun an bedeutete die Weißbuche im Garten des Hauses in Kosten für Dora ein Stück Heimat. In jeder freien Minute saß sie unter den herabhängenden Zweigen, die sie sich zu einer Art Höhle zurechtgeschnitten hatte, und in der sie, vor der Welt versteckt, von ihrem Glück träumte. Das Stück Heimat breitete sich über die Astern- und Gemüsebeete aus, schloß das Haus ein, die Tischlerei des Vaters mit den riesigen Holzstapeln und schließlich die gesamte Umgebung. Der Vater hatte es nicht mehr nötig, sie darauf hinzuweisen, daß sie jetzt hier zu Hause sei. Dora sagte es nun selbst und gab Kalni in Lettland lediglich als ihren Geburtsort an. Ein Marktflecken in der Nähe von Riga, erklärte sie hin und wieder, nicht bereit, mehr von dem Land ihrer Kindheit zu berichten, in dem der Großvater noch lebte.

Eines Tages hockte sie wie so oft unter der Weißbuche, als ihr eine Stelle im spärlichen Grün unter den Zweigen auffiel, die nicht ins Bild der Natur paßte. Die Erde, scheinbar vor längerer Zeit aufgeworfen, war viel zu fest eingestampft. Das Gras wirkte an diesem Fleck noch kümmerlicher, als es hier im Schatten ohnehin schon wuchs. Dora grub erst ein wenig mit dem Absatz ihres Schuhs, dann mit einem flachen Stein. Sie hätte nicht einmal sagen können, ob sie neugierig war. Es kam ihr vielmehr so vor, als führe sie einen Auftrag aus. Schließlich holte sie eine Gartenschaufel, mit deren Hilfe sie auf ein Kästchen stieß. Darin lag, in ein Tuch gewickelt, das Glas mit dem Baumschneider, dessen Hut dem des Großvaters glich.

Überhaupt glich das Männlein, so wie es sein Bäumchen beschnitt, dem Großvater. Auch die Haltung mit den weit nach vorn gezogenen Schultern und die Nasen waren zum Verwechseln ähnlich. Dora war drauf und dran, an ein Wunder zu glauben. Sie hatte nicht nur die Weißbuche wieder, sondern auch noch das Bild des geliebten Großvaters. Sie wickelte das Glas in ihr eigenes Taschentuch, legte es zurück in das Kästchen und grub den ins Glas gravierten Großvater wieder in die Erde.

Kaum war Dora mit ihrer Arbeit fertig, da rief die Mutter sie ins Haus. Es sei eine Nachricht aus Kalni gekommen, sagte sie. Steif stand der Vater in der Mitte der Stube. In Ermanglung des grauen Soldatenrocks, der ihm auf Grund der beim Niesen abgesägten Finger vorenthalten geblieben war, trug er in Kosten sonntags und bei besonderen Anlässen seine SA-Uniform. Die mußte er sich soeben angezogen haben, ruckte noch den Schlips gerade und schien zu überlegen, ob er die Mütze aufsetzen sollte oder nicht.

Er wandte sich Dora zu und sagte in einem militärisch klingenden Ton: Die Tante hat uns soeben mitteilen lassen, daß der Großvater an einem Herzschlag gestorben ist. Da unsere Teilnahme an der Beerdigung in der augenblicklichen politischen Lage ausgeschlossen ist, habe ich die Tante gebeten, die Beisetzung in aller Stille vornehmen zu lassen. Nun entschloß sich der Vater doch, die Mütze aufzusetzen. Dann verließ er wortlos in seinen neuen, knarrenden Stiefeln die Stube.

Inzwischen war es Herbst geworden. Regen und Wind hatten längst alle Blätter von den Bäumen gefegt. Nur die Weißbuche gab ihre nicht her. Braun, hin und wieder an den Rändern gerollt, saßen sie fest im Geäst und würden erst im Frühjahr, wenn die ersten Knospen herauskamen, aufgeben und herunterfallen. Deshalb war es Dora auch zu dieser Jahreszeit noch möglich, sich hier zu verstecken. Seit der Nachricht vom Tod des Großvaters hatte sie das Baumschneiderglas nicht mehr ausgegraben. Dafür schmückte sie dieses winzige, für einen Unwissenden nicht zu erkennende Grab mit Blumen und Zweigen.

Es konnte auch passieren, daß sie davor hockte und redete, weinte oder lachte. Nichts gab es in ihrem Leben, worüber sie sich nicht mit dem Baumschneider, der ihrer Meinung nach das Ebenbild des Großvaters war, besprach.

Was hast du bloß mit dem Baum da hinten am Zaun, fragte die Mutter anfangs verwundert, schwieg aber erschrocken, als Dora behauptete, daß die Seele des Großvaters in der Weißbuche hocke. Die Mutter hatte seit ihrer Kindheit Respekt vor Gespenstern, hatte aus Lettland genug von diesen Geschichten und wollte in Polen keine neuen hören.

Als die Tage immer kürzer wurden und die Dunkelheit schon am Nachmittag Einzug hielt, ließ der Vater zwei große Lampen im Hof über seinem Holzlager installieren. Immer häufiger, so hieß es, kämen nachts die Polacken aus den Wäldern, um in deutschen Gehöften und Werkstätten einzubrechen und sich zu bereichern. Daß sie sich zurückzuholen versuchten, was ihnen gehörte und was man ihnen von einem Tag auf den anderen genommen hatte, davon redete kein Deutscher in Kosten. Diebespack, wurde gesagt, Diebespack und Gesindel, das, auf frischer Tat erwischt, wie Karnickel abzuknallen sei. Und tatsächlich hatte es auch schon hier und da einen Toten gegeben.

Wegen eines Polacken tritt hier bei uns im Warthegau kein Gericht zusammen, sagte der Vater und legte sich neben seiner Schrotflinte noch einen Karabiner zu.

Die neuen Lampen beleuchteten nur den Hof. Hinter dem Haus im Garten war es dunkel wie eh und je. Hier gab es nichts zu klauen, und wegen ein paar fauler Rüben setzten die polnischen Spitzbuben ihr Leben nicht aufs Spiel.

Einmal im Monat gingen die Eltern am Sonntagabend zur Parteiversammlung. Der Vater sagte es zwar nicht laut, aber Mutter und Tochter wußten, daß er den Posten des Ortsgruppenleiters anstrebte. Wer nicht im Felde steht, sagte er zu jedem, der es hören wollte, der muß in der Heimat seiner Vaterlandspflicht nachkommen.

Dora war also allein zu Hause und machte Schulaufgaben. Über den Feldern hinter dem Garten hing zwischen Wolken der Mond und ließ die Konturen der Weißbuche erkennen. Dora mochte das unterschiedliche Licht, das die Landschaft schnell taghell erleuchtete und Sekunden später in eine Dunkelheit tauchte, daß man die Hand nicht mehr vor den Augen sah. Der Wechsel von Hell und Dunkel verleitete zum Träumen. Dora machte die Lampe aus und setzte sich ans Fenster, den Blick auf die Weißbuche gerichtet, als könnte die sich jeden Moment tief aus der Erde hinauf in den Himmel heben. Und sie stellte sich vor, sie säße neben dem Großvater im Geäst. Vielleicht würden sie abwechselnd aus dem Glas mit dem Baumschneider trinken, das die Wurzeln der Weißbuche aus der Erde gerissen hatten, während sie beide rund um die Welt flogen.

Plötzlich blitzte ein Lichtschein am Gartenzaun neben der Weißbuche auf, kurz nachdem der Mond hinter einer Wolke verschwunden und kaum noch etwas zu erkennen war. Sofort dachte Dora an ihr Baumschneiderglas, und ohne weitere Überlegung lief sie die Treppe hinunter. Sie wollte sich durch die Waschküche in den Garten schleichen, um nachzusehen, was dort vor sich ging. Aber schon auf der Treppe begriff sie die Situation. Die Lampen im Hof und über dem Holzlager brannten nicht mehr. Jemand hatte die Kabel gekappt. Die Polacken waren unterwegs. Dora hatte Angst, vor allem um ihr Baumschneiderglas. Automatisch griff sie nach dem Karabiner, der am Garderobenhaken hing, und lud ihn im Mondlicht, wie sie es oft genug bei dem Vater gesehen hatte. Alles ging schnell und lautlos. Das Gewehr im Anschlag, schlich sie im Schutz der Büsche bis zu der Weißbuche.

Dann sah sie den Jungen. Kaum älter als zehn mochte er sein. Aus der Nase lief ihm der Rotz, und er wischte immer wieder mit dem Ärmel über sein kleines Gesicht. Dabei grub er und grub, bis er das Kästchen mit Doras Schatz in Händen hielt. Er war so mit seiner Arbeit beschäftigt, daß er Dora nicht bemerkt hatte. Um so mehr erschrak er, als sie mit dem Karabiner vor ihm stand.

Leg das wieder hin, schrie sie ihn an, oder ich knall dich ab!

Der Junge machte keine Anstalten, das Kästchen loszulassen. Im Gegenteil. Dora kam es vielmehr so vor, als wolle er damit auf und davon laufen. Eine entsetzliche Wut packte sie, und plötzlich hatte sie Bilder vor Augen, wie sie täglich in den Deutschen Wochenschauen zu sehen waren, in Zeitungen und in Illustrierten, und wie es auch am Bahnhof von Kosten vorkam, Gewehre, die auf Menschen gerichtet waren.

Ohne zu zögern hob Dora den Karabiner und berührte mit dem Lauf die Brust des Jungen. Darauf ließ der das Kästchen fallen und stieß einen Schrei aus, der die Stille zerschnitt. Dann näherten sich Schritte vom Hof her. Zwei Jugendliche sprangen über den Gartenzaun, vor dem sie zwei volle Säcke liegen ließen, griffen nach dem schreienden Jungen und wollten ihn wegzerren.

Halt, rief Dora und richtete jetzt den Karabiner auf die Jugendlichen, halt, oder ich schieße!

Der Ältere von beiden kam auf Dora zu und drückte mit seiner Hand den Gewehrlauf nach unten. Dabei redete er in Polnisch auf sie ein. Er schien ihr etwas erklären zu wollen, zeigte auf das Kästchen mit dem Baumschneiderglas, auf den Jungen und schließlich auf die Säcke, die am Zaun lehnten. Da löste sich ein Schuß und fuhr durch das Kästchen ins Gras, daß die Erde nach allen Seiten spritzte. Sicher, der Schuß hatte sich aus Versehen gelöst, aber die polnischen Diebe, kaum älter als Dora, zeigten keine Angst vor ihr, der Deutschen, und, was in diesem Augenblick noch schlimmer war, das Glas könnte zersprungen sein.

Ich werd's euch zeigen, schrie Dora und wußte nicht, ob sie die polnischen Jungen weiter in Schach halten oder lieber nach ihrem Baumschneiderglas in dem zertrümmerten Kästchen sehen sollte. Die Jungen nutzten das Zögern, packten den Kleinen, warfen ihn über den Zaun, sprangen hinterher und liefen um ihr Leben hinaus in die Felder. Ungeschickt lud sie den Karabiner durch. Wiederum wurde es dunkel, und Dora konnte nichts erkennen. Trotzdem hob sie die Waffe und schoß ziellos in die Richtung, in der sie die Jungen vermutete, drauflos, bis das Magazin leer war.

Erst jetzt merkte Dora, daß sie zitterte. Sie warf den Karabiner in die Dunkelheit hinein. Später fand ihn der

Vater zwischen den Kohlköpfen, den Lauf voller Erde und großer Pflege bedürftig.

Als die Nachbarn auf Grund der Ballerei angelaufen kamen, stand Dora noch immer neben der Weißbuche, als habe sie dort jemand hingepflanzt. In den Händen hielt sie ein Glas, auf das aber niemand weiter achtete. Die von den Polacken zurückgelassenen Säcke waren wichtiger. Man trug sie in Herrn Botags Werkstatt und schickte nach ihm und seiner Frau, weil sie sich um die verstörte Tochter kümmern mußten.

Am nächsten Tag wußte man in ganz Kosten, daß die fünfzehnjährige Tochter des baltendeutschen Tischlers Botag aus Kalni in Lettland mit Hilfe eines Karabiners drei Polacken ihr Diebesgut abgejagt und die Einbrecher anschließend vom väterlichen Anwesen vertrieben hatte.

DER DRITTE TAG, DIE DRITTE NACHT. Nicht zu sagen, was schlimmer zu ertragen ist: die Menschen auf der Straße, denen Dora sich nicht mehr zugehörig fühlt, die selbstgewählte Obdachlosigkeit, die Ziellosigkeit ihrer Stadtwanderungen, die schmerzenden Füße am Tag oder die Müdigkeit und die Kälte, das ständige Suchen nach einem Schlafplatz für die Nacht und die Angst, von dort wieder verjagt zu werden. Hinzu kommt der Staub, der ihr die Poren verstopft und sich unter den Nägeln festsetzt. Dora beginnt ihren Körper zu riechen, was sie veranlaßt, sich in den frühen Morgenstunden in einer öffentlichen Bedürfnisanstalt zu waschen, obwohl sie befürchten muß, jeden Augenblick erwischt zu werden.

In Ermanglung eines Handtuchs und eines Waschlappens muß sie sich mit Papier behelfen, Mengen einzelner Fetzen, mit denen sie sich unter den Röcken abtrocknet, um anschließend in die gebrauchte Wäsche zu schlüpfen, womit das Gefühl von Sauberkeit wieder hinfällig wird. Auf einmal hat sie das Bedürfnis, sich nackt auf ein Stück Wiese zu legen. Also läuft sie den weiten Weg vom Savignyplatz zum Tiergarten. Wie eine Hündin wälzt sie sich schamlos im Morgentau und drückt das hohe Gras platt. Jeden Halm glaubt sie auf der Haut zu spüren, jedes Steinchen und jeden Zweig.

Plötzlich stößt sie einen ihr ganz und gar fremden Laut des Glücks aus. Den Blick in den noch lichtlosen Himmel gerichtet, liegt sie auf dem Rücken, in dem festen Glauben, neugeboren zu sein. Noch wagt sie es nicht, sich zu bewegen. Nur den Glückslaut, den versucht sie ein zweites Mal. Aber er will nicht wieder gelingen, klingt mehr wie ein kleines Grunzen und paßt ganz und gar nicht in die Stimmung eines Neubeginns. Dora steht auf. Und in der Dämmerung des anbrechenden Tages wird sie sich ihrer Blöße bewußt. Sie tastet über den alten, längst ausgedienten Leib, vom Leben zugerichtet und mit den Spuren von über sechs Jahrzehnten versehen, über die schlaffen Brüste, die kleinen Wülste oberhalb der knochigen Hüften, den faltigen Bauch und das mickrig gewordene Schamhaar. Die Neugeburt war ein Trugschluß.

Als sie an ihren gewohnten Plätzen in der Nähe des Kurfürstendamms ankommt, hat der Tag in der Großstadt begonnen. Die Bürgersteige sind zwar noch leer und die Busse wenig besetzt, aber die Straßenreiniger sind am Werk und räumen den Dreck der Touristen und Nachtschwärmer weg.

Ein Tag voller Mühsal liegt vor Dora, ein Tag, von dem sie nicht weiß, wie er zu bewältigen sein wird. Zum ersten Mal, seit sie ihre Wohnung verlassen hat, weint sie. Kein lautes Schluchzen, das die Straßenfeger aufmerksam machen könnte, nur Tränen, die unaufhaltsam über ihr Gesicht laufen.

Immerhin bewirken die Tränen, daß Dora ihr Leben auf der Straße ändert. Sie tauscht den Tag gegen die Nacht ein. Sie wird sich daran gewöhnen, denkt sie zuversichtlich, in einer Zeit zu schlafen, da sie früher kein Auge zumachen konnte.

Sie sucht sich Bänke aus, auf denen sie Ruhe finden kann. Nur hinlegen darf sie sich nicht. Da achten die Männer von der Straßenreinigung drauf, Polizisten und hin und wieder auch ein Passant. Aber im Sitzen bleibt ihr Schlaf hinter den dunklen Brillengläsern unbemerkt. Auch hat sie eine Haltung herausgefunden, die sie nicht umfallen läßt, und wenn die Sonne warm genug scheint, stopft sie sich den Regenmantel ins Kreuz. Ihr erster Versuch, mitten im Tiergarten einen ruhigen Platz zu finden, erweist sich als Fehlschlag. Dort ist es lebhafter als in der Stadt. Schreiende Kinder, Feder- und Fußballspieler, die sie auf der Suche nach ihren Bällen aufschrecken, Hunde, die sie anbellen, oder Transistorradios, die sie mit unerwartetem Lärm wecken. Da sitzt es sich an der Schlüterstraße/Ecke Ku'damm besser oder hinter der Gedächtniskirche, Richtung Budapester, und noch besser am Taunzien in der schmalen Grünanlage zwischen den Fahrbahnen. Sie mag das monotone Geräusch der vorbeifahrenden Autos, das sie von der Welt abschirmt und in den Schlaf bringt. Hier fühlt sie sich vor Belästigungen sicher, hier quatscht sie niemand an, hier ist sie nichts weiter als eine alte Frau, die sich von den Strapazen des Tages ausruht.

Ganz anders die Nacht. Da ist Dora Stunde um Stunde unterwegs. Mit gleichmäßigen Schritten durchquert sie die Stadt, manchmal bis zu der aus Betonplatten errichteten Mauer am Brandenburger Tor, die Berlin in zwei Hälften teilt, oder bis zur Halenseebrücke in der entgegengesetzten Richtung. Andere Bezirke interessieren sie nicht. Am meisten bevorzugt sie die Nähe des Kurfürstendamms, dort kennt sie jede Querstraße, weiß längst, wo schattige Bäume und Bänke stehen oder öffentliche Bedürfnisanstalten zu finden sind. Wenn die Theater beginnen, die Konzerte und Kinos, auch die Zeit für Verabredungen günstig ist, interessiert sich niemand für eine durch die Stadt streichende Frau.

Die Besoffenen kommen erst später, schwanken aus den Lokalen und haben keinen Blick für Dora Botag. Lange nach Mitternacht wird es ruhiger, der Verkehr nimmt ab, und die Bürgersteige sind menschenleer.

In so einer Nacht stellt sich für Dora mit einemmal die Welt auf den Kopf. Nichts außer der Uhrzeit scheint noch normal zu sein.

Die Straßenlaternen werden heller und versetzen alles um sie herum in strahlendes Tageslicht. Erst vermutet sie nächtliche Filmaufnahmen, aber nirgendwo sind eine Kamera, ein Aufnahmeteam, Regisseur oder Schauspieler zu sehen. Dann fährt ein Paukenschlag durch die Nacht, und im selben Augenblick werden die Fenster der Häuser aufgerissen. Dora kann sich das nicht erklären. Schließlich lauern die Bewohner einer ganzen Straße nicht mitten in der Nacht hinter ihren Fenstern, um sie wie auf ein geheimes Kommando hin gleichzeitig zu öffnen, nur weil jemand auf eine Pauke haut. Aber es ist so, kein Fenster bleibt geschlossen, kein Fenster, aus dem sich nicht ein oder zwei Menschen beugen.

Dora fühlt sich auf bedrohliche Weise beobachtet. Was wollt ihr von mir? Laßt mich gefälligst in Ruhe, flüstert sie. Jetzt bemerkt sie, daß die Gesichter der sich aus den Fenstern beugenden Menschen aus Blumen bestehen, riesenhafte, unnatürliche, sich im Nachtwind bewegende Huflattichblüten, Bilsenkraut und Ackerwinde. Da sitzen Thymiandolden zwischen den Schultern und die zartlila Blüten des Waschkrauts. Schierling wächst unterm Kopftuch, Schafgarbe und Wegerich. Alles Wiesenblumen, die der Großvater Dora als Kind gezeigt und erklärt hatte. Auch die Häuser der Grolmanstraße sehen aus wie die Wiesen von Kalni, die an den Mauern hochwachsen. Plötzlich verliert Dora ihre Angst, fühlt sich nicht mehr beobachtet und winkt zu den Fenstern hinauf. Der Mann dort mit dem Gesicht des Wegerich, das könnte von Figur und Haltung her der Vater sein, daneben der Großvater, die Mutter, die Nachbarn. Alle sind sie da und winken zurück. Dora findet sich sogar selbst unter ihnen, es ist nicht zu fassen. Sie erkennt das Kleid und die Strickjacke, die sie viele Jahre als Kind getragen hat. Ihr Gesicht aber gleicht der roten Blüte des Klatschmohns und leuchtet aus mehreren Fenstern heraus. Es gibt auch die Eltern mehr als einmal, ebenso den Großvater mit dem Gesicht einer Löwenzahnblüte. Alle gibt es sie doppelt und dreifach. Während Dora die Köpfe des

Klatschmohns zählt, fährt abermals ein Paukenschlag durch die Grolmanstraße. Wer haut hier bloß derart auf die Pauke?

Jetzt bemerkt sie, daß sich alle Wiesenblumen von Kalni in einen weißen Kreis verwandelt haben. Sie sehen nicht mehr aus wie Wegerich, Mohn und Kamille, haben aber auch keine Gesichter mit Augen, Nase und Mund. Es sind mondähnliche, fahle, furchterregende Scheiben, ganz und gar leer. Doch es sind dieselben Personen, doppelt und dreifach, eine wie die andere. Diese Scheiben sind wie winzige Parabolantennen auf den Savignyplatz ausgerichtet. Von dort bewegt sich ihr unter der S-Bahnbrücke entlang ein merkwürdig lautloser Zug entgegen. Es sind Kinder, Dora sieht es sofort. Sie haben kurz geschnittene, blonde Haare und sind nicht älter als zehn. Ein Dutzend, zwei, vielleicht drei Dutzend, eine bedrohliche Wiederholung. Ihre Gesichter gleichen einander, und alle haben die Hände hoch über den Kopf gehoben, während sich die Parabolantennen weit aus dem Fenster beugen, als fände hier ein Faschingsumzug statt. Dora weicht zurück. Die Kinder, die dem polnischen Jungen aus Kosten ähnlich sehen, überholen sie, bilden einen Kreis und schließen sie darin ein.

Da jagt der dritte Paukenschlag durch die Grolmanstraße, der wie der erste und zweite nichts anderes ist als die Fehlzündung eines alten VW-Busses.

Die Kinder sind verschwunden, alle Fenster geschlossen, das strahlende Licht ist wieder dem trüben Schein der Straßenlaternen gewichen.

Und Dora? Sie läuft, so schnell sie kann. Die Absätze ihrer Stiefel klopfen auf den Bürgersteig, und die Taxifahrer an der Ecke Kurfürstendamm sehen ihr verwundert nach. Nirgendwo gönnt sie sich eine Pause. Sie spürt, wie ihr Herz rast und ihr der Atem in lauten Stößen durch die Lippen pfeift. Nur nicht stehenbleiben, vor allem nicht umdrehen. Vielleicht hat sich der Pulk abermals vervielfacht, ist ihr auf den Fersen und trachtet nach ihrem Leben. Sie greift nach dem Hausschlüssel in der Tasche. Erst als sie in dem gepflegten Entree ihres eigenen Mietshauses angekommen ist und die mächtige Tür hinter sich zugeworfen hat, setzt sie sich erschöpft auf die Treppe.

Mit dem Rücken gegen die teppichbelegten Stufen gelehnt, blickt sie nach oben auf die mit Stuck verzierte Decke. Vor einiger Zeit hat sie die Ornamente restaurieren lassen. Jede Blüte ist zu erkennen, jeder Vogel und die verschlungenen Laubgirlanden. Mit nichts hat sie gespart, um das herrschaftliche Haus aus der Gründerzeit wieder in seinen ursprünglichen Zustand zu versetzen. Selbst das blankgeputzte Messinggeländer wurde ausgebessert.

Inzwischen ist die Flurbeleuchtung ausgegangen. Nur das schummerige Licht der Straßenlaterne fällt durch die Glasfenster der Haustür.

Ich muß verrückt geworden sein, flüstert Dora, total verrückt.

Dann springt sie auf und steigt, ungewöhnlich schnell für ihr Alter, an dem Fahrstuhl vorbei die Treppe hoch bis in den dritten Stock, wo sie wohnt, die reiche und angesehene Berliner Immobilienmaklerin Dora Botag.

Kaum hört sie das vertraute Klicken des Schlüssels im Schloß, das leise Knarren der Tür, da meint sie auch schon, den feinen Hauch ihres Parfums wahrzunehmen. Noch in der Diele beginnt sie sich auszuziehen. Mantel, Kopftuch, Bluse, Rock und Stiefel, alles fliegt auf einen Haufen, zuoberst die dunkle Sonnenbrille.

Dann geht sie ins Badezimmer, läßt heißes Wasser in die Wanne laufen, tröpfelt Badeöl hinein und legt sich in den duftenden Schaum, der sich in bizarren Gebilden vor ihr türmt.

Zu Hause, flüstert sie und bläst in den Schaum vor ihrem Gesicht, ich bin wieder zu Hause.

Ihr ist zumute, als sei sie aus großer Ferne glücklich zurückgekehrt und müsse sich nun den Reisestaub vom Körper waschen. Entspannt liegt sie im warmen Wasser in den eigenen vier Wänden unter dem eigenen Dach. Nie wieder wird sie auf die Straße gehen. Niemand wird sie mehr vertreiben, ihr jemals nehmen, was ihr gehört, auch die Kinder nicht. Morgen wird sie den Notar aufsuchen und ihre Anweisungen rückgängig machen.

Sie steigt aus der Wanne, trocknet sich ab, zieht frische Wäsche an und einen weiten, bis auf den Boden reichenden Frotteemantel. Dann streift sie durch die Wohnung, nimmt die Tücher von den Möbeln und bezieht ihr Bett. Aus dem Tiefkühlschrank holt sie ein Fertiggericht und macht es sich warm.

Sie merkt nicht, wie laut sie geht und wie sie ständig mit dem Kopf nickt, als müsse sie sich Mut machen. Dabei rekapituliert sie, was sie alles besitzt, und wie sie es in knapp zwei Jahrzehnten mit Fleiß und Geschick zu dem gebracht hat, was sie ist, eine reiche Frau.

Immer wieder läuft sie durch die ganze Wohnung und kontrolliert, ob noch alles da steht, wo es hingehört, und nichts fehlt. Sie ist so beschäftigt, daß sie nicht daran denkt, sich in ihr frischbezogenes Bett zu legen. Längst kriecht der Morgen grau über den Himmel, und auf dem Kurfürstendamm werden jeden Augenblick die Straßenkehrer ihre Arbeit aufnehmen. Vielleicht vermißt man sie gar, und Dora ist bei diesem Gedanken zum Lachen zumute.

Schlafen, sagt sie sich, schlafen kann ich auch noch am Tag. Plötzlich sieht sie, daß auf dem Anrufbeantworter Gespräche angezeigt sind. Wieso hat sie das nicht bemerkt, erst jetzt die Zahl Fünf registriert? Nein, sie verspürt keine Lust, Anrufe entgegenzunehmen. Im Grunde genommen ist sie ja gar nicht da, weggezogen, verreist, tot, für niemanden mehr zu sprechen.

Ihre Schritte werden leise, die Bewegungen vorsichtig, und wie auf der Straße zieht sie die Schultern nach vorn. Sie schleicht ins Berliner Zimmer und setzt sich zwischen die Regale, wo das Silber im Morgenlicht zu blitzen beginnt und sich das Fenster schemenhaft im Glas der kleinen Pariser Pendule spiegelt. Hier ist kein Geräusch von der Straße zu hören, und im Lichthof macht sich noch niemand zu schaffen. Dora geht die Zahl Fünf nicht aus dem Kopf. Wer mag angerufen haben, und warum hat sie, bevor sie die Wohnung verließ, den Anrufbeantworter nicht ausgeschaltet?

Sie könnte die Gespräche löschen und das Band zurückspulen. Zwei Handgriffe, nicht mehr.

Statt dessen wühlt sie im Flur in dem Kleiderhaufen herum und zieht das Baumschneiderglas aus der Manteltasche. Es ist ein wenig schmuddelig geworden vom Staub der Straße. Mit dem Glas in der Hand fühlt sie sich sicher. Sie glaubt sogar, daß ihr der Baumschneider mit den Augen des Großvaters zulächelt. Sie gießt einen kleinen Schluck Wodka hinein, fügt Tonic hinzu, trinkt und geht zurück zum Telefon. Da ist sie wieder, die Fünf, giftig und grün, nichts Gutes verheißend. Dora stellt den Ton laut und hört.

Die Stimme ist ebenso vertraut wie fremd, sie ist verstellt. Die Worte, langsam gesprochen, wirken auf Dora wie das Brummen riesiger Insekten. Sie schwirren einzeln und scheinbar zusammenhanglos durch den Raum, bis die bedrohliche Mitteilung endlich zu begreifen ist. Wir finden dich schon, das kannst du uns glauben, schnarrt die Stimme, und dann heißt es für dich entweder – oder. Es folgt Datum und Uhrzeit. Dora hört die Mitteilung zweimal ab, dann weiß sie, daß es die Stimme ihres Sohnes ist.

Der zweite Anruf ist die Wiederholung vom ersten, nur mit anderer Angabe von Datum und Uhrzeit.

Der dritte Anruf kommt von Lilli. Sie hat sich erst gar nicht die Mühe gemacht, ihre Stimme zu verstellen. Sie nennt ohne Scheu und Respekt die Dinge beim Namen. Hör zu, Mama, sagt sie, geh auf das ein, was wir dir vorgeschlagen haben, und alles ist vergessen, okay? Fast heiter klingt ihre Stimme, begütigend, als wolle sie die Mutter vor Unbill beschützen.

Die beiden letzten Anrufe sind abermals von Rolf, derselbe Text, dieselbe verstellte Stimme, nur diesmal ohne Datum und Zeitangabe.

Dora ist weit vornüber gesunken. Ihre Hände halten den Kopf fest, als könnte er sich jeden Augenblick von ihrem Hals lösen und über den Teppich durch das Zimmer rollen. Sie wollen mich umbringen, flüstert sie, obwohl sie genau weiß, daß die Kinder ihr nicht nach dem Leben trachten, sondern nur nach dem Geld.

Keine Rede von Liebe und Dankbarkeit. Vergessen sind Kindheit und Zärtlichkeit. Nichts zählt mehr, weder die berufliche Ausbildung noch die bis zum heutigen Tag geltende finanzielle Unterstützung. Rolf und Lilli wollen aufs Ganze.

Sie hassen mich, denkt Dora. Jedes Mittel ist ihnen recht, um sich zu nehmen, was mir gehört. Warum lieben sie mich nicht, wie andere Kinder ihre Mütter lieben? Warum sind sie darauf aus, mich zu quälen und zu verachten? Auf die Dauer, das weiß sie, wird sie das nicht aushalten. Wenn sie hier in der Wohnung bleiben und ein normales Leben führen will, muß sie einen Kompromiß eingehen, mit dem Rolf und Lilli einverstanden sind. Vielleicht könnte dann ja sogar eine Versöhnung stattfinden, ein gegenseitiges Verständnis.

Dora sieht Rolf und Lilli als Kinder vor sich, und dabei fallen ihr die Geburtstage ein, die Weihnachtsfeste und Ostertage, die mit Geschenken beladenen Tische. Nein, ihren Kindern hatte sie es an nichts fehlen lassen, alle ihre Wünsche erfüllt. Auch als berufstätige Mutter hatte sie getan, was sie konnte. Das sagt sie laut vor sich hin, und damit geraten die so akkurat geordneten Erinnerungen sofort durcheinander. Die Harmonie ist zum Teufel und statt dessen Streit angesagt, Streit bis zum heutigen Tag. Noch einmal gibt Dora in Gedanken dem Wunsch nach, sich zu versöhnen, und spürt bereits die Umarmungen, als es an der Wohnungstür klingelt. Im ersten Augenblick will sie aufspringen, aber dann bleibt sie sitzen und rührt sich nicht. Es klingelt noch einmal, diesmal lange und ausgiebig. Dann raschelt es an der Tür, schabt und kratzt. Dora dringt der Schweiß aus den Poren. Langsam schiebt sie sich aus dem Sessel zum Flur hin. Ihre Hände zittern, als sie das Kläppchen vom Spion seitwärts drückt. Nichts ist zu sehen, nur das Licht im Treppenhaus ist an. Jemand war da, steht vielleicht noch neben der Tür, wartet, daß sie öffnet, um sie dann zu überfallen und Rache zu nehmen. Wer sonst könnte um diese Zeit etwas von ihr wollen, und wer konnte wissen, daß sie in ihrer Wohnung ist?

Dora hockt sich neben den Kleiderhaufen und lauscht. Mindestens eine Stunde bringt sie auf diese Weise zu, wartet ab, horcht, und als sie endlich den Mut hat, die Tür zu öffnen, steht ihr Entschluß fest, Rolf und Lilli die Anrufe zu verzeihen.

Niemand ist zu sehen, niemand zu hören. Vielleicht war alles nur Einbildung, ein Resultat ihrer Übermüdung. Sie sollte schlafen gehen, sich ausruhen und alles vergessen, was sie in den letzten Tagen erlebt hat. Am Nachmittag wird sie Rolf anrufen, vielleicht auch Lilli. Plötzlich ist sie davon überzeugt, einen Weg zu finden, wie sie ihn immer in ihrem Leben gefunden hat, diesmal den Weg zurück zu den Kindern.

Der Schock folgt erst mit dem Blick auf die Außenseite ihrer Wohnungstür. Ein Bild des polnischen Jungen, der damals in Kosten das Baumschneiderglas ausgegraben hat, ist lebensgroß an die Tür geklebt, und links und rechts daneben steht mit dickem Filzstift in unterschiedlichen Handschriften das Wort: Mörderin.

In jedem Buchstaben erkennt Dora die Schreibweise ihrer Kinder. Der fliehende und zu spät ansetzende I-Punkt von Rolf vor dem R, das wie ein Z aussieht, und Lillis etwas nach links fallende Buchstaben, von denen meist nur die beiden letzten eines Wortes miteinander verbunden sind. Dora legt ihren Finger erst auf das eine Wort, dann auf das andere und fährt die einzelnen Schriftzüge nach, als seien es rätselhafte Hieroglyphen, die es für sie zu entziffern gilt. Der Junge auf dem Bild, der nicht anders aussieht als die Jungen, die ihr im Pulk unter der S-Bahnbrücke begegnet sind, scheint sie dabei zu beobachten. Es nützt nichts, daß sie das Foto herunterreißt. Im Gegenteil. Die Worte Mörderin fallen nur um so mehr ins Auge. Vergeblich versucht sie, das Schreckliche vom Holz zu wischen.

Sie wirkt plötzlich viel kleiner, und ihre Bewegungen werden immer langsamer, als verlöre sie alle Kräfte. Nur mit Mühe gelangt sie wieder in die Wohnung, wo sie das zerknüllte Bild des Jungen in eine Ecke legt. Dann zieht sie den Bademantel aus und wirft ihn dazu.

Einzeln nimmt sie die Kleidungsstücke von dem Haufen neben der Tür und zieht sie, schmutzig wie sie sind, wieder an. Besonders viel Zeit braucht sie für die Stiefel, in denen die Füße sofort zu schmerzen beginnen. Auch dieser muffige Geruch, den sie schon ganz vergessen hat, steigt ihr erneut in die Nase. Zum Schluß bindet sie sich das Kopftuch um.

Nichts räumt sie auf, auch die Tücher legt sie nicht über die Möbel. Das Bett bleibt, wie es ist, frisch bezogen und unbenutzt. Nur das Baumschneiderglas hält sie in der Küche unter den Wasserhahn und steckt es naß in eine Tasche ihres Regenmantels. Dann stellt sie den Anrufbeantworter ab und verläßt die Wohnung.

Als sie die Straße betritt, öffnen gerade die Geschäfte. Ein junger Mann, der an ihr vorbeigeht und eine Tüte mit frischen Brötchen im Arm trägt, greift hinein, reicht ihr eine noch warme Schrippe und sagt: Hier Oma, sollst auch was Gutes haben.

ROLF UND LILLI SEHEN WEDER rechts noch links. Wie Kinder halten sie sich an den Händen und können nicht schnell genug vom Ort des Geschehens wegkommen. Aus Angst, die Mutter würde sie vom Fenster aus beobachten, überqueren sie nicht den Kurfürstendamm, wo Rolfs Auto steht, sondern gehen in die Bleibtreustraße, in der es ein Café gibt, das Tag und Nacht geöffnet hat.

Eine Dunstwolke von Alkohol, frischem Kaffee und Zigaretten schlägt ihnen entgegen.

Sie suchen sich einen Platz in der dunkelsten Ecke des Raumes, sitzen nebeneinander mit dem Rücken zur Tür. Erst jetzt haben sich ihre Hände gelöst und liegen unbeweglich vor ihnen auf dem Tisch.

Das Wort Mörderin hätten wir nicht hinschreiben dürfen, sagt Lilli und starrt gegen die Wand, als liefe dort das, was sich vor knapp einer Stunde abspielte, wie ein Film noch einmal vor ihr ab. Das Foto war schnell an die Tür geklebt. Sie selbst hatte es tags zuvor vergrößern lassen. Den Schlüssel für die Haustür besaß Rolf noch von früher. Den Filzstift hatte er in der Tasche, und er war es auch, der zuerst das Wort auf die Tür kritzelte. Jetzt du, hatte er gesagt, und ohne zu überlegen war sie seinem Beispiel gefolgt.

Als die Kellnerin kommt, bestellen beide Milchkaffee, weiter nichts.

Vielleicht ist sie gar nicht in Berlin, fängt Lilli das Gespräch erneut an, dann wird der Hausmeister dafür sorgen, daß alles verschwindet.

Nicht einen Buchstaben kriegt der vom Holz, da muß er schon die Türfüllung auswechseln, sagt Rolf, und das kann er ohne Auftrag nicht machen.

Hast du das vorher bedacht?

Ja. Und nach einer Pause fährt Rolf fort, daß er an alles ständig im voraus denke und es mit dem Teufel zugehen müsse, wenn sie nicht an Mutters Vermögen herankämen.

Er ist ganz weiß im Gesicht. Lilli würde ihn gern streicheln, zumindest den Arm um seine Schultern legen. Aber die Ähnlichkeit mit der Mutter hält sie davon ab. So, wie er plötzlich die Schulterblätter nach hinten drückt, um größer zu wirken, den Kopf hebt und das Kinn nach vorn schiebt, das sind die Gesten der Mutter. Auch die tiefliegenden, wasserblauen Augen und die Form des Mundes hat er von ihr, vor allem aber die Art und Weise, wie er die Hände aneinander reibt, das fällt Lilli am meisten auf. Es ist kein Zeichen der Freude, wie sie längst weiß, sondern signalisiert Entschlußkraft und Energie. Und während sich Rolf die Hände reibt, als müsse er sie vor Kälte schützen, sagt er: Ich will heiraten, und deshalb brauche ich Mutters Geld.

Was willst du? Lilli spürt, wie sich ihr Zwerchfell verkrampft. Nur mühsam bringt sie die Frage hervor, wer denn die Glückliche sei.

Rolf bemerkt ihren Spott nicht, er denkt nur an Rose.

Mit halbgeschlossenen Augen sieht er sie vor sich, sieht, wie sie auf der Straße neben ihm geht, mit ihm in der Disco tanzt, sich Schuhe kauft, ein Buch liest, vor allem aber, wie sie ihm zuhört. Stundenlang hat sie ihm zugehört, kennt seine Kindheit, die Jugend und den Beginn seiner Karriere in der Senatsverwaltung für Bau- und Wohnungswesen.

Interessiert dich das wirklich, hatte er schüchtern gefragt und auf ihr Nicken geantwortet, daß er dort nun schon acht Jahre im Prüfamt für Baustatistik in Sachen Verwaltung tätig sei und kurz vor der Beförderung zum Amtmann stehe.

Toll, hatte Rose geantwortet, was er zum Anlaß nahm, sie zu küssen. Danach waren sie im Grunewald spazierengegangen, wo er seine Zärtlichkeiten wiederholte und Rose lange umarmte. Nebenbei erfuhr er von ihr, daß sie die einzige Tochter eines wohlhabenden Zahnarztes war. Sie habe, erzählte Rose, das vom Vater gewünschte Studium der Zahnmedizin zwar abgelehnt und Landschaftsarchitektur studiert, aber dafür sei es der Wunsch ihrer Eltern, daß sie wenigstens einen Zahnarzt heirate.

Und wenn er kein Zahnarzt ist? fragte Rolf.

Dann müßte er zumindest reich sein, sagte Rose, und Rolf, der nicht wußte, ob sie das ernst meinte, floh in eine Umarmung, roch an ihren Haaren und legte sein Gesicht in die Grube ihres Halses. Einen Augenblick lang wünschte er sich, auf die Größe eines Däumlings zu schrumpfen, um von Rose davongetragen zu werden.

Mit jedem Tag wurde er verliebter, und als er davon überzeugt war, ohne sie nicht mehr leben zu wollen, lud er sie eines Abends nach ihren fast schon regelmäßigen Spaziergängen in seine Wohnung ein.

Zu seinem Erstaunen hatte Rose keine Einwände. Im Gegenteil, sie war neugierig und wollte erfahren, wo er wohne und wie er sich eingerichtet habe. Sie würde kochen, schlug sie vor, Kalbszunge mit Trauben und Mandeln.

Dem ungewöhnlichen Essen folgte eine ungewöhnliche Nacht. Rose zeigte sich ganz ohne Scham. Sie ließ sich nicht beim Ausziehen von ihm helfen, kroch auch nicht, wie Rolf erwartet hatte, unter die Decke und löschte das Licht. Sie lag nackt im Schein der Lampe auf dem Bett, nahm seine Hand und führte sie über ihren Körper, als sei er blind.

Du mußt es vorher wissen, flüsterte sie und hielt seine Hände an der Innenseite ihrer Oberschenkel fest, sieh es dir an. Dabei öffnete sie ihre Beine, und er sah, daß seine Hand auf einem spiegeleigroßen, schwarzen Fleck lag, der sich zur Scham hin verjüngte und nicht nur wie eine gewaltige Sprechblase aussah, sondern sich auf dem anderen Schenkel an der gleichen Stelle wie spiegelverkehrt wiederholte. Er spürte die höckrige, mit Haaren bedeckte Oberfläche und konnte sich von dem Anblick nicht losreißen. Wie betäubt legte er seinen Kopf zwischen ihre Schenkel, und die spiegeleigroßen, höckrigen und behaarten Sprechblasen berührten seine Ohren. Mit den Lippen in ihrem Schamhaar suchend, sagte er, daß er nunmehr zu Hause sei. Und dann liebten sie sich mit einer ausdauernden Heftigkeit, wie sie es beide bisher nicht für möglich gehalten hatten.

Am folgenden Morgen schien die Sonne in das Zimmer und verhieß Glück. Mit halbgeschlossenen Augen sah Rolf zu, wie Rose, nur in ein Handtuch gewickelt, durch die Wohnung ging. Ihre Haare fielen wie frisch gebügelt über den Rücken, und als sie sich zur Seite drehte, sah er ihr ein wenig klein geratenes Profil, das ihn rührte. Die Haut ihrer Arme schimmerte wie Seide und ließ keinen Augenblick vermuten, daß zwei riesige Male auf der Innenseite ihrer Schenkel wuchsen.

Ich liebe dich, sagte Rolf, und Rose nickte, ohne ihre Wanderung zu unterbrechen, als liefe sie einen Meeresstrand entlang.

Komm wieder zu mir, bat er und rückte im Bett zur Seite. Aber Rose setzte ihre Wanderung fort, fragte, warum er keine Blumen auf dem Balkon habe, machte ihrem Beruf entsprechend Vorschläge von großer Vielfältigkeit und benutzte dabei nur lateinische Namen.

Diese Wohnung, sagte sie und glitt endlich zu ihm unter die Decke in seine Arme, diese Wohnung ist wunderschön. Gehört sie dir?

Und während sich seine Finger sanft in das höckrige Dunkel unterhalb ihrer Scham drückten, log er, sagte ja und erwähnte mit keinem Wort, daß die teure Wohnung am Rand des Grunewalds in der Regerstraße das Eigentum seiner Mutter war. Die folgenden Lügen fielen ihm leichter. Eine setzte sich auf die andere, und als Rose ihn ihrem Vater vorstellte, war er bereits Mitinhaber der Botag-Immobilien, der seine Laufbahn in der Senatsverwaltung für Bau- und Wohnungswesen sozusagen als Recherche betrieb.

Botag, sagte Roses Vater und wiegte den Kopf in einer für Rolf kaum auszuhaltenden Nachdenklichkeit, ist das nicht die Frau, von der es hieß, daß …

Ja, beantwortete Rolf die Frage, bevor sie zu Ende gestellt war, das ist meine Mutter.

Roses Vater schien von Rolfs ehrlicher Reaktion nicht nur beeindruckt, sondern auch amüsiert. Es müsse ja nicht jeder glauben, was in den Zeitungen stünde, sagte er lächelnd und fragte nicht weiter nach. Hingegen zeigte er Interesse an den Botagschen Immobilien. Ich denke, wir werden uns bald wiedersehen.

Das Schweigen des Bruders geht Lilli auf die Nerven und, sich den Spott verkneifend, wiederholt sie die Frage, wer denn nun das Mädchen sei, das ihm derart den Kopf verdreht habe.

Rose, antwortet Rolf, es ist Rose.

Dann steht er auf, streicht Lilli über das Haar, zahlt und geht ohne ein Wort der Erklärung aus dem Café hinaus in das grelle Sonnenlicht.

Das einzige, was Lilli jetzt weiß, ist die Tatsache, daß der Bruder das Geld der Mutter braucht, um zu heiraten. Mit seinem Gehalt als Oberinspektor in der öffentlichen Verwaltung ist für zwei nicht viel Staat zu machen. Leise flüstert sie die Worte heiraten, Hochzeit und Familie vor sich hin. Bilder gehen ihr durch den Kopf, Bilder aus der Kindheit, in denen sich die Mutter als eine aus schwarzem Glanzpapier geschnittene Silhouette darstellt. Statt Beachtung und Zärtlichkeit bekommt Lilli Geschenke. Übergroße Puppen, Musikinstrumente, ein Fahrrad, Hunde, Katzen und schließlich einen eigenen Fernseher. Nichts war der Mutter für das Kind zu teuer, wenn es nur zufrieden war.

Ich möchte aber lieber bei dir sein, hatte Lilli oft gesagt, sich an die Mutter geklammert und Geschenke Geschenke sein lassen.

Ich hab keine Zeit, Lilli, versteh das doch, war die stereotype Antwort, wenn auch manchmal bittend, meistens streng, in jedem Fall aber eindeutig. Danach löste sich Dora Botag für ihre Tochter in Luft auf, und zurück blieb in der Vorstellung des Kindes nichts.

Dieses Nichts aus der Kindheit ist es, das Lilli jetzt überfällt und mit einem Mal alle Gefühle und Gedanken in ihr auslöscht. Keine Regung und kein Wort, als sei ihr der Verstand genommen. Ihr Atem ist kaum zu hören, und sie ist so blaß geworden, daß es der Kellnerin auffällt.

Ist Ihnen nicht gut?

Lilli bleibt stumm, ist ganz und gar mit dem Nichts beschäftigt. Es macht sie überflüssig, grau und nutzlos, für niemanden von Interesse. Sie wird sich, wie früher die Mutter, in Luft auflösen, durchsichtig und nur noch als Schattenumriß erkennbar.

Die Kellnerin weiß nicht recht, wie sie sich diesem seltsamen Gast gegenüber verhalten soll, und legt ihre Hand auf Lillis Schulter.

Ich helfe Ihnen gern, wenn ich kann, sagt sie freundlich.

Noch ganz in ihrem lähmenden Traum gefangen, springt Lilli auf und wirft dabei die Kaffeetasse um. Jetzt reicht's aber, sagt die Kellnerin, räumt das Geschirr zusammen und wischt den verschütteten Milchkaffee weg.

Mir auch, schreit Lilli zurück und verläßt das Café. Es ist Wut, die Lilli auf die Beine gebracht hat. Eine Wut, die stets auf das Nichts folgt und im Laufe der

Jahre für sie lebensnotwendig geworden ist. Aller Ursprung ihres Handelns ist Wut. Wenn sie nicht wütend ist, passiert auch nichts. Dann hängt sie herum, unfähig, einen Entschluß zu fassen, ängstlich und ihrer selbst nicht sicher. Das Ergebnis war: kein Abitur und keine abgeschlossene Berufsausbildung. Auch als sie schon volljährig war, lebte sie weiter zu Hause, zeigte außer für Mode kein Interesse und ließ sich mit großer Selbstverständlichkeit von der Mutter aushalten. Auf die Dauer wurde Dora Botag das Herumlungern zu bunt. Sie verlangte von Lilli, wenigstens in der Firma mitzuarbeiten. Es gab Streit zwischen den beiden, und aus dem Streit wuchs Lillis Wut, die darin gipfelte, daß sie der Mutter im Büro mehr Schaden zufügte als half.

Darauf warf Dora sie aus dem Haus. Um sie aber nicht ganz und gar ihrem Schicksal zu überlassen, mietete sie ihr in Frankfurt am Main, weit weg von Berlin, eine Boutique, gab das Startkapital für den ersten Einkauf und zahlte die monatliche Miete.

Seither lebt Lilli in Frankfurt, lebt allein, hat weder Freund noch Freundinnen, ist einsam und nun dem Nichts näher als der Wut.

Lilli läuft von der Bleibtreustraße zurück über den Kurfürstendamm zum Haus der Mutter. Wieder ist alles Klingeln erfolglos, die Tür, an der das lebensgroße Foto des polnischen Jungen fehlt, öffnet sich nicht. Nur das zweifach geschriebene Wort Mörderin springt ins Auge. Da zieht Lilli den Filzstift des Bruders aus der Tasche und verändert das von ihr geschriebene Wort. Nicht Mörderin steht jetzt in den für Lilli typischen, nach vorn fallenden Buchstaben da, sondern Kindsmörderin.

Dora weiss nicht, seit wie vielen Tagen sie wieder auf der Straße lebt. Sie ist nicht mehr in ihrer Wohnung gewesen und kennt demzufolge auch Lillis Zusatz nicht. Dora bewegt sich wie in Trance, zieht jeweils in der ersten Hälfte der Nacht südlich vom Kurfürstendamm ihre Kreise und in der zweiten nördlich davon. Es ist kühler geworden, hin und wieder riecht es nach Herbst, und die vertrockneten Blätter torkeln wie sterbende Vögel von den Platanen. Dora ist nicht nur die Vergangenheit auf den Fersen, auch die eigenen Kinder sind mit von der Partie. Sie lauern mit dem, was sie wissen, in jedem Geräusch, hinter jedem Schatten, schleichen sich durchs Mondlicht, gleiten über die Dächer, springen aus dem Geäst der Bäume und packen plötzlich zu, um die Mutter zu erpressen. Du bist schuld. Zwischen ihnen aber läuft dieser polnische Junge, hält ihre Hände, reißt den Mund auf und ist totenblaß. Du bist schuld. Im Hintergrund ist auch der Vater zu sehen, trägt längst keine Uniform mehr, dafür eine Schnapsflasche in der Hand, und hält sich mit der anderen am dahinfahrenden Bett seiner kranken Frau fest. Du bist schuld.

Und noch weiter hinten, nur mehr schemenhaft zu erkennen, der Großvater, der, alleingelassen und mit dem Hut des Baumschneiders auf dem Kopf, aus seinem Grab im lettländischen Kalni winkt. Du bist schuld.

Nein, schreit Dora, und ihre Stimme hallt durch die Ludwigkirchstraße bis zur Kirche und wieder zurück, ich habe keine Schuld.

Das wirkt. Zumindest der Großvater verschwindet, auch der Vater mit der im Bett liegenden Mutter ist nicht mehr zu sehen. Dora atmet erleichtert auf, wähnt sich endlich vor der Vergangenheit sicher, als durch die Scheibe des hellerleuchteten Schaufensters vom Radio- und Fernsehgeschäft Ecke Uhlandstraße lautlos und ohne Scherben zu verursachen, abermals Lilli und Rolf treten. Nur daß der polnische Junge nicht mehr zwischen ihnen läuft. Sie tragen ihn jetzt wie einen toten Bruder auf ihren Schultern und kommen Dora entgegen. Mörderin. Das Wort erscheint, mal in Lillis, mal in Rolfs Handschrift, auf den übereinander gestapelten Bildschirmen im Schaufenster. Dora wendet sich ab und geht langsam den Weg zurück. Nur nicht rennen, auch wenn sie davon überzeugt ist, daß ihr Lilli und Rolf mit dem toten Jungen folgen. Hin und wieder glaubt sie sogar, Lillis tippelnde Schritte zu hören oder den Atem von Rolf im Nacken zu spüren. Erst in der Fasanenstraße, kurz nachdem sie die Lietzenburger überquert hat, verliert sich das Gefühl, verfolgt zu werden.

Das also sind Doras Nächte. Kaum eine, in der niemand auftaucht und ihr die Hölle heiß macht. Die Kinder sind am hartnäckigsten, verbünden sich nicht nur mit dem polnischen Jungen, sondern auch mit dem Großvater, der Mutter und dem Vater. Sogar Schotte war ihr eines Nachts aus einem Gebüsch entgegengetreten und machte alle Anstalten, sie zu umarmen und zu küssen. Aber ihm fehlte der Mund. Die Lippen, wie mit einem Filzstift in sein Gesicht gemalt, konnten sich weder öffnen noch lächeln.

Du kommst mir zu Hilfe? hatte Dora staunend gefragt. Aber aus Schottes gemaltem Mund war nichts zu hören. Dora klatschte in die Hände, worauf Schotte so schnell, wie er gekommen war, auch wieder verschwand und sich kein zweites Mal blicken ließ.

Am Tag ist alles ganz anders. Wenn Dora nicht schläft, lernt sie die Botschaften der Straße kennen. Es ist, als ob sie langsamer sähe. Und was sie sieht, prägt sich ihr immer tiefer ein. Zum Beispiel, wie die Menschen Straßen überqueren. Erst sammeln sie sich gemächlich wie Viehherden an Flußrändern, drängeln schließlich Kopf an Kopf und stürzen dann in großer Eile los, um auf die andere Seite zu gelangen. Gegenüber spielt sich das gleiche ab, und immer öfter hat Dora die Vorstellung, daß sich die Menschen nicht etwa am Straßenrand sammeln, um die Fahrbahnseite zu wechseln, sondern weil sie darauf warten, den Gegenüberstehenden eins über die Rübe zu ziehen. Manche nehmen ihre Schirme fester in die Hand, ihre Stöcke und Taschen. Andere wiederum scheinen den Feind zu fixieren, suchen sich ein Gesicht aus, in das sie hineindreschen können. Wieder andere werden den Passanten vielleicht ein Bein stellen. Aber jedesmal, wenn die Ampel auf Grün springt, stellt Dora fest, daß es zu keiner Prügelei kommt.

Und dann sind da noch die Wartenden. Wie Puppen stehen sie an immer denselben Stellen. Vor dem Café Kranzler, am Brunnen auf dem Breitscheidplatz, vor der Wasseruhr im Europacenter, neben der Bank Ecke Schlüterstraße. Auch weiter, in Richtung Halensee, wird gewartet. Wie Pilze stehen die Menschen unbeweglich mitten unter den Vorbeieilenden. Meist sind es Frauen. Männer scheinen weniger Geduld zu haben. Die sehen pausenlos auf die Uhr, und schon nach einer Zigarettenlänge verschwinden sie. Oft sind sie zornig, manchmal auch erleichtert. In jedem Fall aber verlassen sie, ohne sich umzusehen, den Ort der Verabredung.

Unter den Frauen hat Dora einige beobachtet, die fast eine Stunde lang auf ein und demselben Fleck ausharrten. Erst zeigen sie freudige Erwartung, lächeln und blicken von rechts nach links, zupfen an ihrer Kleidung, am Haar und wechseln die Handtasche von einem Arm auf den anderen. Viele trauen der eigenen Uhr nicht und fragen Passanten nach der Zeit. Selten ist ihnen Ungeduld anzumerken. Meistens fallen sie von der freudigen Erwartung unmittelbar in tiefe Enttäuschung. Manchen steigen sogar Tränen in die Augen, Tränen der Erniedrigung. Kommt dann der Mann doch noch angerannt, vielleicht mit Blumen in der Hand und Entschuldigungen stammelnd, dann legen sie Unversöhnlichkeit an den Tag.

Solche Beobachtungen geben Dora den Tagesrhythmus und teilen ihre Zeit in einzelne, zusammenhanglose Bilder auf, an die sie sich gewöhnt wie an den Regen, den Wind und die wachsende Kälte in den Morgenstunden.

Nur an die Polizei, an die kann sie sich nicht gewöhnen. Nichts fürchtet sie mehr als ihr unerwartetes Auftauchen, egal, ob es sich um Absperrungen handelt, Überfälle oder Demonstrationen. Allein das Blaulicht und die Sirenen versetzen Dora in Schrecken, und jedesmal packt sie die Angst, der Einsatz könnte ihr gelten. Dann verdrückt sie sich in Hauseingänge und Nebenstraßen. Manchmal springen die Polizisten zu Hunderten aus ihren Wagen und säumen die Straßen, daß kein Durchkommen mehr ist. Und während die einen mit heruntergeklappten Visieren, in der linken Hand ihre durchsichtigen Schilde, in der rechten Gummiknüppel, bei Großdemonstrationen für Ordnung sorgen, harren die anderen, als Nachschub, ungeduldig auf den Befehl, ihre grünen, vergitterten Wannen verlassen zu dürfen, um, wie Dora sich einbildet, auch sie zu fangen.

Heute, am Olivaer Platz, glaubt sie gar, um ihr Leben rennen zu müssen. Rechts und links Polizisten, begleitet vom Gebrüll der Demonstranten, deren Worte sie nicht versteht. Schon spürt sie den Griff im Genick, fühlt sich hochgehoben und weggetragen. Jemand brüllt einen Befehl, die Polizisten fallen in Laufschritt, der den Asphalt ins Schwingen bringt. Dora macht sich klein und klebt wie ein Käfer an einer Hauswand. Vom Ku'damm her ist Geschrei zu hören, und immer mehr Demonstranten versuchen, durch die Seitenstraßen zu entkommen. Endlich erreicht Dora die Toreinfahrt zu einem Hinterhaus und versteckt sich zwischen Gebüsch, Bäumen und Müllcontainern. Hier ist es still. Nicht einmal Tauben gurren auf den Dächern. Nur ein metallisch blauer Himmel hängt wie eine Stahlkappe über dem Hof.

Dora rührt sich nicht von der Stelle, bis sie dieses kleine, zweirädrige Gestell entdeckt, an dem eine etwas ramponierte Plastiktasche befestigt ist. Jemand muß dieses Ding ausrangiert haben. An der Seite der Tasche ist eine Naht geplatzt, und am Verschluß fehlt die Lasche. Auch der Handgriff des Wägelchens ist verbogen. Aber die beiden Räder laufen wie geölt, geben keinen Ton von sich und drehen sich, ohne zu eiern, auf unbeschädigten Gummireifen. Dora könnte in diesem Gefährt allerlei Kram unauffällig transportieren, so als habe sie gerade eingekauft.

Vorsichtig schiebt sie den Deckel des Containers nach hinten und findet gleich obenauf einige Gegenstände, die, ähnlich wie der Karren, ihrem Interesse entsprechen. Hier muß jemand umgezogen oder gestorben sein. Da liegen ein alter Fahrradhelm, Bücher, ein Fotoalbum, gebündelte Briefe, zwei Mützen, ein Sofakissen und eine Decke. Die ist zwar am Rand zerrissen, aber für kühler werdende Tage absolut brauchbar. Dora stopft alles in das Wägelchen, obenauf die Bücher und das Fotoalbum. Zum ersten Mal, seit sie auf der Straße lebt, erfüllt sie Zufriedenheit, und als sie sich aus der Toreinfahrt wieder zurück auf die Straße wagt, ist ihr Schritt sicher, und der Kopf hängt nicht mehr vornüber. Die Polizisten sind verschwunden. Auf dem Kurfürstendamm geht alles seinen gewohnten Gang, als sei nichts geschehen, und vor dem Café Kranzler treffen schon wieder die ersten Wartenden zu einer Verabredung ein.

Ende November fällt unerwartet Schnee. Flocken, groß wie Popcorn, stürzen so dicht aus den Wolken, daß sie auf der Straße nicht tauen. Kein Schritt ist zu hören, auch die Geräusche der vorbeifahrenden Autos werden von der Schneedecke verschluckt. Überall setzt sich der Schnee fest, hinterläßt auf den schmalsten Kanten weiße Spuren, ist in seiner weißen Zeichnung der Stadt unerbittlich und läßt keinen Schlaf auf Bänken mehr zu. Wenn Dora den Mund öffnet, hat sie den kalten Schneegeschmack auf der Zunge.

Wo soll sie jetzt schlafen? Wo sich ausruhen? Im Bahnhof Zoo ist für eine alte Frau wie sie kein Platz.

Da sind die Stricher zu Hause, die Drogenabhängigen und Alkoholiker. In den U-Bahnstationen wird sie vom Bahnpersonal verjagt, das hat sie schon erfahren. Die S-Bahnhöfe sind kalt und zugig und geben keinen Schutz. Bleibt nur die Post. Dora hat es in der Lietzenburger Straße ausprobiert. Im Vorraum steht eine Bank, von niemandem benutzt, da die Besucher ihren Geschäften im Hauptraum nachgehen. Wenn sie sich dort mit ihrem Wägelchen in die Ecke drückt, ist sie keiner Menschenseele im Wege. Die Postangestellten übersehen sie, und auch den eiligen Postkunden fällt sie nicht auf. Sorgfältig klopft sie sich den Schnee von Mütze und Mantel, kratzt ihn von den Stiefeln und nimmt im Dämmerlicht des Vorraums Platz. Das Kissen aus dem Müllcontainer stopft sie sich hinter den Rücken. Vor dem grauen, vergitterten Fenster wirbeln die Schneeflocken und schicken Doras Gedanken zurück nach Kosten, wo sie 1944 mit den Eltern das letzte Weihnachten verlebte.

WOHER DER VATER DEN KARPFEN hatte, erfuhren sie nicht. Fragt nicht soviel, hatte er gebrummt, seht lieber zu, daß der Fisch am Heiligabend goldgelb paniert, mit Sauerkraut und Erbsen auf dem Tisch steht.

Gegen Mittag des Vierundzwanzigsten war der erste Schnee gefallen. Riesenflocken, die den Karpfen, der noch vor dem Küchenfenster lag, ganz und gar zudeckten. In der Stube schmückten die Mutter und Dora den Weihnachtsbaum, während der Vater der Rundfunkansprache des Reichspropagandaministers Joseph Goebbels lauschte.

Ich glaube nicht, daß die Russen überhaupt angreifen, dröhnte es aus dem Volksempfänger, denn unseren Feinden ist das Lachen bereits vergangen. Sie reden nicht mehr von einem Spaziergang nach Berlin, ganz im Gegenteil. Unsere im Angriff befindlichen tapferen Divisionen der Winterschlacht im Westen haben sie unerbittlich mit hartem Zugriff wieder auf den Boden der Tatsachen gestellt …

Aus. Kein Wort mehr. Die Mutter hatte das Radio abgestellt. Sie stimmte, wenn auch mit zitternder Stimme, ein Weihnachtslied an, sang O Du fröhliche und Ihr Kinderlein kommet, sang laut, falsch und schnell, bis ihr Dora zu Hilfe kam und der Vater wütend die Tür hinter sich zuknallte. Kaum war er draußen, stellte die Mutter ihren Gesang ein, unterbrach auch Doras klare, helle Stimme, zeigte auf das Radio, als käme von dort alles Übel, und flüsterte: Den Krieg werden wir verlieren, egal, was der Goebbels uns vorlabert, und dann steht der Russe vor der Tür.

Ein Gebrüll fährt durchs Haus, als habe der Vater die Worte seiner Frau gehört. Die Tür fliegt auf, und aus seiner Hand schleudert der Karpfen, vom Fleisch befreit, als Gerippe mitten hinein in die geschmückte Tanne.

Schöne Bescherung, schreit der Vater, während die Mutter und Dora das Fischgerippe im Weihnachtsbaum betrachten. Das Festessen haben Nachbars Katzen verspeist.

Die Stimmung des letzten Heiligabend in Kosten war derart verdorben, daß bis auf die Karpfenreste im Christbaum nichts davon in Doras Erinnerung blieb. Auch die folgenden Tage waren ausgelöscht bis auf die Tatsache, daß sie eines Abends im Licht einer Taschenlampe mit Spitzhacke und Spaten das Glas mit dem Baumschneider unter der Weißbuche ausgrub. Nie hat sie sich später erklären können, warum sie ihren behüteten Schatz ausgerechnet am 13. Januar 1945, also an dem Tag aus der Erde holte, als die Russen mit ihrer langbefürchteten Winteroffensive an der Weichselfront begannen.

Von da an wußte in Kosten jedes Kind, daß die deutsche Wehrmacht auf dem Rückzug war. Eine Woche später befand sich die Familie Botag mit allen in Kosten ansässigen Deutschen auf dem großen Treck nach Westen, wer weiß wohin.

Da Botags weder über Pferde noch Wagen verfügten, waren sie auf andere angewiesen. Das bedeutete, sie konnten nur das Nötigste mitnehmen. Jeder einen Koffer, hatte der Bauer gesagt, der sie mitnahm, wenn's mehr ist, müßt ihr laufen oder mit der Bahn fahren.

Die fuhr nur kaum noch für Zivilisten, zudem hieß es, die Russen stünden bereits vor Posen. Da waren die Pferde sicherer. Alles ging so schnell vonstatten, daß Dora vergaß, Abschied zu nehmen. Sie setzte sich neben die Mutter auf den Wagen, nicht anders, als führen sie in Kalni zum Heuen auf Großvaters Wiesen. Der Vater trug keine Uniform und war in den zerknitterten Hosen und der alten Joppe kaum wiederzuerkennen. Er war still, und kein Fluch war von ihm zu hören. Nicht einmal den Kopf hob er hoch, als er die Haustür verschloß. Kein Blick zurück. Er schien es so eilig zu haben, als könnte er Kosten gar nicht schnell genug hinter sich lassen.

Wenn mich die Polacken, denen meine Tischlerei gehörte, erwischen, legen sie mich um, teilte er der entsetzten Mutter mit, und Dora sah ihren Vater erstmals mitten am Tag Schnaps aus der Flasche trinken.

Wochen waren sie unterwegs, liefen mehr neben dem Fuhrwerk her, als daß sie darauf saßen. Der Frost ließ keine Ruhepausen zu, biß sich in die Knochen hinein, und wer nicht erfroren am Straßenrand liegenbleiben wollte, mußte das Tempo der Pferde einhalten. Hin und wieder gab es in Sammellagern eine Suppe, manchmal auch Brot und eine Unterkunft auf Stroh. Dora wußte nicht, wo der Vater den Schnaps her hatte, aber er war ständig betrunken. Nur dem Bauern, der sie mitnahm, reichte er manchmal die Flasche, damit er sie nicht zum Teufel jagte und ihre letzten Habseligkeiten vom Wagen warf.

Bis Frankfurt, sagte der Bauer immer häufiger, dann müßt ihr sehen, wo ihr bleibt.

Als sie endlich nach langen Tagen und Nächten in Frankfurt/Oder ankamen, zwang sie der Bauer, mit Sack und Pack seinen Wagen zu verlassen. Es war Doras zwanzigster Geburtstag. Aber niemand außer ihr dachte daran. Es konnte auch sein, daß sich die Eltern nicht um das Datum des Tages kümmerten. Sie waren zu sehr mit ihrem Plan beschäftigt, von hier aus mit der Bahn weiter Richtung Berlin zu fahren, wo die Mutter hoffte, in Rahnsdorf zwischen Berlin-Schöneweide und Erkner bei einer Cousine Unterschlupf zu finden.

Es gab keine Umarmung, keinen Geburtstagskuß, keine Glückwünsche. Statt dessen stundenlanges Warten bei minus fünfzehn Grad auf dem Bahnhof. Es hieß, ein Zug sollte kommen, aber keiner wußte, auf welchem Gleis. Gerüchte trieben die Menschen von einem Ende des Bahnhofs zum anderen. Am schlimmsten war das Schleppen der Kinder und des Gepäcks. Kaum glaubte man, an der richtigen Stelle zu warten, war man wieder einer Finte aufgesessen. Unter den Flüchtlingen kursierte der Verdacht, sie würden mit Absicht zu den falschen Gleisen geschickt, da die Waggons überfüllt seien und nur wenige eine Chance hätten, mitzukommen. Darum wagte niemand, sich von der Stelle zu rühren. Selbst die Notdurft verrichtete man ohne Scham zwischen den Schienen.

Plötzlich ging ein Raunen durch die Menschenmenge. Man glaubte eine Lokomotive zu hören, vielleicht zu sehen, wenn sie nach einer Kurve in den Bahnhof einbog. Was für ein Gedränge und Geschrei, wer stand am richtigen Gleis, und wenn nicht, kam man noch mit?

Dora rührte sich nicht und rechnete mit dem Glück. Die Mutter wich nicht von ihrer Seite, und der Vater wollte nicht Gefahr laufen, von Frau und Tochter getrennt zu werden.

Dora wußte nicht, ob es nun Glück oder Zufall war, aber der Zug fuhr tatsächlich auf dem Gleis ein, wo sie ausgeharrt hatten. Nur daß der Waggon, der vor ihnen hielt, ein Viehwagen war.

Egal, Dora zog sich an der Tür hoch und brauchte alle Kraft, um sie zu öffnen, als ihr schon der Nächste folgte und dem wieder der Nächste. Aber alle blieben wie vom Schlag getroffen in der Öffnung stehen, wagten keinen Schritt in das Innere des Waggons, das Entsetzen stand ihnen allen im Gesicht.

Runter da, schrie ein Mann, der seiner Mütze nach

zum Bahnpersonal gehörte und verzweifelt versuchte, sich durch die Menschenmassen auf dem Bahnsteig vorwärts zu kämpfen, weg von dem Güterwagen! Weit kam er nicht, und das war gut so, denn Dora überwand blitzschnell ihr Entsetzen und griff nach dem zuoberst liegenden toten Säugling. Steif gefroren lag er einen Augenblick lang wie ein Laib Brot in ihren Händen, bis sie ihn weiterreichte und schon nach dem nächsten langte. In rascher Folge wurden die winzigen Leichen aus dem Waggon geräumt und auf dem Bahnsteig gestapelt, um den Lebenden Platz zu machen. Dreißig waren es, vielleicht vierzig, die den langen Transport, die Kälte, den Hunger nicht überstanden hatten und hier in dem Waggon deponiert worden waren, bis irgendwann und irgendwo ein Grab für sie geschaufelt werden konnte.

Und die Mütter? Vielleicht waren sie auch tot, oder man hatte ihnen ihre leblosen Säuglinge in den überfüllten Abteilen weggenommen. Dora dachte nicht darüber nach. Als der Güterwagen leergeräumt war, zog sie die Mutter hinauf, der Vater kam mit den Koffern nach. In Windeseile füllte sich der Waggon. Das Geschrei und Gedränge nahm kein Ende, bis sich der Zug langsam in Bewegung setzte. Zurück auf dem Bahnsteig blieb der Stapel hartgefrorener Kinderleichen, ordentlich aufeinander geschichtet, ein Bild, das Dora für immer und ewig mit ihrem zwanzigsten Geburtstag verbinden wird.

Rahnsdorf war früher einmal ein Fischerdorf. Heute zieht sich eine breite Zufahrtsstraße durch den Ort und teilt ihn in zwei Hälften. An dieser Straße, der Fürstenwalder Allee, die nach Köpenick führt, wohnte die

Cousine der Mutter. Es war nicht leicht, sie zu finden. Dora mußte immer wieder fragen, wurde in die falsche Richtung geschickt, denn den Familiennamen der Cousine gab es in Rahnsdorf mehrfach. Die Mutter, erschöpft von den Anstrengungen der letzten Wochen, hatte sich geweigert, den Ort nach der Verwandtschaft abzuklappern, und der Vater wollte ihr das Gepäck nicht allein überlassen. Also warteten die Eltern in der Ortsmitte auf Dora.

Gott sei Dank war die Cousine zu Hause. Eine gutmütige, dicke Frau, deren Mann und Sohn noch im Krieg waren. Bis die beiden zurück sind, sagte sie und legte dabei eine Hand auf den Mund, als glaube sie selbst nicht an diese Möglichkeit, also bis die beiden zurück sind, könnt ihr bleiben. Danach müßt ihr sehen, wo ihr unterkommt.

Dora holte die Eltern, und so zog die Familie Botag bis auf weiteres in der Fürstenwalder Allee bei Hilde Grundke ein. Sie bekamen das Zimmer des Sohnes zugeteilt, eine Stube, nicht größer als Doras Zimmer in Kosten, in dem sie sich nun zu dritt einrichten mußten. Die Mutter bekam das Bett von Kurti, wie Frau Grundke ihren Sohn nannte, für den Vater wurde ein Feldbett aufgestellt, während Dora mit einem alten Sofa vorliebnehmen mußte. Das alles war besser als nichts, und weder den Eltern noch Dora kam eine Klage über die Lippen. Im Gegenteil, sie waren dankbar, und jeder bot Hilde Grundke Hilfe an.

Es war merkwürdig, aber der Verlust ihres Hauses in Kosten, in dem sie sechs Jahre gelebt hatten, schien für die Eltern kein Gesprächsthema zu sein. Um so mehr redeten sie von Kalni in Lettland, von dem Großvater, den Nachbarn und allem, was ein halbes Dutzend Jahre nicht mehr ihr Zuhause gewesen war. Erwähnte Dora Kosten, hörten die Eltern zwar zu, nickten auch hin und wieder, verhielten sich aber so, als seien sie dort, wo der Vater mit polnischem Hab und Gut zu Wohlstand und in der Partei zu Ansehen gekommen war, eher auf einer Art Durchreise gewesen. Auch Hilde Grundke gegenüber wurde Kosten kaum erwähnt, dafür die Heimat in Lettland als eine Art Paradies beschrieben.

In den Warthegau, hatte einmal der Vater in der Küche vor versammelter Mannschaft gesagt, dorthin wurde unsereins ja damals als Baltendeutscher dienstverpflichtet. Und die Mutter fügte hinzu, daß das auch gut so gewesen sei, da sie sonst alle hätten Russen werden müssen. Diese Schilderungen erzeugten bei Hilde Grundke und den neuen Nachbarn in Rahnsdorf Mitleid. So stand man Herrn Botags wachsendem Bedürfnis nach Schnaps nachsichtig gegenüber, verwehrte ihm aber die Einstellung in der einzigen Rahnsdorfer Tischlerei, was Herr Botag auf die beiden fehlenden Finger an seiner linken Hand schob. Undank ist der Welt Lohn, sagte er, was immer das in diesem Zusammenhang heißen sollte, und betrank sich noch mehr.

Dora begann ihren Vater zu verachten. Sie haßte ihn geradezu, wenn er den Leuten von Kalni vorschwärmte und einfach die Realitäten vertauschte, indem er die große Werkstatt und das Holzlager in Polen nach Lettland verlegte und umgekehrt die kleine, schäbige Stellmacherei von Kalni nach Kosten. Mit der Zeit wechselte er auch die Häuser aus. In Kalni stand plötzlich das zweistöckige Haus mit den geschwungenen Giebeln, während die Familie in Kosten in einer elenden Kate gelebt hatte, im Winter mit Eisblumen an den Fenstern, ohne Bad und dem Klo auf dem Hof. Um des lieben Friedens willen schwieg die Mutter. Auch Dora sollte keinen Widerspruch äußern. Also blieb sie mit ihrem Heimweh allein. Zum zweiten Mal in ihrem Leben mußte sie lernen, mit einem Verlust schweigend umzugehen. In Kosten war Kalni nicht der Rede wert gewesen, und nun, da es sie nach Rahnsdorf verschlagen hatte, sollte Kosten keines Heimwehs würdig sein.

Warum lügt ihr so, hatte Dora eines Abends die Eltern gefragt, als sie alle drei schon im Bett lagen und die Mutter die Lampe gelöscht hatte, warum tut ihr so, als sei der Vater in Lettland ein reicher Mann und in Polen ein armer Schlucker gewesen. Halt den Mund, war die Antwort des Vaters, oder willst du, daß dein Vater wegen der Polacken damals von den Russen heute ins Gefängnis gesteckt wird?

Dann warf er sich auf die Seite, und kurze Zeit später fiel sein flatternder Atem in regelmäßiges Schnarchen, das den ganzen Raum erfüllte und die Mutter aus Gewohnheit mit in den Schlaf riß. Von Doras Tränen wußten die Eltern nichts, auch nichts von ihren Träumen, in denen sie unter der Weißbuche in Kosten lag und an Kalni dachte. Dann konnte es passieren, daß sie ihr Baumschneiderglas aus dem Versteck holte und mit den Fingern so lange über die Gravur strich, bis der Schlapphut des Männleins so groß wurde, daß sie sich darunter hätte verstecken können.

Es gelang Dora nicht, in Rahnsdorf heimisch zu werden. Wahrscheinlich lag das daran, daß in dem Ort keine Weißbuche zu finden war, schon gar nicht in dem kärglichen Garten von Hilde Grundke.

Eines Tages kam unverhofft Herr Grundke nach Hause. Er stand vor der Tür, umarmte seine Frau, gab der Verwandtschaft höflich die Hand und fügte sich derart unauffällig in den Alltag ein, als ob er nie im Krieg gewesen wäre. Kurti kam nicht zurück, worüber die Botags insgeheim froh waren. Kurti, so wurde Hilde Grundke und ihrem Mann ein halbes Jahr später mitgeteilt, sei auf dem Feld der Ehre gefallen. Botags konnten also bleiben, solange ihnen die Stube nicht zu eng wurde, wie Hilde Grundke sich ausdrückte.

Und wenn ich in der Kammer neben der Küche schlafe? hatte Dora gefragt und hinzugefügt, weil der Vater so schnarcht.

Nein, hatte Hilde Grundke gesagt, die nur noch Schwarz trug, Ordnung muß sein, die Kammer brauche ich zum Abstellen.

Wenig später löste sich das Problem von selbst. Der Vater erlag einem Unfall. In trunkenem Zustand war er mit seinem Fahrrad auf der Kreuzung zum Bahnhof geradewegs und mit vollem Karacho in ein sowjetisches Militärauto gefahren. Es hieß, er sei sofort tot gewesen. Nicht einmal seinen Namen habe er noch sagen können. Deshalb hatten die sowjetischen Soldaten den toten Herrn Botag einfach vor das Rathaus gelegt, von wo er dann auf einer Leiter zu dem Anwesen von Hilde Grundke getragen wurde.

Kaum war die Beerdigung vorbei, an deren Feierlichkeit außer Hilde Grundke und ihrem Mann niemand weiter aus Rahnsdorf teilnahm, fing die Mutter an zu kränkeln. Als erstes stellte sich der Schlaf nicht mehr ein, dann ging Frau Botag der Appetit verloren. Der Doktor behauptete, kein direktes Leiden feststellen zu können, und tröstete die Patientin damit, daß sich ihr Zustand mit den kommenden besseren Zeiten wieder normalisieren würde.

Ich werde dem Vater nachgehen, jammerte die Mutter und behauptete zu Doras Erstaunen, ohne ihn nicht mehr leben zu können. Aber sie ging ihm nicht nach. Sie zog es vor, zu kränkeln, und eine Besserung ihres Zustands war nicht abzusehen.

INZWISCHEN ZIEHT DORA NICHT NUR das zweirädrige Wägelchen hinter sich her, sondern schiebt auch noch einen richtigen Einkaufswagen vor sich hin. Den hat sie von einem Parkplatz geholt, wo er tagelang herumgestanden hatte, und als sie ihn endlich wegschob, nahm niemand daran Anstoß. Nur muß sie irgend etwas hineinpacken, sonst könnten die Leute denken, sie habe ihn im Supermarkt gestohlen. Also legt sie hinein, was sie auf der Straße findet. Das ist nicht viel, mehr Müll als alles andere. Papier, leere Getränkedosen und Flaschen, hin und wieder ein verlorengegangener Handschuh, eine Kindermütze und Plastiktüten. Um sich nicht dem Spott der Straßenpassanten auszusetzen, stopft sie den Müll in die Tüten. Neuerdings geht sie auch nicht mehr an den Straßenpapierkörben achtlos vorbei, und mit der Zeit entdeckt sie überall etwas zum Mitnehmen.

Eines Tages kauft sie sich ein Dutzend blaue, große Beutel und sortiert den Inhalt der Tüten mit der gleichen Sorgfalt, wie sie früher die Antiquitäten in den Regalen ihres Berliner Zimmers einander zugeordnet hatte. Dank ihrer Ausdauer ist der Wagen bald zur Hälfte gefüllt. Aber nun will sie immer mehr. Die Freude am neuen Besitz macht sie emsig. In jeden Müllcontainer, an dem sie vorbeikommt, wirft sie einen Blick. Und wenn sie auf Sperrmüll trifft, glaubt sie einen Glückstag zu haben. Dann wühlt sie in Kisten, Säcken und Kartons, klettert über zerbrochene Möbel, Matratzen und Waschmaschinen, ganz von der Idee besessen, etwas zu besitzen, dessen Wert außer ihr niemand kennt.

Bald türmen sich die Tüten im Einkaufswagen, und Dora muß sich langsam über ein drittes Gefährt Gedanken machen. Zu Hilfe kommt ihr ein alter Mann mit einer Baskenmütze auf dem Kopf, der sie offenbar von seiner Kellerwohnung in der Damaschkestraße aus beobachtet hat. So wie er hinter dem Fenster lehnt, das fast den Boden berührt, und dabei über den schmalen Vorgarten auf die Straße blickt, scheint er Tag für Tag dort zu sitzen. Er fällt Dora auf, weil er ihr völlig grundlos zuwinkt. Er winkt und lächelt, bis sie endlich stehenbleibt. Dann öffnet er das Fenster einen winzigen Spalt, als fürchte er um die Wärme seines Zimmers, und ruft mit quicklebendiger Greisenstimme: Wie wär's mit 'ner Tasse heißem Kaffee, junge Frau?

Sie weiß nicht so recht, ob sie dieser ungewöhnlichen Einladung Folge leisten soll, und zögert noch, als der Alte schon wieder kräht. Es ist der Kaffee, der einen warm hält, nicht der Pelz. Dann schlägt er das Fenster zu und zeigt ihr die Richtung zur Tür.

Dora schiebt langsam die beiden Wagen mit ihrer Habe dicht an die Mauer neben dem Fenster. Als der

Alte erscheint, grüßt sie nicht etwa, sondern verbessert seinen Spruch. Es ist das Brot, das einen warm hält, nicht der Pelz, heißt es in Rußland.

Von mir aus, antwortet der Alte, aber Brot hab' ich nun mal nicht.

Zwei Zimmer und Küche, ein Raum wie der andere. Alle sind mit Regalen voller Bücher zugestellt. Auch der Tisch ist kein Tisch, sondern ein gestapelter Bücherklotz, über dem eine Decke ausgebreitet ist. Selbst die Matratze liegt auf Gedrucktem.

Mein Gott, sagt Dora und zwängt sich durch die schmalen Gänge zwischen den Regalen zum Fenster hin, um nach ihren Wagen zu sehen, haben Sie das alles gelesen?

Nein, sagt der Alte freundlich, ich lese nicht gern.

Er bringt zwei Tassen Kaffee und bittet Dora, auf dem einzigen Stuhl in der Wohnung Platz zu nehmen. Er selbst setzt sich auf einen Stoß Atlanten, über den er vorher ein Sitzkissen legt.

Dora trinkt mit geschlossenen Augen. Das heiße Getränk tut ihr gut. Der Alte sieht ihr zufrieden zu.

Aber wenn Sie nicht lesen, was machen Sie dann mit den vielen Büchern?

Ich überwintere zwischen ihnen.

Und im Sommer?

Da bin ich unterwegs, wie Ihr.

Er läßt sich Zeit, und sein Blick schweift über die Bücher, als wolle er Dora alle Titel vorlesen.

Früher habe ich auch gesammelt. Jahrelang. Aber das mache ich nicht mehr, bringt heutzutage nichts. Jetzt mache ich diesen ..., und er hält Dora die geöffnete Hand hin. Kein schlechtes Geschäft, wenn man's kann.

Mir reicht's jedenfalls. Aber die Bücher, hakt Dora nach, wozu die ganzen Bücher?

Die gehören meinem Bruder, der ist Antiquar. Wenn ich sie nicht durcheinander bringe, sie sauber halte und nicht mehr heize als nötig, läßt er mich vom Herbst bis zum Frühjahr hier wohnen.

Und das gefällt Ihnen?

Jedenfalls ist es besser, als Tag und Nacht auf Trebe zu sein.

Ungefragt erzählt er Dora freimütig den Verlauf seines Lebens. Berlin habe er nur einmal, und zwar als Soldat verlassen, sagt er, was ihm aber fürs Leben gereicht hätte. Und an einem Beruf habe ihn seine Kriegsverletzung gehindert. Er zieht plötzlich seine Mütze vom Kopf, unter der er eine eigroße, haarlose Einbuchtung seines Schädels verbirgt.

Seht Ihr?

Dora nickt und wünscht sich nichts sehnlicher, als daß der Alte seine Mütze wieder über die unnatürliche Vertiefung zieht.

So wie Ihr reagieren die meisten, und das bringt mir im Schnitt einen besseren Stundenlohn als jedem Alki und jedem Penner von unserer Zunft. Der Alte ist Dora zu geschwätzig. Auch ist die Luft zwischen den vielen Büchern stickig. Sie ist es nicht mehr gewohnt, sich in Innenräumen aufzuhalten.

Wenn es Ihnen nichts ausmacht, sagt sie unvermutet und erhebt sich von dem Stuhl zwischen den Büchern, möchte ich jetzt gehen.

Der Alte winkt ab. Das habe er geahnt, seufzt er. Für seine Geschichten interessiere sich niemand, auch nicht dafür, wie man ihm den halben Schädel weggeschossen habe. Dora schweigt und schlängelt sich durch die Regale zur Tür.

Vielleicht ein andermal, sagt sie höflich, und der Alte antwortet leise: Ein andermal gibt es bei mir nicht.

Draußen bittet er Dora, noch einen Augenblick zu warten, er habe ein Geschenk für sie, und wenig später ist er mit einem Bollerwagen wieder zurück.

Ich brauche ihn nicht mehr, sagt er und tippt an seinen Kopf, wo unter der Mütze die Einbuchtung sitzt, aber Ihr, Ihr werdet ihn schätzen.

Dann schichtet er ihre Tüten um und bindet den Bollerwagen an der zweirädrigen Handkarre fest, damit sie eine Hand frei hat für den Einkaufswagen aus dem Supermarkt. Zum Abschied nimmt er wieder seine Mütze ab. Im Licht des Tages wirkt die Kriegsverletzung des Alten noch entstellender als in der dunklen Wohnung. Das macht Dora angst, und sie muß an den polnischen Jungen denken. Wenn sie noch lange hier stehenbleibt, wird er möglicherweise auftauchen und sich mit dem Alten verbünden.

Macht mir die Freude, sagt der Alte, von einem, der aussieht wie ich, nimmt nicht jeder was an.

Und um Dora von dem Anblick seiner Entstellung zu erlösen, stülpt er langsam die Mütze wieder über den Kopf. Grußlos geht er mit schlurfenden Schritten zurück ins Haus wie jemand, der die Hoffnung auf das eigene Glück längst aufgegeben hat.

Der Bollerwagen erweist sich als vorteilhaft. Dora kann weitere blaue Tüten kaufen. Nur das Überqueren von Kreuzungen erfordert auf Grund der Länge ihres Dreiergespanns besondere Eile. Auch die Aufmerksamkeit, die sie unter den Passanten auslöst, ist ihr unangenehm.

Wenn sie sich im Vorraum der Post in der Lietzenburger Straße aufwärmt, nutzt sie hin und wieder die Gelegenheit, sich von ihrem Postsparbuch das Geld abzuheben, das sie sich über ihren Rechtsanwalt und Notar selbst zugesteht. Der Betrag ist nicht hoch und reicht gerade für Essen, Getränke und die blauen Tüten. Nur wenn sie sparsam damit umgeht, bleibt etwas für Sonderausgaben übrig. Es kümmert sie auch nicht mehr, was sie ißt. Mal ist es Kuchen vom Vortag, den ihr ein Bäcker billiger gibt, mal ein Hamburger oder eine Bratwurst, mal sind es Bananen vom Sonderangebot.

Was ihr hingegen wirklich zu schaffen macht, ist, sich zu waschen. Je kälter es wird, um so länger schiebt sie dieses nächtliche Ritual in der Toilette am Savignyplatz hinaus, und es kommt immer öfter vor, daß sie sich nur noch einmal in der Woche gründlich wäscht. In den Spiegel über dem Waschbecken sieht sie kaum noch. Das Kopftuch fest über die Mütze gebunden, verzichtet sie auf das Kämmen der Haare. An den immer penetranter werdenden Geruch, der von ihr und dem Inhalt der Tüten ausgeht, hat sie sich längst gewöhnt.

Erkannt hat sie bisher noch niemand, obwohl sie mehrere Male früheren Kunden und Angestellten ihrer Firma begegnet ist. Aber wer vermutet schon hinter dieser stinkenden alten Frau mit den blauen Tüten die Inhaberin der stadtbekannten Botag-Immobilien. Schließlich ist ja auch hinter der großen Sonnenbrille kaum etwas von ihrem Gesicht zu sehen. Die zur

Schau gestellte Armut hat sich wie eine Tarnkappe über Dora gestülpt, unter der sie im Laufe der Zeit alle Scham eingebüßt hat.

Nur als ihr mitten auf dem Kurfürstendamm Schotte begegnet, verliert sie die Fassung. Er ist ein wenig füllig geworden und weißhaarig, aber sonst unverändert. Ein stattlicher Mann um die Siebzig, dem der Wohlstand anzusehen ist. Ganz dicht kommt er an Dora vorbei und bleibt stehen. Im ersten Augenblick glaubt sie, er sieht sie an, und der Boden scheint unter ihren Füßen zu wanken. Er zieht die Brauen zusammen, daß sie wie ein Pelzstreifen über seinen Augen aus der Stirn wachsen, und tritt noch einen Schritt näher. Sie könnte seine Hand berühren, ihn am Mantel zupfen und guten Tag, Schotte, sagen. Aber dazu kommt sie nicht. Schotte blickt in das Schaufenster eines Geschäfts für Herrenausstattung und betrachtet die Auslagen. Sie riecht sein Rasierwasser und die Sorte der Zigarren, die er nach über zwanzig Jahren immer noch raucht. Plötzlich wendet er sich um und nimmt sie mit ihren Tütenbergen wahr. Ganz gegen seine Gewohnheit greift er in die Manteltasche, holt ein Markstück heraus und legt es zuoberst auf einen der Plastiksäcke. Sie sieht nur seine Hände, weiß und auffällig groß, mit viel zu kleinen Fingernägeln, die merkwürdig viereckig über den Kuppen sitzen, als seien sie draufgeklebt. Dann bemerkt sie das Geldstück.

Das Blut weicht ihr aus dem Gesicht. Noch nie hat ihr jemand Almosen angeboten. Ausgerechnet Schotte muß sie zur Bettlerin degradieren.

Nimm dein Scheißgeld und steck es dir sonstwohin, schreit sie in ihrer Wut so laut, wie sie es sich selbst nicht zugetraut hätte. Und Schotte, erschrocken über die keifende Alte, greift tatsächlich nach seiner Mark.

Dora holt einen Augenblick Luft, dann schimpft sie wieder los.

Ich nehme kein Geld, verstehst du? Was glaubst du denn, was du mit der Mark an meinem Leben wieder gutmachen kannst? Aber da ist Schotte schon weg. Er hat nicht einmal ihre Stimme erkannt. Zurück bleiben nur ein paar Passanten, die sich über die verrückte Alte amüsieren.

Dora spürt Tränen unter den Rändern ihrer Sonnenbrille. Sie packt ihre Wagen zusammen und flieht in eine Seitenstraße, wo sie sich erschöpft auf einem Mauervorsprung niederläßt. Mit zitternden Händen wühlt sie in ihren Sachen nach dem Glas, gießt Mineralwasser hinein und trinkt. Dabei streichelt sie wie gewohnt über die Gravur, bis sie sich beruhigt hat und das Lächeln des Baumschneiders, das auch das Lächeln des Großvaters ist, zu erkennen glaubt.

NACH DEM TOD DES VATERS HATTE Dora in der Rahnsdorfer Gärtnerei Friebe Arbeit gefunden. Spaß machte es ihr nicht, aber zum einen konnte sie auf diese Weise der ständig jammernden Mutter entkommen, und zum anderen waren sie jetzt nicht mehr nur auf das kärgliche Gemüse aus Hilde Grundkes Garten angewiesen. Seit ihr Mann aus dem Krieg heimgekehrt war, gab Hilde Grundke sowieso nicht mehr gern ab. Jeder muß sehen, wo er bleibt, sagte sie und schleppte nur so viele Kartoffeln aus dem Keller in die Küche, wie sie und ihr Mann für sich benötigten. Erst als Dora sich anbot, einen Teil der Haus- und Gartenarbeit zu übernehmen, nach Lebensmittelkarten anzustehen oder mit dem Fahrrad die Besorgungen in Köpenick zu machen, war Hilde Grundke bereit, dafür Kartoffeln und Gemüse, hin und wieder auch Sirup oder etwas Mehl herauszurücken.

Frau Friebe hingegen war großzügig, steckte Dora nicht nur Möhren und Erbsen zu, sie ließ auch schon mal Frau Botag ein wenig Butterschmalz zukommen, an Feiertagen sogar Eier und Äpfel, soviel Dora mitnehmen wollte.

Alles andere verkaufte Frau Friebe an Schotte aus Berlin. Der kam regelmäßig in seinem Auto angefahren, legte größten Wert auf einwandfreie Ware und zahlte in Kaffee, Mehl und Zucker. Die ganze Friebesche Gärtnerei war seit Kriegsende auf Schotte eingestellt. Man hatte schon vor dem Krieg an seinen Vater geliefert, der ein bekanntes und angesehenes Lebensmittelgeschäft betrieb. Schotte kam mit der Pünktlichkeit eines Zuges jeden Freitagmittag um zwölf. Dora hatte das Obst und Gemüse zu wiegen, zu verpacken und in den Schuppen zu bringen, um es dann, nach Schottes Begutachtung, in sein Auto zu laden. Den geschäftlichen Teil erledigten Frau Friebe und Schotte allein in der Küche.

Die ersten Male hatte sich Dora nicht weiter um Schotte gekümmert. Mit gleichgültigem Blick erledigte sie ihren Auftrag, bis auch die letzte Lauchstange sorgfältig verstaut war. Vielleicht wäre es nie zu einer Annäherung zwischen ihnen gekommen, wenn Schotte nicht eines Freitag mittags völlig unvorhergesehen Doras Hinterteil berührt hätte.

Es war einer der seltenen, viel zu heißen Frühsommertage, und Dora trug unter der Kittelschürze nichts weiter als ein Höschen. Die Erdbeeren waren in kleine Kisten verpackt, die Schotte als Leergut abgezählt wieder zurückzubringen hatte. Während er die leeren Kisten auslud, war Dora damit beschäftigt, die von ihr mit den Früchten gefüllten Kisten einzuladen. Hinzu kamen Bündel von Rettichen und Radieschen, die ersten Möhren und Salat. Der Schuppen war so schmal, daß Dora Schotte riechen konnte, wenn sie an ihm vorbei mußte. Das heißt, sie roch sein Rasierwasser. Und da Dora weder in Kalni noch in Kosten und schon gar nicht in Rahnsdorf einem Mann begegnet war, der nach Rasierwasser roch, blieb sie stehen, hob den Kopf und schnüffelte Schottes Duftnote hinterher. Sie nahm einen tiefen Atemzug davon, schloß die Augen und hauchte ein verzücktes Oooh vor sich hin. Dabei verwandelte sich Schotte in ihrer Phantasie von einem Gemüsehändler in einen amerikanischen Millionär, in einen Prinzen, vielleicht auch in einen Ölscheich. Denn Doras Meinung nach konnten nur solche Männer derart wundersam riechen.

Die ungewohnte Sinnesempfindung zauberte ein Lächeln auf ihr Gesicht, das wiederum Schotte zu beeindrucken schien. Er fand das junge Mädchen, das er bisher kaum beachtet hatte, plötzlich schön. Ehrlich gestanden hatte er Mädchen bisher nie schön gefunden, höchstens aufreizend und attraktiv, aber nie schön. Also starrte er Dora an, und als sie ihre Augen wieder öffnete und seinen staunenden Blick wahrnahm, geriet sie in große Verlegenheit. Um ihre Unsicherheit zu verbergen, bückte sie sich schnell nach einem der Erdbeerkörbe. Das war genau der Augenblick, in dem Schotte ihren Hintern berührte. Wenn auch nur mit dem Unterarm und ohne Absicht, so stellte er doch in Bruchteilen von Sekunden die Festigkeit dieses Körperteils fest. Wie Kürbisse, dachte er, so knackig wie die Kürbisse auf Frau Friebes Komposthaufen. Und ohne ein Wort der Erklärung packte er zu. Nicht gewaltsam, auch nicht grob, aber so bestimmt, daß Dora sich nicht zur Wehr setzte. Sein Arm holte sie dicht zu sich heran, und dann küßte er sie. Erst glaubte sie, keine Luft zu kriegen. Schotte füllte mit seiner Zunge ihren ganzen Mund aus, glitt über Gaumen und Zähne hin und her, als müsse er dort etwas suchen. Nachdem er jeden Fleck in ihrem Mund abgetastet hatte, ließ er sie wieder los. Und da von seiner plötzlichen Zärtlichkeit, die Dora keineswegs als Zärtlichkeit empfunden hatte, noch etwas Spucke in ihrem Mundwinkel hängengeblieben war, wischte er sie mit dem Daumen weg, ähnlich wie Erwachsene die Gesichter von Kindern zu säubern pflegen. Dann lachte er und forderte Dora auf, sich wieder an die Arbeit zu machen.

Später behauptete sie nie, daß sie sich auf Grund dieses Kusses in Schotte verliebt hätte. Aber am folgenden Freitag wusch sie sich vor Arbeitsbeginn in der Gärtnerei Friebe die Haare und zog sich eine frische Kittelschürze an. Schotte brachte ihr eine Tafel Schokolade mit und küßte sie im Schuppen ähnlich heftig wie beim ersten Mal. Mit diesen Kußfreitagen begann für Dora eine neue Zeitrechnung. Der Mutter erzählte sie nichts davon, auch nicht Hildegard Grundke. Nur als Frau Friebe eines Tages überraschend im Schuppen erschien und sah, wie Schotte mal wieder mit seiner Hand Doras Hintern umklammerte, entspann sich nach Feierabend zwischen den beiden Frauen ein kurzer Dialog.

Paß vor dem Schotte auf, sagte Frau Friebe und zutschte mit der Zunge die Zähne entlang, als sei sie gerade wie Dora geküßt worden, das ist einer, der überall sein Feuerchen hat.

Besser ein Feuerchen, Frau Friebe, als ein Häufchen Asche, sagte Dora.

Da schon die vierte Woche nach dem ersten Kußfreitag vergangen war, kam für sie ein Verzicht auf Schotte nicht mehr in Frage.

Am sechsten Freitag nahm Schotte außer Erdbeeren, Salat und anderem frischem Gemüse auch Dora in seinem Auto mit nach Berlin. Er habe dort eine Überraschung für sie. Am Abend könne sie ja mit der Bahn wieder zurückfahren.

Nach Doras Vorstellung war es eine sehr lange Fahrt, während der sie wenig miteinander redeten. Als sie in Berlin ankamen, konnte Dora ihre Enttäuschung kaum verbergen. Nichts da von der Hauptstadt. Nur Trümmer und Ruinen, in denen die Menschen wie Ameisen zu verschwinden schienen.

Hier wohnen Sie? fragte Dora.

Hier wohnen viele, antwortete Schotte, der sich nicht daran störte, daß Dora ihn immer noch siezte Im Grunewald sah es nicht ganz so schlimm aus, und von Schottes Elternhaus war nur der Dachstuhl ein wenig beschädigt. Sie luden das Gemüse aus.

Und jetzt kommt die Überraschung, sagte er und forderte sie auf, wieder ins Auto zu steigen. Diesmal war die Fahrt kurz und endete vor einer wuchtigen, vom Krieg ramponierten Kirche aus grauen Quadersteinen.

Wir sind pünktlich, sagte Schotte zufrieden, hoffentlich ist es der Pfarrer auch.

Der Pfarrer? In Doras Kopf überschlugen sich die Gedanken. Was hatte Schotte mit dem Pfarrer und ihr hier in der Kirche vor? Ihr Herz klopfte bis zum Hals. Es war unmöglich, zu Ende zu denken, was ihr in diesem Augenblick durch den Kopf ging. Die Knie wurden derart weich, daß sie, um sicher gehen zu können, mit den Schuhen über den Boden schlurfte.

Heb doch die Füße, sagte Schotte unwillig, als er die Kirchentür hinter sich schloß.

Dora suchte vergeblich das Weihwasserbecken und schlug schließlich das Kreuz über der Brust. Das ist ja eine evangelische Kirche, flüsterte sie atemlos.

Na und? sagte Schotte, das ist doch wurscht.

Aber ich bin katholisch, flüsterte Dora, was Schotte nicht weiter kommentierte.

Er mußte sie zwischen den Bänken hinter sich herziehen. Die Kahlheit des Gotteshauses verängstigte sie. Keine Kerzen, keine Heiligen und statt des Hauptaltars ein Tisch mit einem weißen Tuch, darauf lag eine Bibel unter einem lächerlich kleinen Kruzifix mit einem Jesus, nicht länger als eine Möhre aus Frau Friebes Garten.

Sie hatten noch nicht die Mitte des Kirchenschiffs erreicht, da kam der Pfarrer. Das heißt, Schotte begrüßte ihn als solchen. Sein Aussehen deutete nicht auf einen Gottesmann hin. Er trug viel zu weite Hosen, eine umgearbeitete Uniformjacke und darunter ein am Hals geöffnetes Hemd. Dora hätte am liebsten abermals das Kreuz geschlagen, so unheimlich war ihr das Ganze.

Na dann woll'n wir mal, sagte der Pfarrer heiter und

zeigte auf einen Haufen Kleidungsstücke, die bunt durcheinander zwischen Kirchenbänken und dem dürftigen Altar lagen. Der Pfarrer erklärte diese ungewöhnliche Sammelstelle damit, daß die Sakristei beim letzten Angriff beschädigt worden sei und er deshalb die Kleiderspende der Amerikaner hier aufbewahren müsse. Aber die Hauptsache sei schließlich, daß er wenigstens etwas für seine Gemeindemitglieder habe organisieren können. Und da Herr Schotte ihm schon mehrmals Gemüse habe zukommen lassen, möge sich Dora jetzt bitte bedienen und sich dabei Zeit lassen. Dann verschwand er, während Schotte mit sicherem Griff einen funkelnagelneuen Mantel aus dem Haufen fischte.

Er paßte, hatte eine Kapuze und war von zwei Seiten zu tragen. Noch nie hatte Dora etwas so Elegantes gesehen, nicht mal im Kino.

Jetzt das, sagte Schotte und hielt ihr eine grasgrüne Bluse hin. Gehorsam probierte sie auch noch einen Rock über ihr Sommerkleid, aber der war zu groß, und Schotte warf ihn zurück auf den Haufen, in dem er schon wieder zu wühlen begann.

So, sagte er, und nun zieh dein Kleid aus und das hier an.

Vor dem Herrn? fragte Dora entsetzt.

Nein, vor mir, lachte Schotte, zog Dora selbst das Kleid aus und stülpte ihr das neue über. Dann verlangte er, daß sie auf dem Gang zwischen den Bänken auf und ab ging, sich drehte und dabei die Hände auf die Hüften legte. Als Schotte auch noch ein Cocktailkleid aus dem Haufen zerrte, glaubte Dora, der Herrgott würde das Kirchendach über ihr zusammenstürzen lassen. Der weite, abstehende Rock war aus schwarzem Chiffon mit tellergroßen roten Rosen, das Oberteil schulterfrei und nur mit schnurdünnen Trägern versehen.

Das zieh ich in einem Gotteshaus nicht an, rief sie und bekreuzigte sich zum dritten Mal. Aber Schotte meinte, sie solle sich nicht so anstellen, sondern dankbar sein.

Wozu brauche ich in Rahnsdorf so ein Kleid? fragte sie.

Nicht in Rahnsdorf, aber vielleicht in Berlin, sagte Schotte geheimnisvoll.

Also zog sie es an und tippelte auf dem roten Teppich zwischen den Bänken wie auf einem Laufsteg hin und her. Schotte war begeistert, klatschte in die Hände, daß es im Kirchenschiff hallte. Erst jetzt nahm sie das riesige, überdimensionale Kreuz in der Kuppel über dem altarähnlichen Tisch mit der Bibel wahr. Wie vom lieben Gott von oben in ihr Blickfeld geschoben hing es da, um sie an ihren Frevel zu erinnern. Schon stellte sie sich vor, im schwarzen Chiffonkleid mit den tellergroßen Rosen, schulterfrei und mit nackten Armen an dieses Kreuz genagelt zu werden, als erneut in die Hände geklatscht wurde. Diesmal war es der Pfarrer.

Schön, sagte er, wirklich, Sie sehen wunderschön aus, kleines Fräulein, das Kleid müssen Sie unbedingt behalten. Er lachte spitzbübisch und voller Bewunderung.

Na, fragte Schotte, als sie mit den Kleidern überm Arm wieder im Auto saßen, war das nun eine Überraschung oder nicht?

Ja, sagte Dora und beschloß in diesem Augenblick, abends nicht mehr nach Rahnsdorf zu fahren, sondern bei Schotte zu übernachten.

Eine Woche nach der Währungsreform, Ende Juni 1948, war die Hochzeit. Du bist nicht nur schön, hatte Schotte seinem Heiratsantrag vorangestellt, du kannst auch arbeiten.

Die Hochzeit sollte ohne Brimborium über die Bühne gehen. Auch eine kirchliche Trauung kam für Schotte nicht in Frage, da er nicht gewillt war, sich katholisch trauen zu lassen.

Hildegard Grundke und Frau Friebe bereiteten das Hochzeitsessen zu, Schweinebraten mit Leipziger Allerlei, hinterher Vanilleeis mit Schlagsahne und in Wodka eingelegte Sauerkirschen. Es gab Sekt, Wein und Schnaps, soviel jeder wollte. Die Hochzeitsgesellschaft bestand in erster Linie aus Rahnsdorfern. Von Schottes Seite war nur der Vater da und ein Geschäftsfreund mit seiner Frau. Doras Mutter fiel durch ununterbrochenes Weinen auf. Niemand wußte genau, ob es Tränen der Freude über das Glück der Tochter waren oder Tränen der Angst, von nun an allein Hildegard Grundke auf Gedeih und Verderb ausgeliefert zu sein. Jeder bestimmt sein Leben selbst, hatte Dora der heulenden Mutter beim Braten ins Ohr geflüstert, und meins gehört ab heute Schotte.

Dora war eine schöne Braut, wenn auch eine ungewöhnliche ohne Schleier und weißem Hochzeitsgewand. In ihrem schwarzen Chiffonkleid mit den riesigen roten Rosen auf dem Rock und den nackten Schultern wirkte sie auf die Rahnsdorfer ein wenig verworfen. Hin und wieder sahen sie sich verstohlen an, und Frau Friebe sagte auf dem Heimweg im Zug, wenn das man gutgeht.

Schotte sollte recht behalten, Dora schuftete für zwei. Er konnte auf sie zählen, egal, ob sie Kunden bediente, an der Kasse saß oder die Ware einräumte, die er heranschaffte. Bald wurde aus dem Behelfsladen ein ansehnliches Delikatessengeschäft mit Fleisch- und Geflügelabteilung. Sie verdienten gutes Geld und konnten bald in Charlottenburg eine Filiale eröffnen.

Die Armut von Kalni war ebenso vergessen wie der Verlust von Kosten und das Elend von Rahnsdorf. Nur das Glas mit dem Baumschneider hütete Dora immer noch wie einen geheimen Schatz. Auch Schotte bekam es nie zu sehen. Sie fürchtete sein Unverständnis für derart altmodischen Krimskrams, wie er sich spöttisch ausdrücken würde.

Aber ihrer Liebe zu ihm tat das keinen Abbruch, und Dora glaubte vor der Erfüllung des Glücks zu stehen. Es fehlten ihr nur noch die Kinder.

Nachdem das Geschäft ausgebaut und die Filiale eröffnet war, hielt sie den Zeitpunkt für gekommen. Aber Schotte wollte keinen Nachwuchs und benutzte deshalb Kondome. Dora weinte und versprach, als Mutter genauso zuverlässig zu arbeiten wie immer. Es war nichts zu machen. Statt dessen schenkte er ihr Schmuck, Pelze und schöne Kleider. Er führte sie aus und war stolz, wenn ihn die Leute auf seine schöne Frau ansprachen. Sie gehörten zu den ersten, die nach dem Krieg in Italien Urlaub machten, auf deren Terrasse eine Hollywoodschaukel stand und in deren Wohnzimmer ein Fernseher zu bewundern war. Schotte wußte seinen wachsenden Wohlstand zur Schau zu stellen. Erst als die dritte Filiale eröffnet war und seine Geschäfte im Westteil von Berlin einen Namen hatten, ließ sich Dora nicht mehr vertrösten.

Sie war mittlerweile fünfunddreißig und würde nach Meinung ihres Gynäkologen zu den Spätgebärenden gehören. Ein Wort, das sie beunruhigte und von Tag zu Tag mehr in Angst versetzte, kinderlos bleiben zu müssen, wenn Schotte noch lange stur blieb.

Also beriet sie sich mit dem Baumschneider, trank aus dem Glas in kleinen Schlucken Brunnenwasser und faßte einen Entschluß. Hör zu, sagte sie eines Abends zu Schotte, als er sich zu ihr ins Bett legte, entweder du läßt die Kondome weg oder …

Was heißt oder? fragte Schotte noch gutgelaunt und hatte schon seine Hände unter ihrem Nachthemd.

Oder, antwortete Dora, ohne sich im geringsten gegen seine Zudringlichkeit zu wehren, oder ich suche mir einen anderen Vater für meine Kinder. Schotte lag ganz still. Sie hörte nur seinen Atem, der mit jeder Sekunde heftiger wurde. Dann warf er sich über sie und fuhr ohne Vorsicht und Schutz in sie hinein, als wolle er sie auf der Stelle zweiteilen. Wie ein Wahnsinniger ritt er auf ihr herum, bis er zu schreien anfing und sie die Worte verstand: Jetzt bekommst du, was du gewollt hast. Keine Zärtlichkeit und Lust, nur pure Gewalt. Neun Monate später kam Lilli zur Welt und im darauffolgenden Jahr Rolf, den Schotte nicht weniger brutal gezeugt hatte.

Der Winter ist vorbei, und in den Parkanlagen locken die ersten Meisen. Dora hat sie sofort gehört. Mittlerweile fällt ihr das Herumziehen in der Stadt immer schwerer. Ihre Wagen sind randvoll. Einige Tüten hat sie schon seitlich befestigen müssen, und häufiger als sonst legt sie in den frühen Morgenstunden an größeren Müllcontainern eine Rast ein, um ihren Kram zu überprüfen, umzuschichten oder auch etwas wegzuwerfen. Aber das passiert selten, denn alles, was sie sammelt, bekommt für sie einen Wert. Papier wird ebenso sorgfältig gebündelt wie Lumpen, und hin und wieder wühlt sie auch in den für Kleidersammlungen auf der Straße abgestellten Beuteln. In Billigkaufhäusern interessiert sie sich für Sonderangebote, und wenn sie ein Schnäppchen findet, greift sie zu. Aber je voller und schwerer die Wagen werden, um so mühsamer wird das Überqueren der Kreuzungen.

Eines Tages, während der Rushhour Joachimsthaler/Ecke Kurfürstendamm gelingt es ihr zum ersten Mal nicht, ihre Habe auf einen Rutsch bei Grün über die Straße zu bringen. Die Ampel ist längst auf Rot gesprungen, das erste Auto losgefahren, und Dora steht mit ihrer Karawane wie eine Straßensperre immer noch mitten auf dem Fahrdamm. Die Autofahrer hupen, kurbeln die Fenster herunter, fluchen. Die Menschen auf den Bürgersteigen lachen, zeigen mit Fingern auf Dora. Seht mal die Verrückte!

Auf einmal ist sie im Mittelpunkt, und sie beeilt sich, diesen ungewollten Auftritt zu beenden. Da fällt eine Tüte herunter und platzt. Der Inhalt liegt auf der Straße: gebündeltes Papier, ein Stück Wäscheleine, Joghurt, Plastikteller, Tomaten, Popcorn, eine Handvoll Kerzenstummel, Cola und ein altes Handtuch. Gekauftes und Gefundenes, zusammengestopft und noch nicht sortiert. Ein alter Mann sagt: Sauerei. Die Autos fahren alles platt.

Als Dora den Bürgersteig erreicht, hält sie an und stützt sich erschöpft auf ihren Tütenberg. Ein Hund hebt am Rad ihres Bollerwagens das Bein. Wieder lachen die Leute. Nicht über den Hund, denkt Dora, sie lachen über mich, sie machen sich über mich lustig. Das hat noch nie jemand gewagt. Mit letzter Kraft schiebt und zieht sie ihre Wagen weiter. Ein Passant klatscht, ein zweiter fällt ein, ein dritter, es bildet sich eine Gasse. Ab durch die Mitte.

Am Anfang der Grolmanstraße läßt sie sich müde auf eine der Bänke fallen, nicht weit von den Telefonzellen entfernt. Sie braucht Zeit zum Nachdenken. Irgend etwas muß sie ändern. Nie wieder darf sie zum Gespött der Leute werden. Das heißt, entweder muß sie auf einen Teil dessen, was sie mit sich herumschleppt, verzichten, oder sie muß eine Bleibe finden.

Automatisch gleiten ihre Hände über die Tüten. Von jeder kennt Dora den Inhalt, weiß genau, wie lange jedes Stück in ihrem Besitz ist. Sie beginnt, ihr Sammelsurium in Gedanken zu registrieren, nicht anders, als sie früher ihre Antiquitäten zu registrieren pflegte. Und immer das, was ihr am wertvollsten erscheint, muß ihrem Zugriff am nächsten sein. In das Gefühl des Verlustes über jene Tüte, deren Inhalt, von den Autoreifen niedergewalzt, auf der Joachimsthaler Straße liegt, mischt sich der Zorn über den Spott der Passanten. Aber sobald sie die Augen hebt, wird aus dem Zorn Schadenfreude, die ihr die alte Sicherheit wiedergibt. Im Grunde genommen sind die Leute, die vorhin über sie gelacht und in die Hände geklatscht haben, armselige Schlucker gegen sie. Sie ist es, die letzten Endes lacht, ein kleines, meckerndes Lachen, das sie wie wunderliche Flüche aus sich herausstößt, während der Blick ihr vierstöckiges Mietshaus umfaßt.

Nicht, daß sie wieder dort Einzug halten will, von wo sie sich selbst ausgeschlossen hat. Sie verspürt nicht mehr den Wunsch nach ihrem alten Leben, nach ihrer Vergangenheit, auch nicht nach einer Zukunft, die für sie nichts Gutes verheißt. Sie will nur noch betrachten, was ihr gehört, das Gefühl des Triumphes genießen. Dreimal fände die Kate von Kalni darin Platz und das Haus von Kosten zweimal dazu. Reiche Leute sind überall daheim.

Dora sieht sich an ihrem Standort um. An der Wand im Halbrund des Gebäudes zwischen zwei Schaufenstern der Beratungsstelle der Städtischen Elektrizitätsgesellschaft wäre ein gutes Plätzchen für sie. Zur Probe bezieht sie Stellung. Ohne jemandem im Weg zu sein, hätte sie von hier aus den Blick frei auf ihr Haus. Auch was die Windrichtung betrifft, wäre der Ort günstig und böte gegen Nord und Nordost Schutz. Ohne Hast karrt sie ihre Wagen dorthin und baut sie vor sich auf. So wie es aussieht, paßt hier auch noch ein viertes Gefährt hin. Das heißt, zwei Dinge muß sie beschaffen, eine Sitzgelegenheit und einen weiteren Wagen für neues Sammelgut.

Im nächsten Kaufhaus probiert sie alle Gartenstühle aus, läßt sich von niemandem einschüchtern und entscheidet sich für den teuersten.

Auf dem sitzt sie nun mit dem Rücken an der Hauswand in der Grolmanstraße/Ecke Kurfürstendamm. Die Wagen mit den blauen Tütenbergen umgeben sie wie ein Mäuerchen. Die Augen hinter der dunklen Brille versteckt, läßt sie die Blicke der Passanten an sich abprallen, reagiert auf keine Bemerkung und stellt sich taub. Auch wenn die Frühjahrssonne noch keine Kraft hat, so genügt die Wärme, um den Tüten einen Geruch zu entlocken, der Dora inzwischen so vertraut ist, als sei es ihr eigener Atem. Wie eine Glocke schließt er sie ein und macht sie schläfrig. Ihre Gedanken gleiten vom Gespött der Menschen weg zurück in die Vergangenheit.

Im Schatten der Hauswand sieht sie Rolf und Lilli vor sich, wie sie noch klein waren, hört ihr Lachen und ihr Weinen, fühlt die winzigen Küsse auf ihrem Gesicht und die Ärmchen um ihren Hals. Zeit des Glücks, das Schotte zerschlagen hat. Geblieben ist nur das Haus, vier Stockwerke hoch, ein Vermögen wert. Doras Hände streicheln die Tüten, als halte sie den vierjährigen Rolf im Arm, der nackt und eiskalt neben ihr im Bett liegt.

DAMALS WOHNTEN SIE NOCH IN der geräumigen Wohnung über dem Geschäft, nur ein paar Minuten vom Grunewald entfernt. Nach einem kalten Winter war unerwartet Tauwetter hereingebrochen. Dora lag mit einer Grippe im Bett, und Schotte mußte sehen, wie er mit seinen drei Filialen ohne sie auskam. Ein Nachbarskind hatte sich angeboten, mit Rolf und Lilli im Grunewald spazierenzugehen.

Zwei Stunden später stellte sich die Katastrophe ein. Rolf war auf dem Eis des Baches, der zum Grunewaldsee führt, eingebrochen. Die Gefahr des Ertrinkens hatte nicht bestanden, aber der Junge war bis auf die Haut durchnäßt, brüllte und zitterte am ganzen Körper. Das verschreckte Nachbarskind packte ihn in den Kindersportwagen und lief, mit der fünfjährigen Lilli an der Hand, zurück. Als sie zu Hause ankamen, war Rolf starr vor Kälte und blau im Gesicht. Wie ein halbtotes Kätzchen wimmerte er und verdrehte die Augen. Dora riß ihm die Kleider vom Leib, trocknete ihn ab und nahm ihn zu sich ins Bett. Dann zog sie sich das Nachthemd aus und preßte das unterkühlte Kind an ihren fieberheißen Leib. Wenn sie daran denkt, fühlt sie noch heute die eiskalten kleinen Arme und Beine, die sich um sie schlingen. Und Dora tat, was der Großvater mit ihr getan hatte, als sie in Kalni im Gänseteich eingebrochen war. Sie träufelte Rolf zwei Teelöffelchen Schnaps in den Mund. Er prustete, schüttelte sich und schrie, aber er schluckte, und bald färbten sich seine blauen Wangen rot, und sein Körper fing allmählich an, sich zu erwärmen. So lag Dora unbeweglich mit dem Kind im Arm stundenlang im Bett, während Lilli die ganze Zeit wie angenagelt daneben stand. Plötzlich begann sie sich auszuziehen und wollte auch unter die Decke.

Sei vernünftig und zieh dich wieder an, hatte Dora darauf gesagt, schließlich bist ja nicht du im Eis eingebrochen.

Aber ich will auch in deinem Bett neben dir liegen.

Dora hatte den Wunsch ihres Kindes abgelehnt und sich auch nichts dabei gedacht, als Lilli wortlos aus dem Schlafzimmer lief. Kurze Zeit später hatte Dora Grund, es zutiefst zu bereuen.

Unbemerkt war Lilli zum Bach in den Grunewald gelaufen und hatte sich dort mit einem Schrei, der die in der Nähe befindlichen Spaziergänger aufmerksam machte, an derselben Stelle ins Wasser geworfen, an der vorher Rolf eingebrochen war.

Ohne größere Umstände wurde sie herausgeholt und, nachdem sie ihren Namen genannt hatte, im Geschäft abgegeben, wo sie der Vater in Empfang nahm. Erklärungen verlangte er nicht. Er zog Lilli am Schlafittchen hinter sich her die Treppe hoch, zerrte sie durchs Schlafzimmer, in dem Rolf noch immer an die Mutter geklammert im Bett lag, ins Bad. Und während er heißes Wasser in die Wanne ließ, erfuhr Dora, was vorgefallen war. Sofort begann sie Lilli zu verteidigen. Aber Schotte blieb unerbittlich. Nichts da mit Mutters Bett, auf die Tour sei bei ihm kein Durchkommen, und er setzte Lilli in das heiße Wasser, daß sie schrie und sich ihre Haut rötete. Dann ging er unbeeindruckt wieder in sein Geschäft.

Dora schleppte sich aus dem Bett, in dem Rolf inzwischen eingeschlafen war, und versuchte Lilli zu trösten. Aber Lilli war nicht zu trösten.

Du läßt mich nicht unter deine Decke, und Papa will mich kochen, sagte sie mit vor Zorn geweiteten Augen, ihr seid beide gemein.

Unsinn, sagte Dora, Papa kocht dich nicht, Papa hat dich lieb, und ich habe dich auch lieb.

Sie wollte Lilli in die Arme schließen, aber sie sprang zur Seite, nach vorn, nach hinten, ließ sich einfach nicht fassen, und schrie immer lauter, daß Vater und Mutter gemein seien.

Wenn du jetzt ruhig bist, bekommst du was ganz Tolles, sagte Dora, stieg auf den Schrank und holte einen länglichen Karton herunter. Eigentlich sollte das Lillis Geburtstagsgeschenk sein. Eine Puppenmutter, die sie sich immer gewünscht hatte, fast so groß wie sie selbst. Da Schotte für derart teure Kindergeschenke nicht zu haben war, hatte sich Dora die Puppenmutter aus zweiter Hand besorgt, sogenannte Vorkriegsware, und demzufolge ein wenig altmodisch, mit einem Kopf aus Porzellan.

Dora drückte Lilli die Puppenmutter in die Arme, und tatsächlich war Lilli einen Augenblick still. Aber nur einen Augenblick, dann hob sie die für sie viel zu große Puppe hoch und schleuderte sie auf den Boden, wo der Kopf mit einem leichten Knall völlig zertrümmert liegen blieb.

Ich will keine Mutter, schrie Lilli und trat wild um sich, ich will nie mehr eine haben.

Erst jetzt merkt Dora, wie fest sich ihre Hände in die blauen Tüten vergraben haben. Vielleicht wäre es gut, aus dem Baumschneiderglas einen Schluck Cola zu trinken. Da tritt aus der Tür der Städtischen Elektrizitätsgesellschaft ein Mann auf sie zu. Er macht nicht viel Umstände, kommt gleich zur Sache und sagt: Hier können Sie nicht bleiben. Im Namen der Geschäftsleitung fordere ich Sie auf, diesen Platz umgehend zu verlassen.

Dora sieht den jungen Mann nicht an, sondern richtet ihren Blick hinter den dunklen Gläsern auf ihr Haus, lächelt und sagt laut, was sie schon so oft gedacht hat: Die Reichen sind überall daheim.

Lillis Hoffnung, in Frankfurt ihre Gedanken an die Mutter beiseite schieben zu können, geht nicht in Erfüllung. Die Erinnerungen überschatten alles, kriechen aus dem Gedächtnis und lassen nichts Gegenwärtiges zu. Nur halbherzig bedient sie die Kundschaft.

Sie ist mürrisch am Telefon und, was noch ungewöhnlicher ist, sie schließt sich nach Geschäftsschluß in ihrer Boutique ein, zwischen den Kleidern verborgen.

So hatte sie schon einmal in einem Versteck gehockt, nicht weniger unsichtbar und voller Angst und Entsetzen vor dem, was sie damals mitansehen mußte. Sie war noch keine zehn Jahre alt. Es war ein Sonntag, und die Mutter wollte nach Rahnsdorf fahren, die Großmutter besuchen.

Besser du fährst hin, als die Alte kommt her, hatte Schotte am Mittagstisch gesagt, seinen Autoschlüssel über den Tisch geschoben und den Vorschlag gemacht, die Kinder mitzunehmen. Genau das hatte Lilli befürchtet. Sie mochte die Rahnsdorfer Oma nicht, die ständig im Bett lag, jammerte und nach Kräutertee roch. Im Garten war zwischen Hilde Grundkes Beeten kein Platz zum Spielen, und auf die Straße durften die Kinder des Verkehrs wegen nicht. Aber Lilli war klug genug, ihre Absicht, die Mutter nicht zu begleiten, vor dem Vater zu verschweigen.

Erst nach dem Essen und nur in Gegenwart der Mutter behauptete sie, bei einer Schulfreundin eingeladen zu sein. Sie log das Blaue vom Himmel, was sie alles verpassen würde, daß sie dort auch zum Abendbrot eingeladen sei und sogar übernachten könne, wenn die Mutter erst später zurückkäme. Schließlich gab Dora nach, packte Rolf ins Auto und fuhr nach Rahnsdorf.

Zu Lillis Verwunderung duschte der Vater mitten am Tag zu ungewohnter Zeit, sang dabei laut und falsch, bestellte sich dann ein Taxi und schloß, ohne etwas von Lillis Anwesenheit zu ahnen, die Wohnung hinter sich ab.

Jetzt war es Lilli, die sang, und noch heute kann sie sich an das Gefühl beglückender Freiheit erinnern, in der Wohnung machen zu können, was sie wollte. Sie setzte sich an Vaters Schreibtisch, spielte mit dem Telefon, dem Rechner und der Schreibmaschine. Sie machte den Fernseher an, naschte von Mutters Schokolade, holte sich Saft aus der Küche, bediente den Plattenspieler und tanzte, bis die Füße schmerzten. Sie konnte nicht genug davon kriegen, die Erwachsene zu spielen. Schließlich eroberte sie das Schlafzimmer, ein Raum, in dem sich die Kinder am seltensten aufhielten. Stets stand der Vater morgens vor der Mutter auf und die Mutter vor den Kindern. Lilli hatte den Vater bisher nur ein einziges Mal neben der Mutter im Bett liegen sehen. Der Anlaß war ein Gewitter gewesen. Als die Mutter ihre ängstlichen Rufe nicht hörte, war Lilli zu den Eltern ins Schlafzimmer gelaufen. Mächtig hatte der Vater ausgesehen. Mit über der Brust gefalteten Händen atmete er vor sich hin, regelmäßig wie ein Uhrwerk, und wachte auch nicht auf, als die Mutter das Licht anknipste. Über dem Anblick des Vaters vergaß Lilli ihre Angst, und einen Augenblick wünschte sie sich nichts sehnlicher, als zwischen den beiden in den Armen der Mutter zu liegen, vom Atem des Vaters beschützt. Aber die Mutter war mit ihr ins Kinderzimmer gegangen, hatte sich neben sie aufs Bett gesetzt und gewartet, bis das Gewitter vorbei war und Lilli der Schlaf übermannt hatte.

Als erstes legte sich Lilli nun in die Mitte des elterlichen Bettes, breitete die Arme aus und schloß die Augen. Vater, Mutter, Kind. Sie glaubte, die kräftigen Schultern des Vaters zu spüren und auf der anderen

Seite die Mutter, ihren Hals und ihre Haare, die immer so gut rochen. Fast wäre sie wohlig eingeschlafen, als die Wohnungstür aufgeschlossen wurde und die Stimme des Vaters zu hören war. Er lachte, schien Witze zu machen und klang so vergnügt, wie es Lilli schon lange nicht mehr von ihm gewohnt war. Dazwischen fremdes Gekicher und Sätze, die vom Schlafzimmer aus nur schwer verständlich waren.

Nicht doch, war da zu hören, und laß das, Schotte, und die Frage, ob wirklich niemand in der Wohnung sei.

Nein, sagte der Vater und lachte sein dröhnendes Lachen, du kannst ja nachsehen.

Lilli sprang aus dem Bett. Was sich hier abspielte, war ihr befremdlich. Am meisten diese Frau, deren Stimme sie nicht kannte und mit der der Vater so vertraut umging, als gehöre sie zur Familie. Sie wagte nicht, in ihr Zimmer hinüberzugehen. Weil sie annahm, daß der Vater mit seinem Besuch auf keinen Fall ins Schlafzimmer kommen würde, kroch sie unter Mutters Toilettentisch, der mit gerafftem und bis auf den Boden reichendem Chintz umrandet war. Hier würden sie weder der Vater noch die fremde Frau finden.

Aber kaum hatte sie sich hinter diesem Vorhang versteckt, da kamen die beiden auch schon herein. Das heißt, sie stürzten herein und fielen aufs Bett, als habe ihnen jemand die Beine weggezogen. Und dann hörte Lilli nicht nur ihren Vater stöhnen, sondern auch die Frau, und so wie es klang, schienen sie sich auch zu küssen. Lilli lugte durch den Spalt des Stoffes, und was sie nun sah und von Minute zu Minute miterlebte, prägte sich ihr unvergeßlich ein. Der Vater riß der Frau die Kleider vom Leib und zog sich dann selbst die Hosen aus. Alles ging in einer Geschwindigkeit vonstatten, die sich Lilli nicht erklären konnte. Jetzt kniete der Vater halbnackt vor der Frau, die gar kein Kleidungsstück mehr trug, und zwischen seinen Beinen wuchs eine große Gurke, die er bedrohlich auf die Frau richtete. Aber die schien sich nicht zu fürchten, sondern packte die Gurke und schob sie in sich hinein, als gehöre sie nirgendwo anders hin.

Lilli fühlte eine Übelkeit in sich aufsteigen, die sie zwang, sich ganz schnell auf den Rücken zu legen und die Augen zu schließen. Aber die Geräusche blieben, das Stöhnen, das in ein Juchzen der Frau und in ein Grunzen des Vaters überging und schließlich in einem Schrei endete, von dem Lilli nicht wußte, wer ihn ausgestoßen hatte.

War's schön für dich? hörte Lilli den Vater fragen, und die Frau antwortete: Wundervoll.

Lilli lag immer noch bewegungslos auf dem Rücken, und wenn Schotte seinen Blick zum Toilettentisch gerichtet hätte, wäre ihm dort eine kleine Kinderfaust aufgefallen, die unter dem bodenlangen Stoff hervorragte. Aber der Vater hatte anderes zu tun, er zog sich wieder an. Auch die Frau schlüpfte in ihre Kleider zurück. Lilli hörte das Schließen der Reißverschlüsse und dann die fremde Stimme: Wirst du es deiner Frau sagen? Und der Vater antwortete, daß er nicht im Traum daran dächte.

Lilli weiß heute nicht mehr, wie lange sie sich damals unter dem Toilettentisch versteckt gehalten hatte. Sie erinnert sich nur, daß es schon dunkel war, als sie hervorkroch, und daß niemand etwas von ihrer Verstörtheit bemerkte.

Die folgenden Tage hielt sie sich, so oft sie konnte, in der Nähe der Mutter auf, half ihr nach der Schule im Geschäft, kam zu ihr in die Küche, deckte den Tisch, leerte den Mülleimer und tat alles das von allein, wozu sie normalerweise aufgefordert werden mußte.

Dem Vater ging sie aus dem Weg, errötete, wenn er sie ansprach, und zuckte zusammen, wenn er sie zufällig berührte. Ständig hatte sie seinen nackten Körper vor Augen, und die große Gurke wuchs in ihrer Phantasie ins Unermeßliche. Mit Rolf konnte sie nicht darüber reden, sie traute sich nicht. Manchmal, wenn sie nachts aufwachte, schlich sie vor die Schlafzimmertür der Eltern und guckte durchs Schlüsselloch. Aber sie hörte weder den Vater stöhnen noch die Mutter juchzen, und schon gar nicht konnte sie einen von beiden nackt sehen. Stumm voneinander abgewandt, lagen sie in ihren Betten, die Mutter meist mit einem Buch in der Hand, während der Vater schon schlief. Es dauerte lange, bis Lilli den Mut fand, sich der Mutter anzuvertrauen. Sie waren allein in der Wohnung. Der Vater war nach Geschäftsschluß noch einmal weggefahren, und Rolf spielte im Hof. Lilli half der Mutter, die gemangelte Wäsche zusammenzulegen.

Du bist in der letzten Zeit so verändert, hilfst mir, wo du kannst, und bist so still, was ist mit dir los, Kind?

Lilli spürte die Hand der Mutter im Nacken und hielt sich unerwartet an ihr fest.

Neulich, als du mit Rolf in Rahnsdorf warst, begann sie und merkte, wie ihr die weiteren Worte nicht über die Lippen kamen.

Was war da?

Papa hat mich aus Versehen eingeschlossen, weil er dachte, ich sei mit dir gefahren.

Ist er denn weggegangen?

Ja, aber er ist wiedergekommen.

Lilli senkte den Blick und fügte hinzu: Mit einer Frau.

Mit einer Frau, wiederholte die Mutter, mit was für einer Frau?

Ich weiß es nicht.

Lilli holte tief Luft, als müsse sie sich längere Zeit unter Wasser aufhalten. Dann erzählte sie langsam, wie sie auf dem Bett im Schlafzimmer gelegen habe, wie der Vater mit der Frau in die Wohnung gekommen sei und behauptet habe, es sei niemand da, die Frau könne überall nachsehen. Da bin ich unter deinen Toilettentisch gekrochen und habe mich dort versteckt.

Und dann? Die Stimme der Mutter klang ungewohnt hoch. Lilli mußte jetzt mit der Sprache herausrücken, da war nichts zu machen. Und ausgerechnet, fing sie an, nachdem sie tief Luft geholt hatte, als müsse sie noch einmal tauchen, ausgerechnet da kommt der Vater mit der Frau ins Schlafzimmer, und sie haben sich gleich aufs Bett geschmissen.

Hast du das gesehen?

Lilli nickte und fuhr fort, daß sich der Vater ausgezogen habe, auch die Frau, und dann hätten sich die beiden geküßt.

Und dann ...?

Lilli zuckte mit den Schultern, und ihre Augen füllten sich mit Tränen.

Ich kann es nicht sagen, antwortete sie, ich weiß nicht, wie.

Merkwürdigerweise schien es aber die Mutter zu wissen, denn sie fragte nicht mehr nach. Sie war leichenblaß im Gesicht, und ihr Kinn zitterte. Die Hände umklammerten Lillis Schultern, während sie unentwegt die immer gleiche Frage stellte:

Wer war die Frau?

Ich weiß es doch nicht.

Wie hat sie ausgesehen?

Das weiß ich auch nicht.

Ich denke, du hast durch den Spalt im Stoff gesehen.

Ja, schon, aber die waren doch nackt.

So genau, wie sie die große Gurke des Vaters hätte beschreiben können, so wenig war ihr von der fremden Frau im Gedächtnis geblieben. Lilli fiel nichts von ihr ein, nicht einmal die Haarfarbe, und sie dachte, daß es vielleicht besser gewesen wäre, zu schweigen.

Von da an begannen die Kräche der Eltern, die wie Gewitter ausbrachen, unvorhersehbar und zu allen Tages- und Nachtzeiten. Der Vater brüllte und warf die Türen, die Mutter weinte und drohte, nicht mehr im Geschäft zu arbeiten. Einmal hatte sie sich eingeschlossen, war den ganzen Tag nicht im Laden erschienen und hatte damit ein ziemliches Durcheinander angerichtet. Und als Lilli dem Vater auf der Treppe begegnete, schlug er ganz unerwartet zu. Nein, weh tat es nicht, es war nur der Schreck, geschlagen worden zu sein.

Dir habe ich das alles zu verdanken, du kleines verlogenes Biest, zischte der Vater und hob abermals die Hand. Aber Lilli war schneller, bückte sich, rannte weg und ließ sich bis zum Abend nicht mehr blicken.

Als sich die Eltern schließlich trennten, war Lilli gerade elf Jahre alt. Sie mußte mit der Mutter und Rolf die geräumige Wohnung im Grunewald verlassen und in eine dunkle Dreizimmerwohnung im Hinterhaus in der Bundesallee ziehen. Aber das war nicht das Schlimmste. Das Schlimmste war vielmehr ein Satz der Mutter, den Lilli bis heute nicht vergessen hat und mit dem sich die Mutter ganz langsam in dieses bedrohliche Nichts aufzulösen begann.

Die Möbelpacker waren mit ihrer Arbeit fertig. Überall standen Kisten herum und ließen nur wenig Platz, sich zwischen den Möbeln zu bewegen, die der Vater aus der Wohnung im Grunewald herausgerückt hatte. Arm würden sie sein, hatte die Mutter gesagt, die kein eigenes Eigentum nachweisen konnte und nun davon abhängig war, was der Vater ihr und den Kindern zugestand.

Darauf hatte Rolf zu weinen begonnen. Er wolle nicht arm sein, schluchzte er und verlangte, wieder nach Hause zu fahren, wo die Sonne in sein Zimmer schien und nebenan seine Freunde wohnten.

Die Mutter hatte ihrem Sohn mit großer Geduld zugehört. Wir werden hier nicht lange wohnen, tröstete sie ihn und begann mit dem Auspacken, wir werden auch nicht lange arm sein.

Ich helfe dir dabei, sagte Lilli und wollte die Arme um ihren Hals schlingen. Aber die Mutter war mit dem Öffnen der Kisten beschäftigt, spürte nichts von dem zärtlichen Verlangen ihrer Tochter und sah sie nicht einmal an.

Wenn du mir wirklich helfen willst, sagte sie nur freundlich, dann kümmere dich um dich selbst und um deinen Bruder. Und weil sie Lillis enttäuschtes Gesicht bemerkte, fuhr sie in gleichem Ton fort: Wie soll ich denn sonst Geld verdienen, das mußt du verstehen.

An dieser Stelle werden Lillis Erinnerungen ungenau. Was noch im Gedächtnis zu finden ist, sind Wutausbrüche, Verweigerung und Ablehnung der Mutter, den Vater hatte sie nie mehr gesehen.

Sonntag, Sonne, Frühstück mit Rose auf dem Balkon.

Ich möchte dich etwas fragen, sagt Rolf, aber bevor ich das tue, muß ich dir gestehen, ich habe dich belogen.

Belogen? fragt Rose und wirft ihr bügelglattes, langes Haar nach hinten, du kriegst es fertig, mich anzulügen? Sie spricht mit einer Stimme, die Rolf verwirrt, die traurig klingt und enttäuscht. Aber es nützt nichts, es muß gesagt werden, wenn er nicht seine Liebe zu Rose durch Unwahrheit aufs Spiel setzen will. Und schon ist sie da, die Angst, die er so gut kennt und die ihn wie eine Katze anfällt.

Als sei ihm kalt, beginnt er sich plötzlich die Hände zu reiben, vernehmlich und ohne Pause.

Hör zu, hör mir bitte zu, sagt er, ohne Rose anzusehen, und beginnt mit stockender Stimme zu erzählen, daß ihm weder die Wohnung gehöre noch daß er Teilhaber und Erbe der Firma Botag-Immobilien sei. Das einzige, was der Wahrheit entspräche, sei die Tatsache, daß er im Prüfamt des Senats für Bau- und Wohnungswesen tätig sei und kurz vor seiner Beförderung zum Amtmann stehe.

Ist das alles? fragt Rose, während ihr Daumen über seinen Handrücken streicht.

Endlich wagt er den Blick zu heben und findet ein warmes Lächeln in ihrem Gesicht.

Du bist von mir nicht enttäuscht?

Nein, ehrlich gestanden langweilt mich Geld.

Du hast eben immer welches gehabt, nicht wahr? Rose gibt zu, daß es vielleicht daran liegen könnte. Ihre Eltern redeten allerdings von nichts anderem, und deshalb sei es wahrscheinlich besser, ihren Vater im Glauben an die so hübsch erzählte Geschichte zu lassen.

Machst du dich über mich lustig?

Rose beginnt mit langen Schritten, wie er es schon von ihr gewohnt ist, auf und ab zu laufen. Erzähl mir von deiner Mutter, sagt sie plötzlich, ich möchte wissen, ob es stimmt, was über sie in der Zeitung stand.

Rolf, der bisher, was die Mutter betrifft, wenig von sich gegeben hat, zögert.

Ja, es stimmt, sagt er schließlich, sie hat ein polnisches Kind erschossen.

Hat sie euch denn nie etwas davon erzählt?

Nein, kein Wort.

Wieder geht Rose auf und ab. Rolf hat die Vorstellung, als entferne sie sich von ihm, und an ihrer Stelle käme die Mutter auf ihn zu, im Begriff, beide Hände auf seine Schultern zu legen.

Laß mich in Frieden, stöhnt er, laß mich bitte in Frieden.

Rose fährt erschrocken zusammen, und eine Weile weiß keiner von beiden etwas zu sagen. Sie wendet sich wieder dem Frühstück zu und bestreicht einen Toast mit Butter und Honig. Sie teilt ihn in Häppchen und schiebt sie Rolf hin.

Erzähl mir von ihr, sagt Rose und schmiert den nächsten Toast.

Da gibt es nicht viel zu erzählen, sie hatte nie Zeit für uns.

Hast du keine schönen Erinnerungen?

Doch, einmal bin ich als kleiner Junge im Grunewald im Eis eingebrochen. Als ich völlig durchnäßt nach Hause kam, hat sie mich zu sich ins Bett genommen.

Er steckt das letzte Häppchen in den Mund, kaut, schluckt und sagt: Das war sehr schön.

Rose weiß nicht, ob er damit sein Befinden als kleiner Junge im Bett der Mutter meint oder ihre Häppchen.

Und warum hatte sie nie Zeit für euch?

Weil sie immer im Geschäft war. Mein Vater wollte das so.

Und später?

Später, wiederholt Rolf, eigentlich gab es kein Später. Lilli und ich hatten nur eine Sonntagsmutter. Sie nahm uns bei ihren Grundstücksbesichtigungen mit, und wenn sie Leute traf, mußten wir stundenlang im Auto wie eingesperrte Hunde auf sie warten. Von dem Tag an, als mein Vater sie verlassen hat, ging es ihr nur noch ums Geld. Sie arbeitete Tag und Nacht, und die Wohnungen, in denen wir lebten, wurden immer feudaler, die Geschenke, die sie uns machte, immer größer. Es mangelte uns an nichts, außer an ihrer Zeit für uns.

Rolf sitzt zusammengesunken am Tisch und tupft in regelmäßigen Abständen die Toastkrümel vom Teller.

Das Geld, sagt er, das Geld war ihr immer wichtiger als wir.

Jetzt tasten seine Fingerkuppen den Tellerrand ab, bis nichts mehr darauf zu finden ist.

Ich möchte noch mehr von dir wissen, das kann doch nicht alles gewesen sein. Irgendwann mußt du doch in deiner Kindheit auch glücklich gewesen sein.

Ja schon, aber nicht zu Hause.

Wo dann?

In den Sommerlagern der Wiking-Jugend. Da staunst du, nicht wahr?

Er beginnt zu erzählen, spricht schneller und lauter, und in seiner Stimme ist eine Begeisterung zu hören, die Rose an ihm nicht kennt.

Dreimal war ich seit meinem vierzehnten Lebensjahr in einem der Sommerlager in Westdeutschland. In West-Berlin gab's ja keine Organisation. Hier trafen wir uns nur heimlich ohne Uniform und Fahnen. Aber im Lager, das war meine schönste Zeit.

Und warum?

Da wurde man ernstgenommen, da war man wer und konnte sich behaupten. Wir haben Uniformen getragen, sind im Stechschritt durch die Dörfer marschiert und haben der Bevölkerung gezeigt, wer wir sind und daß wir uns vor nichts fürchten. Wir haben Lieder gesungen und nachts Lagerfeuer gemacht. Die großen Appelle begannen mit Trommelwirbeln und Fanfarenstößen, und nach dem Flaggehissen haben wir uns gegenseitig unsere Volkstreue geschworen. Auch schießen habe ich da gelernt und mich zu verteidigen. Der Feind war, wer uns nicht anerkannte. Unser Ideal die Treue zum deutschen Volk. Ich mochte den militärischen Drill. Er gab mir Sicherheit, wenn du willst auch Geborgenheit. Ich wußte plötzlich, wohin ich gehörte. Vielleicht hätte es auch eine andere Gruppe sein können, ich weiß es nicht. Unser Bekenntnis zu Adolf Hitler war für mich nicht so wichtig. Der Mann hat mich ehrlich gestanden nie sehr interessiert. Mir ging's um die Kameradschaft und das Wissen, nicht allein auf der Welt zu sein. So eine Fahne tragen zu dürfen, eine Fahne, bei deren Anblick die Erwachsenen rote Köpfe bekamen, uns die Polizei auf den Hals hetzten oder einfach davonliefen, weil sie vor uns Angst hatten, das war ein tolles Gefühl. Ich war damals bereit, für unseren Schwur alles zu tun, ihn vor den Erwachsenen zu verteidigen, für ihn zu kämpfen und mein Leben einzusetzen. Ich hatte endlich ein Zuhause gefunden.

Und was hat deine Mutter dazu gesagt?

Die wußte ja nicht, mit wem ich mich traf. Das Sommerlager in der Eifel habe ich ihr als Berliner Wandergruppe verkauft. Die Sache kam erst raus, als ich eine eigene Fahne bekam, die ich mit nach Berlin nahm. Ich brachte es nicht fertig, sie irgendwo im Keller oder unter meinen Büchern zu verstecken. Ich glaube, ich wollte sogar, daß meine Mutter sie sah. Ich wollte ihr klarmachen, wohin ich gehöre.

In der Schule war ich besser geworden, und in Sport bekam ich eine Auszeichnung. Ich achtete auf die Sauberkeit meiner Kleidung, legte mir einen kurzen Haarschnitt zu und trug Stiefel mit Eisenbeschlägen auf den Absätzen. Es war mir wichtig, daß man meinen Schritt hörte, denn irgendwann wollte ich Gauführer in der Wiking-Jugend werden.

Als tauche er aus einem Traum auf, sieht er Rose an. Hast du überhaupt schon einmal was von der Wiking-Jugend gehört?

Nein, Rose schüttelt fast entschuldigend den Kopf, sie habe nie etwas davon gehört, höchstens von Neonazis und Skinheads, die in letzter Zeit durch gewalttätiges und brutales Verhalten gegen Ausländer aufgefallen sind.

Das ist etwas anderes, sagt Rolf, ohne daß ihm Rose widerspricht. Sie kann sich Rolf nicht in Uniform vorstellen, nicht als Fahnenträger und schon gar nicht als Mitglied einer Kampfgruppe. Und, fragt sie mehr aus Mitgefühl als aus Neugier, bist du Gauführer geworden?

Nein. Die Chance hat mir meine Mutter versaut. Er zieht Rose auf seinen Schoß und hält sie fest umschlungen. Ich hatte die Fahne an die Wand über mein Bett genagelt und wartete auf die Reaktion meiner Mutter. Zu der Zeit, ich war ungefähr sechzehn, gehörte ihr Unternehmen schon zu einer der größeren Immobilien-Firmen von Berlin. Sie war eine angesehene Geschäftsfrau mit guten Beziehungen, die gesellschaftlich auf ihren Ruf achtete.

Ich erinnere mich genau, wie lange ich warten mußte, bis sie endlich einmal in mein Zimmer kam. Regelmäßig sahen wir uns nur beim Frühstück. Alles weitere Zusammensein richtete sich nach ihrem Terminkalender. Verbrachten wir wirklich mal einen gemeinsamen Abend oder Sonntag, dann saßen wir im Wohnzimmer.

Ich weiß nicht einmal den Grund, aber eines Nachmittags stand sie völlig unerwartet in der Tür meines Zimmers. Sie starrte auf die Wiking-Fahne über meinem Bett, deren Falten ich so kunstvoll angebracht hatte, als flattere sie über meinem Kopfende im Wind. Zum ersten Mal erlebte ich meine Mutter sprachlos.

Das machte mich so unsicher, daß mir alle Argumente, die ich mir für diese Situation zurechtgelegt hatte, entfielen.

Seit wann hängt das da? war ihre erste Frage, und ich antwortete wahrheitsgemäß, seit vier Wochen.

Ist dir klar, was du dir da an die Wand genagelt hast?

Ja, sagte ich und wußte genau, daß ich nie mehr eine bessere Gelegenheit haben würde, ihr zu erklären, weshalb ich bei der Wiking-Jugend war.

Aber nichts von dem, was ich von meinen Kameraden gelernt und zu meinen Idealen erhoben hatte, konnte ich meiner Mutter auch nur mit einem Satz verständlich machen. So war es ziemlich logisch, daß sie wütend wurde und mich anherrschte, ich solle ihr augenblicklich sagen, wo ich diese obskure Flagge her hätte. Und während sie auf meine Antwort wartete, stieg sie auf das Bett und riß die Fahne herunter. Ich sehe noch heute, wie ihre Finger an dem Tuch zerrten, daß die Nägel von selbst aus der Wand sprangen.

Bitte nicht, sagte ich und konnte meine Tränen nicht aufhalten, bitte nimm mir meine Fahne nicht weg.

Wo du das her hast, will ich wissen, wiederholte meine Mutter, stieg vom Bett und knüllte das Symbol meines Treueschwurs zu einem albernen Stoffballen zusammen. Langsam und ziemlich durcheinander begann ich von den Sommerlagern der Wiking-Jugend zu berichten, die ich ihr als Berliner Wandergruppe untergejubelt hatte.

Aber sie hörte nicht zu. Es interessierte sie nicht, warum mir das alles so wichtig war. Sie fing an, von ihrem Vater zu faseln und daß der ein Nazi gewesen sei, dessentwegen sie zum ersten Mal ihre Heimat hätte verlassen müssen. Wie immer redete sie von sich und daß es uns allen schaden würde, wenn ich mich mit Neonazis herumtriebe. Ich könnte mich darauf verlassen, sagte sie und knüllte das Fahnentuch noch fester zusammen, daß sie diesen Umgang zu unterbinden wisse.

Wie denn, schrie ich sie an, du kümmerst dich ja sowieso nie um mich.

In meiner Wut sprang ich auf sie zu, um ihr die Fahne zu entreißen. Und als hätte sie meine Absicht geahnt, lief sie den Flur entlang in die Küche. Ich wagte nicht, sie festzuhalten und mir zu nehmen, was mein Eigentum war. Ich hörte nur noch den Deckel des Müllschluckers zuschlagen.

Und, will Rose wissen, die gebannt Rolfs Bericht gelauscht hat, was ist dann passiert?

Langsam schiebt Rolf sie von seinem Schoß, legt die Hände in den Nacken und sagt: Vierzehn Tage später fand ich mich in einem Internat in Süddeutschland wieder, wo ich bis zum Abitur blieb. Mehr ist aus Rolf nicht rauszubekommen. Er schweigt, als sei ihm der Mund zugewachsen. Wie sterbenskrank sitzt er da, ein wenig vornübergebeugt, spürt nicht die Sonne, hört nicht die Blaumeisen in den Eichen vor seinem Balkon und schon gar nicht das fröhliche Gebell der Hunde, die von den Sonntagsspaziergängern ausgeführt werden.

Was ist mit dir, fragt Rose und küßt ihn auf beide Augen, jetzt bist du doch dein eigener Herr und unabhängig von ihr, oder nicht?

Auch darauf mag er nicht antworten.

Du wolltest mich doch etwas fragen, sagt Rose, was war das?

Er muß allen Mut zusammennehmen, um sein Anliegen hervorzubringen.

Ich wollte dich fragen, sagt er leise, ich wollte dich fragen, ob du mich heiraten willst.

Der ersten Aufforderung des jungen Mannes von den Städtischen Elektrizitätswerken, Dora solle ihren Platz vor den Ausstellungsräumen verlassen, folgt eine weitere. Da sie aber weder verschwindet noch sich auf einen Disput einläßt, ist der Angestellte ratlos.

Ich mache mich kein zweites Mal lächerlich, sagt er. Es ist ihm unangenehm, daß die Leute grinsend stehenbleiben und die Taxifahrer an der Ecke rufen, er solle gefälligst die alte Mutter nicht anmachen, so daß sich also der Filialleiter persönlich bemühen muß, Dora zu vertreiben.

Gute Frau, sagt er und beugt sich mit angehaltenem Atem über die Tüten, hier können Sie nicht bleiben, das müssen Sie einsehen.

Dora starrt an dem Mann vorbei auf ihr Haus.

Dann hole ich eben die Polizei, sagt der Filialleiter etwas lauter.

Trag sie doch selber weg, ruft ein Passant und hat die Lacher auf seiner Seite. Der Filialleiter hat keine andere Wahl, als sich unverrichteter Dinge in seine Geschäftsräume zurückzuziehen.

Dora bleibt auch an den folgenden Tagen da, wo sie ist, und tatsächlich scheint sie ein guter Geist der Behörden zu beschützen. Niemand jagt sie fort.

Längst hat sie sich daran gewöhnt, die Nacht zum

Tag zu machen, in der Dunkelheit durch die Straßen zu streunen, in den Containern herumzuschnüffeln, ihre Tüten zu füllen und sie dann an die Wagen zu hängen oder dazwischen zu stopfen. Morgens ist sie stets eine der ersten Kunden in den Bäckereien und Supermärkten. Alles, was sie für sich braucht, kauft sie so früh wie möglich ein, um sich noch vor dem allgemeinen Geschäftsbeginn hinter ihrer Wagenburg zu verschanzen. Als der Frühling kommt, wird sie ruhiger. Die quälenden Phantasien haben nachgelassen, als sei es ihr gelungen, mit den unzähligen Tüten eine Wand zwischen sich und ihre Vergangenheit zu bauen. Eine Mauer, die sie vor Erinnerungen schützt und hinter der sie sich einredet, Frieden gefunden zu haben.

Die Enge des kleinen Halbrunds, in dem ihr Stuhl steht, stört sie nicht. Sie hat gelernt, sich so wenig wie möglich zu bewegen und eine Haltung einzunehmen, bei der die Beine nicht einschlafen. Auf diese Weise stellt sich eine Leere in ihr ein, die allmählich alle Gedanken wegwischt und sie in eine befreiende, schlafähnliche Abwesenheit versetzt. Sie bemerkt die Menschen nicht, die sie anstarren, hört nicht den Lärm der Straße und denkt weder an den erschossenen Jungen noch an ihre Kinder oder Schotte. Nicht nur ihr Herz, auch ihr Kopf ist von einer Dumpfheit erfüllt, die nur unterbrochen wird, wenn sie die Augen öffnet und auf ihr Haus sieht. Dann kann es vorkommen, daß sie sekundenlang lächelt.

So ein blitzschnelles Lächeln ist es wohl auch, das einen Touristen veranlaßt, ihr ein Markstück über ihren Schutzwall in den Schoß zu werfen. Als Dora nicht auf die Münze reagiert, stößt der Tourist gegen eine der Tüten, als wolle er den Inhalt prüfen, und greift sogar nach seinem Fotoapparat, um die merkwürdige Alte zu fotografieren. Erst das Klicken des Auslösers holt Dora aus ihrer Dumpfheit in die Gegenwart, und sie wirft ihm sein Geld vor die Füße.

Behalt deine Groschen, kräht sie, und laß die Finger von meinen Sachen. Und dann ruft sie dem Touristen, der erschrocken weitergegangen ist, noch hinterher: Ich bin keine Pennerin, ich bin eine wohlhabende Frau!

Es dauert lange, bis sie sich beruhigt hat. Sie bückt sich tief nach unten, und weil sie in dieser unbequemen Haltung nicht in ihre gewohnte Dumpfheit fallen und aus dieser Perspektive auch ihr Haus nicht sehen kann, kramt sie nach dem Baumschneiderglas. Als sie es findet, hat sie nichts, was sie hineingießen kann. Aber das leere Glas strahlt nicht die Kraft aus, die sie jetzt braucht, auch wenn die Finger noch so oft die Gravur abtasten. Sie sinkt immer mehr in sich zusammen, hängt im Dunst ihrer Tüten über dem Boden. Ich bin verrückt, flüstert sie, ich habe meinen Verstand verloren.

Plötzlich nimmt sie den Dreck unter ihren Fingernägeln wahr, die von der Kälte gerötete Haut der Hände. Ihr Mantel ist zerrissen, und die verbeulten und schief gelaufenen Stiefel von Rolf sind notdürftig mit Bindfäden zugeschnürt. Über den Kopf hat sie einen Fahrradhelm gestülpt. Darunter trägt sie ein Kopftuch, das ihr verklebtes, fettiges Haar versteckt.

Aufgeben. Wieder einmal denkt Dora daran, aufzugeben. Nicht etwa, daß sie zurück in ihre Wohnung gehen will, sich waschen und pflegen, von den Strapazen erholen, um eines Tages wieder in ihrer Firma zu erscheinen und die Geschäfte zu übernehmen. Sie denkt auch nicht daran, ihr Haus zu verkaufen und ins Ausland zu verschwinden und weit weg von Berlin in Spanien oder in der Toskana ihren Lebensabend zu verbringen. Nein, sie denkt vielmehr daran, sich selbst aufzugeben, endlich mit sich geschehen zu lassen, was das Schicksal ihr zugedacht hat, vielleicht auch zu sterben.

Sie zieht sich am Stuhl hoch und sehnt sich plötzlich nach einer Krankheit, die sie irgendwohin bringt, wo man sich um sie kümmert, sie versorgt und ihr Gutes tut. Aber es stellt sich kein Schmerz ein, keine Schwäche, keine Atemnot. Außer daß ihr während des Winters zwei Zähne herausgefallen sind, ist sie kerngesund geblieben. Sicher, die Knochen tun ihr hin und wieder weh, aber welche Frau in ihrem Alter bleibt davon verschont. Der Tod wird sie nicht so schnell auf die Schippe nehmen, den müßte sie sich schon selbst holen, und dazu ist sie nicht fähig, das weiß sie.

Endlich findet sie eine Flasche mit einem Rest Cola, den sie in das Baumschneiderglas gießt.

Sie spürt, wie das schale Gesöff ihr die alte Kraft wiedergibt, und der Baumschneider mit dem wehenden Zweiglein am Hut winkt ihr lächelnd zu.

NACH DER SCHEIDUNG HATTE Schotte gesagt, daß er für sie und die Kinder nicht mehr als die vom Gericht festgelegte Summe zahlen würde. Das war nicht viel, denn Schotte war geschickt, was die Angaben seiner Einkommensverhältnisse betraf. Wollte Dora nicht auf den gewohnten Lebensstil verzichten, mußte sie arbeiten. Das war nicht einfach. Eine Frau von Anfang Vierzig ohne den Nachweis irgendeiner Berufsausbildung hatte in einer Großstadt wie Berlin wenig Chancen, wenn sie mehr als eine Verkäuferin verdienen wollte.

Natürlich hatte sie bei allerhand Firmen vorgesprochen, aber jede Bewerbung scheiterte an ihren fehlenden Qualifikationen.

Das Ergebnis waren schlaflose Nächte und tiefe Verzweiflung. Dora fühlte sich um alles, was sie in ihrem Leben geliebt hatte, betrogen, um Kalni in Lettland, um Kosten in Polen, um Schotte in Berlin. Noch schlimmer war die Einsamkeit. Schotte hatte auch auf der Trennung ihres gemeinsamen Bekanntenkreises bestanden. Dora mußte bald feststellen, daß nicht sie die Freunde gehabt hatte, sondern der erfolgreiche Schotte.

Langsam begriff sie, daß sie sich ganz allein aus dem Dreck ziehen mußte. Unermüdlich studierte sie die Stellenangebote der Tageszeitungen und sprach beim Arbeitsamt vor, bis sie nach Wochen in einer Immobilienfirma als Empfangsdame und Telefonistin eingestellt wurde. Ihre gepflegte Erscheinung hatte dem Geschäftsführer ebenso gefallen, wie ihr sicheres Auftreten, und er hatte ihr angesehen, daß sie den Umgang mit Menschen gewohnt war. Nur bekam sie auf Grund eines fehlenden Berufsabschlusses kein attraktives Gehalt. Aber sie nahm die Stelle an. Nach ein paar Wochen wußte sie, worauf es im Immobiliengeschäft ankam. Sie lernte mit der Kundschaft umzugehen, hatte Geduld und ein Gedächtnis, das weder Zahlen noch Namen verwechselte, und sie begriff schnell, daß es immer die Frauen waren, die die Häuser kauften, während mit den Männern die Finanzierung auszuhandeln war. Das alles waren keineswegs Doras Aufgaben, aber immer öfter war sie bei den Besprechungen zugegen, servierte Kaffee, fuhr Kunden im Auto auf die Baugrundstücke, redete zu oder riet ab, immer im Sinne der Firma.

Frau Botag, sagte der Geschäftsführer schon nach kurzer Zeit, Sie sind Gold wert. Aber ihr Gehalt erhöhte er nicht. Obwohl Dora noch immer die Wut im Bauch saß, die seit der Trennung von Schotte in ihr zu wachsen begonnen hatte, ließ sie sich nichts anmerken. Sie blieb für Käufer, Verkäufer und Makler immer gleich zuvorkommend und korrekt.

Niemand ahnte etwas von ihrem Plan. Keinem der Angestellten fiel auf, mit welcher Sorgfalt sie die Kaufverträge las, die sie fotokopierte oder vom Sekretariat ins Verhandlungszimmer brachte. Weder ihr Chef noch dessen Mitarbeiter wußten von den Notizen, die sie sich über die Namen kaufwilliger Kunden machte, über Baugrundstücke oder die zu verkaufenden Villen. Jeder hielt sie für eine Vertrauensperson.

So liebenswürdig und zuvorkommend sie im Geschäft war, so ungeduldig und nervös verhielt sie sich zu Hause. Die beengte und eher praktisch als elegant eingerichtete Wohnung hielt ihr tagtäglich ihren gesellschaftlichen und finanziellen Verlust vor Augen. Jeden Pfennig mußte sie umdrehen, und es gab ständigen Streit mit den Kindern, die nicht lernen wollten, auf manches zu verzichten. Was können wir dafür, wenn du dich von Papa scheiden läßt, hatte Lilli einmal gesagt und von Dora zur Antwort bekommen, daß sie das wohl am besten wissen müsse. Rolf sagte nie etwas, sondern zog sich schweigend zurück. Es konnte passieren, daß er nach Auseinandersetzungen über Geld oder Zurückweisung seiner Wünsche aus Protest sein Zimmer nicht mehr verließ. Und es kam vor, daß Dora seine schweigende Art von Protest nicht bemerkte oder nicht bemerken wollte.

Du hast nie Zeit für uns, maulte Lilli, wenn Rolf sich schon längst aus dem Staub gemacht hatte, und Dora sagte, daß sie es anders nicht schaffen könne.

Was?

Wieder in besseren Verhältnissen zu leben.

Der Zorn über ihr vom Schicksal betrogenes Leben ließ Dora nicht los. Er hielt ihr Augen und Ohren offen, ließ sie, ohne zu murren, ihre Freizeit opfern und hin und wieder die Kinder vernachlässigen. Wenn es ihr möglich war, brachte sie ihnen Geschenke mit und versprach, daß nun bald alles für sie besser werden würde. Wenn Rolf und Lilli schon schliefen, saß sie oft mit dem Baumschneiderglas voll Milch in der Küche. Und während sie auf die Gravierung starrte, sah es vor dem milchweißen Hintergrund so aus, als ginge das Männlein in einer Landschaft seiner Arbeit nach, die ganz und gar zugeschneit war. Kalni, vielleicht auch Kosten, wenn der Ostwind die Welt mit Schnee zuwehte.

Je kälter es um dich herum wird, raunte das Männlein im weißen Geäst, um so emsiger mußt du sein. Gib nicht auf, sonst erfrierst du und bleibst auf der Strecke.

Und wenn ich mich fürchte? – Dann hast du verloren.

Dora trank die Milch, und das Männlein verschwand aus der Schneelandschaft, saß wieder fest im Glas, unbeweglich und stumm. Sie wusch das Glas aus und versteckte es im Schrank vor den Kindern, so wie sie es schon vor den Eltern und Schotte versteckt hatte.

Kurz darauf kam ihr der Zufall zu Hilfe. Sie traf eine alte Kundin aus Schottes Geschäft, die auf Grund ihres Alters ihre Villa im Grunewald zu verkaufen beabsichtigte.

Wenn Sie das für mich in die Hand nehmen wollen, Kindchen, sagte die alte Dame, als sie von Doras neuem Arbeitsplatz hörte, dann wäre ich Ihnen sehr dankbar.

Ein Angebot, über das Dora gründlich nachdachte. Nach zwei Besuchen bei Schottes langjähriger Kundin wußte sie, was dabei für Geld zu verdienen war, und sie entschloß sich, das Geschäft auf eigene Kappe zu machen. Das brachte nicht nur ihren Job in Gefahr. Die Kundenabwerbung verstieß auch gegen ihren Arbeitsvertrag. Also mußte sie vorsichtig sein.

Mit Schottes Kundin ins Geschäft zu kommen, war keine besondere Schwierigkeit. Die alte Dame schien froh zu sein, in Dora eine Person gefunden zu haben, die ihr versprach, für das Objekt einen Preis zu erzielen, der weit höher lag, als sie erwartet hatte.

Dora war sofort Dr. Helm eingefallen. Der war Unternehmensberater und arbeitete mit mehreren Immobilienmaklern zusammen. Das hatte er einmal erzählt, als sie ihn im Auftrag ihres Chefs zu einem Baugrundstück chauffiert hatte. Und dann hatte er ihr noch etwas gesagt, was ihr im Gedächtnis geblieben war. Hübsch sind Sie, Frau Botag, wissen Sie das eigentlich?

Sie war damals knallrot geworden, und Dr. Helm

hatte darüber herzlich gelacht. Als sie neben ihm zum Auto ging, hatte er sich bei ihr leicht eingehakt und sie ohne Scheu gefragt, ob sie allein lebe. Und sie hatte bereitwillig geantwortet: Nur mit meinen beiden Kindern. Eine Fortsetzung des Gesprächs hatte es nicht gegeben, auch bei der Verabschiedung fiel kein weiteres persönliches Wort.

Bin ich eigentlich hübsch, hatte Dora am Abend ihre Kinder gefragt, und Lilli hatte geantwortet, daß sie das nicht sagen könne, während Rolf nur die Schultern hochgehoben und verlegen gegrinst hatte.

Dr. Helm war ihr nicht nur durch seine elegante Kleidung aufgefallen, sondern vor allem durch die Lässigkeit seiner Gesten. Wie er beim Gehen die Hände in den Hosentaschen ließ, während einer Unterhaltung die Arme verschränkte, einer Dame die Tür aufhielt oder sich einfach nur eine Zigarette anzündete, die er erst aus dem Mundwinkel zu nehmen pflegte, wenn sie aufgeraucht war, das alles wirkte selbstsicher und jungenhaft. Wenn Dr. Helm lachte, verschwanden seine hellblauen Augen hinter einer randlosen Brille zwischen einem Kranz dichter Wimpern. Sein Kopf war zur Hälfte kahl, und das restliche Haar trug er sehr kurz geschnitten, als wolle er seine Glatze noch betonen. Er hatte einen ganz besonderen Charme, der vor allem auf Frauen wirkte.

Dora bat die alte Dame, vorerst nicht mit anderen über ihre Geschäftsbeziehung zu reden. Sie ließ sich die alten Baupläne der Villa geben, nahm am nächsten Tag im Büro ein paar Stunden frei und fuhr zu dem Unternehmensberater Dr. Helm.

Ein letzter Blick in den Spiegel bestätigte ihr, daß sie

sich mit Sorgfalt zurechtgemacht hatte und gut aussah.

Wen darf ich melden? fragte die Sekretärin höflich und Dora nannte ihren Namen, nicht den der Firma, bei der sie angestellt war.

Dr. Helm stand nicht auf, um ihr die Hand zu geben. Er winkte ihr von seinem Schreibtisch aus loyal zu, ohne ihr einen Platz anzubieten. Er habe zwar für unangemeldete Besucher wenig Zeit, sagte er freundlich, aber wenn Dora schon mit Bauzeichnungen ihrer Firma da sei, dann wolle er eine Ausnahme machen.

Ich bin privat hier, sagte Dora und hörte, wie ihr die Stimme wegrutschte. Und um ihre Selbstsicherheit zu demonstrieren, setzte sie sich ohne Aufforderung Dr. Helm gegenüber.

Der lehnte sich in seinen Sessel zurück und sah sie voller Interesse an.

Privat, sagte er und zog das Wort wie ein Echo in die Länge, Sie sind privat bei mir?

Dora nickte. Es sah aus, als müsse sie sich an den zusammengerollten Bauplänen festhalten, um nicht vom Stuhl zu fallen.

Und? fragte Dr. Helm.

Sie schob ihm die Pläne über den Schreibtisch hin. Sehen Sie sich das an, ich denke, die Villa entspricht Ihren Wünschen.

Dr. Helm nahm sich viel Zeit, ohne eine Miene zu verziehen. Dann rollte er die Papiere wieder zusammen.

Was soll sie kosten? fragte er schließlich, und Dora antwortete: Achthunderttausend.

Mit oder ohne Provision?

Ich bitte Sie, sagte Dora, nahm die Zeichnungen wieder an sich, stand auf und brachte es fertig, den Anschein zu erwecken, als wolle sie gehen. Er kam um den Schreibtisch herum auf sie zu. Im ersten Augenblick glaubte sie, er würde sie umarmen. Aber er sah nur mit weit ausholender Bewegung auf die Uhr.

Wann kann ich mir die Villa ansehen?

Heute, nach Geschäftsschluß.

Die alte Dame überließ Dora die Führung durch das Haus. Sie machen das schon, Kindchen, hatte sie gesagt und ihr alle Schlüssel in die Hand gedrückt. Dr. Helm ließ keine Kammer und keinen Winkel aus. Wie ein Spürhund kroch er vom Keller bis unters Dach, prüfte Gemäuer und Balken, Heizungsanlage und alle Fensterrahmen. Er war nicht gerade gesprächig, und bald gab es Dora auf, ihm den Kauf der Villa schmackhaft zu machen. Sogar den Cognac der alten Dame lehnte er ab. Mit der Bemerkung, er wolle sich alles durch den Kopf gehen lassen und sie später informieren, verabschiedete er sich mit der Andeutung eines Handkusses.

Vor der Haustür blieb er einen Augenblick stehen. Ich möchte heute abend mit Ihnen essen gehen, sagte er zu Dora. Dann können wir alles in Ruhe besprechen.

Also hatte er angebissen. Was jetzt folgte, war nur noch eine Sache der Verhandlung, einschließlich der fünf Prozent, die für sie als Provision fällig waren.

Rolf und Lilli hatten ihre Mutter schon lange nicht mehr so gut gelaunt erlebt. Stumm sahen sie zu, wie sie sich eins der schönen Kleider anzog, die sie seit der Scheidung vom Vater nicht mehr getragen hatte. Sie legte ihre Perlenkette um und schminkte sich mit derartiger Sorgfalt, daß die Kinder sich heimlich anstießen.

Paßt auf, sagte Dora und küßte die beiden, bald geht es uns wieder so gut wie früher, vielleicht noch besser.

Der Abend, der mit einem Essen aus mehreren Gängen bei Kempinski begonnen hatte, endete für Dora mit einer tiefen Demütigung.

Nichts hatte darauf hingewiesen. Dr. Helm war höflich und großzügig, was die Auswahl der Speisen und Weine betraf. Dora fühlte sich nicht nur als Frau geschmeichelt, sondern auch für ihre Geschäftstüchtigkeit belohnt. Dr. Helm war bereit, die Villa zu ihren Konditionen zu kaufen.

Und Ihre Frau, fragte sie, will denn Ihre Frau das Haus nicht vorher sehen?

Dr. Helm schüttelte den Kopf. Es solle eine Überraschung werden, meinte er. Der Geschmack seiner Frau sei ihm bekannt, zudem befinde sie sich zur Zeit mit den Kindern in den Ferien. Auch an dem Preis sei nicht herumzuhandeln, er kenne sich aus. Ihr Chef hätte mit Sicherheit fünfzig- bis hunderttausend Mark mehr verlangt.

Na, sehen Sie, sagte Dora und strahlte. Dann redeten sie von anderen Dingen. Vielleicht lag es am Wein, vielleicht auch an der Freude über ihren ersten Geschäftsabschluß. Sie ging mehr und mehr aus sich heraus, erzählte von Kalni und Kosten und schließlich von ihrem Wunsch, sich selbständig zu machen.

Ich bin Ihnen sehr dankbar, Herr Dr. Helm, sagte sie und legte vertraulich ihre Hand auf seinen Arm, daß wir so schnell handelseinig geworden sind.

Noch nicht ganz, sagte er, oder was glauben Sie, warum ich Sie zum Essen eingeladen habe?

Ich dachte …

Denken Sie nicht, hören Sie zu, sagte er und nahm ihre Hand von seinem Arm, ich will mit dir schlafen.

Die unerwartete Aufforderung, mit ihm ins Bett zu gehen, machte Dora angst.

Sie sind ja verrückt, war das einzige, was sie sagen konnte, und er antwortete mit einem ihr ganz und gar fremden Lächeln, daß das gut möglich sei.

Seine Hände umklammerten ihr Gelenk wie ein Schraubstock. Ohne im Lokal Aufsehen zu erregen, war es aussichtslos, sich zu befreien.

Ich möchte jetzt gehen, sagte Dora, aber Dr. Helm hielt sie wie eine Ziege am Strick fest.

Du wirst schon bleiben, wenn ich dir sage, daß unser Kaufvertrag davon abhängt.

Endlich ließ er sie los, und Dora blieb tatsächlich freiwillig neben ihm sitzen.

Das können Sie nicht machen, das ist Erpressung.

Ich kann noch viel mehr, meine Schöne. Ich kann die ganze Geschichte deinem Chef erzählen, und dann wirst du mit einem entsprechenden Zeugnis wegen Kundenabwerbung gefeuert. Er winkte dem Kellner und verlangte die Rechnung. Du warst zu ungeduldig, sagte er und zog seine Geldbörse aus der Tasche. Du hättest annoncieren sollen, statt das Angebot einem Kunden deines Chefs zu machen. Dummheit muß bezahlt werden.

Er half ihr an der Garderobe in den Mantel. Also, fragte er fast heiter, kommst du nun mit?

Als sie in seiner Wohnung ankamen, warf er sie sofort auf die Couch. Über ihre Lippen kam keine Bitte, kein Wort des Abscheus. Sie war innerlich wie versteinert. Nur ihr Körper reagierte ganz so, wie es Dr. Helm von ihr forderte. Er besprang sie wie eine Hündin von hinten, und sein Glied fuhr mit einer solchen Wucht in sie hinein, daß sie aufschrie. Na also, sagte er hart und legte an Tempo zu.

Weinen konnte sie erst, als sie zu Hause war. Bis zum Morgengrauen saß sie in der Küche, das Baumschneiderglas in den Händen.

Am nächsten Tag unterschrieb Dr. Helm den Kaufvertrag, ohne ein Wort über den vergangenen Abend zu verlieren. Auch Dora sagte nur, was geschäftlich zu erwähnen war. Als sie sich voneinander verabschiedeten, reichte keiner dem anderen die Hand.

Obwohl Doras Karriere als Maklerin mit tiefster Erniedrigung begonnen hatte, ging es danach steil aufwärts. Die alte Dame führte ihr noch einen weiteren Kunden zu. Dora kündigte ihre Stellung, studierte sorgfältig den Immobilienmarkt und gab nun ihrerseits Annoncen auf.

Alles ist eine Frage des Fleißes, der Geduld und der Menschenkenntnis, sagte sie sich, vorausgesetzt ich halte die Augen offen. Und sie hielt die Augen offen, beschaffte sich Beziehungen, wußte, wo Baugrundstücke freigegeben wurden, wo Wohnkomplexe geplant waren, Hotels oder Bürohäuser, denn der Bauboom hatte in Berlin gerade erst begonnen.

Ihr Privatleben bestand mehr und mehr darin, Antiquitäten zu sammeln, obwohl sie wenig davon verstand. Für sie waren es Wertobjekte, mit denen sie ihre Wohnung vollstopfte. Freunde hatte sie nicht, und sie suchte auch keine. Wenn sie ausging, handelte es sich um Geschäftsessen oder Empfänge, bei denen sie glaubte, sich sehen lassen zu müssen. Tüchtig, elegant, unnahbar und nie in Herrenbegleitung, hatte sie in der Immobilienbranche bald den Ruf einer Frau, vor der man sich mehr in acht nehmen müsse als vor einem Mann.

Wie sie es den Kindern versprochen hatte, wohnten sie nach dem ersten Verkaufsabschluß mit Dr. Helm nicht mehr lange in der engen Dreizimmerwohnung, zogen um und noch einmal um, bis sie schließlich in dem Haus landeten, das Dora noch heute gehört.

Ohne daß es ihr auffiel, hatte sie immer weniger Zeit für Rolf und Lilli. Sie erfüllte ihnen zwar jeden Wunsch, achtete auch auf die Zensuren und sprach mit den Lehrern, wenn es notwendig war, aber gemeinsame Abende oder Wochenenden verbrachten sie immer seltener.

Ich kann nur eins, sagte sie zu der maulenden Lilli, Geld verdienen oder für euch da sein. Beides zusammen geht nicht. Das müßt ihr einsehen.

Aber Lilli sah es nicht ein, knallte die Türen, zerschlug Geschirr oder lief aus dem Haus, ohne zu sagen, wohin sie ging. Da hatte es Dora mit Rolf leichter. Der muckste sich nicht, blieb unauffällig, widersprach nie und verdrückte sich bei Lillis Ausbrüchen in sein Zimmer. Als Belohnung für seinen Gehorsam erlaubte ihm Dora eines Tages, an der Wandergruppe teilzunehmen, die sich später als Sommerlager der Wiking-Jugend herausstellen sollte. Ihr fiel nur auf, daß Rolf mit seinen vierzehn Jahren einen in der damaligen Zeit auffälligen Hang für alles Militärische hatte. Einmal wollte er Einzelheiten über die Zeit vor 1945 von ihr wissen. Zum Beispiel, ob sie in der Hitlerjugend gewesen sei, und was es mit der Ermordung der Juden, Zigeuner, Polen und Russen auf sich gehabt habe.

Ich war wie jedes andere Kind auch in der Hitlerjugend, antwortete Dora.

Und hat es dir dort gefallen?

Weiß ich nicht mehr. Das ist alles zu lange her. Von den Ermordungen hat unsereins jedenfalls nichts gewußt.

Was hast du denn gewußt?

Nichts, ich war ein Kind, kaum älter als du.

Damit war das Gespräch beendet, Dora mußte zum nächsten Termin.

Es war Zufall, daß Dora Rolfs Zimmer betrat, reiner Zufall. Sie hatte ihn gerufen, und er hatte nicht geantwortet.

Was ist los, sagte sie noch in der Tür, warum kommst du nicht, wenn ich dich rufe.

Dann blieb sie wie angewurzelt stehen. Über dem Bett hing in voller Breite eine rote Fahne mit einer Art Hakenkreuz in weißem Rund. Sofort dachte sie an ihren Vater in seiner Naziuniform. Sie sprang aufs Bett, riß die Fahne herunter und knüllte sie zusammen. Am liebsten hätte sie Rolf eine Ohrfeige verpaßt. Aber als sie sein verstocktes Gesicht sah, war ihr klar, daß sie mit ihrer Erziehung versagt hatte. Noch am selben Tag begann sie herumzutelefonieren und sich nach Internaten zu erkundigen. Mit Hilfe einer kräftigen finanziellen Unterstützung für ein bekanntes Landheim in Süddeutschland konnte sie Rolf dort zwei Wochen später unterbringen. Er ging ohne zu murren, aber auch ohne Abschied.

Es ist Sommer geworden. Hitze liegt über der Stadt. Dora trägt noch immer ihren Mantel, den Helm und die Stiefel. Nur das Kopftuch hat sie abgelegt. Die Tütenwand, hinter der sie kauert, beginnt immer unangenehmer zu riechen. Sie schläft viel, und wenn sie wach ist, scheint sie ihrem inneren Leben zuzusehen, so unbeweglich hockt sie auf dem Stuhl.

Die Ratten wird sie uns herholen, heißt es, und die ersten Beschwerden der umliegenden Geschäftsinhaber gehen bei der Polizei ein. Der Kontaktbereichsbeamte begibt sich an Ort und Stelle.

Den Ausweis bitte, sagt er.

Dora hat keine Wahl. Um Zeit zu schinden, kramt sie in ihren Manteltaschen. Was soll sie sagen, wenn der Beamte sie als die bekannte Immobilienmaklerin identifiziert? Sie reicht dem Beamten das verdreckte kleine Büchlein über den Rand der Tüten.

Was denn, sagt der und zeigt auf Doras Haus, ohne ihren Namen mit dem Maklerbüro in Verbindung zu bringen, da wohnen Sie?

Im Souterrain, lügt Dora, Hinterhaus. Aber die Wohnung ist mir gekündigt worden.

Der Polizist macht sich eine Notiz und gibt ihr den Ausweis zurück.

Sie können mit Ihrem Müll hier nicht bleiben. Gegen Sie ist von den Anliegern Anzeige erstattet worden.

Weil Dora nicht reagiert, glaubt er, sie habe ihn nicht verstanden, und wiederholt seine Aufforderung einen Ton lauter. Doch Dora bleibt stumm. Nur ihre Lippen werden dünner und stülpen sich nach innen.

Wie Sie wollen, sagt der Polizist achselzuckend, ich habe Sie jedenfalls auf die Tatsache hingewiesen, daß ein dauerndes Verbleiben Ihrer Person mit Habe und Sitzgelegenheit am Tage und in der Nacht gesetzmäßig nicht gestattet ist. Als er geht, läuft Dora der Schweiß unter dem Helm hervor über das Gesicht.

Aus Angst, daß der Polizist vielleicht doch zurückkommt oder ein Räumungskommando schickt, das sie vertreibt und ihr Hab und Gut wegschleppt, macht sie einen Plan. Sie besorgt sich einen Filzstift, einen Kugelschreiber sowie ein Notizbuch und beginnt am folgenden Tag, den Inhalt der Tüten zu registrieren. Geduldig sortiert sie den Kram von einer in die andere Tüte. Dabei geht sie umsichtig vor, damit der Wall, den sie um sich gebaut hat, nicht zusammenkracht. Die untersten Tüten füllt sie mit dem, was ihr am unwichtigsten ist. Daß sich darunter Unrat und vergammelte Lebensmittel befinden, ist ihr nur recht, da der süßliche Gestank die Neugierigen fernhält. Für den Fall, daß ihr Notizbuch in unrechte Hände fällt, denkt sie sich einen Code aus, den sie in das Büchlein einträgt. Nach diesem Schlüssel ordnet sie Papier zu Papier, Plastik zu Plastik, Lumpen zu Lumpen. Dazwischen schiebt sie das sperrige Gut, eine alte Thermoskanne, Flaschen- und Büchsenöffner, einen Fön, ein wenig Besteck, Tassen und Teller, alles irgendwann von Hausbewohnern weggeworfen und in Containern gefunden. Sie besitzt Tüten, gefüllt mit Kleidung, Decken und Kissen. Wieder andere enthalten Lebensmittel. Müsli zum Beispiel, Säfte, Gummibärchen, Nüsse und Obst. Aber auch Schnäppchen sind dabei, Strümpfe im Dutzend, Unterwäsche, die sie zum Wechseln braucht, jede Menge Papierservietten, Handtücher, Zahnbürsten und Seife.

Mit ihrer steilen Handschrift malt sie drei Zeichen auf die Tüten, daneben ein oder zwei Buchstaben. Die arabische Zahl steht für Fundort oder Geschäft, die römische für den geschätzten Wert oder Kaufpreis, und die Buchstaben bezeichnen die Gruppen der Gegenstände. Alles zusammen aber ist nur mit dem Code in ihrem Notizbuch zu entschlüsseln. Die Arbeit dauert tagelang und hält sie von dem gewohnten Dämmerschlaf ab. Sie sieht nicht mehr wie bisher ihrem Leben zu, sie ist unwillkürlich wieder mitten hineingeraten. Je mehr sich ihr Notizbuch füllt, um so stolzer ist sie auf das, was sie sich im Laufe der Zeit zugelegt hat. Dabei geht es ihr weniger um die Dinge, die sie käuflich erworben hat, sondern mehr um diejenigen, deren Fund mit Mühsal und viel Lauferei verbunden war, manchmal auch mit Glück. Zum Beispiel der Christbaumschmuck oder das Bündel unbeschriebener Briefumschläge. Am meisten hatte sie sich gefreut, als sie in einem Sperrmüllcontainer einen kleinen Teppich fand, der ihr den Winter über die Füße warm hielt und den sie jetzt in einer Tüte neben dem schon arg ramponierten Schlafsack aufbewahrt. Mehr oder weniger hat sie alles, was sie besitzt, im Kopf, und eigentlich sind die Eintragungen in das Notizbuch gar nicht notwendig. Aber im Ernstfall möchte sie nachweisen können, was sie besitzt und ihr nicht ohne weiteres weggenommen werden darf.

Eines Nachmittags, die Sonne hat sich schon hinter die Dächer zurückgezogen, ist Dora eingedöst. Traumlos hockt sie in ihrer gewohnten Haltung hinter der Plastikburg, als ihr plötzlich ein kratzendes Geräusch in die Ohren fährt. Es ist nur in größeren Abständen zu hören, rührt aber deutlich von den Tüten her. Auf Abwehr eingestellt, starrt sie ins Licht und glaubt, auf dem oberen Rand der Tütenwand einen hüpfenden, schlohweißen Ball zu sehen. Wie so oft nach dem Schlaf will sich nicht gleich die gewohnte Sehkraft einstellen und läßt alles, in den Konturen verschwommen, wie ein Rätsel erscheinen. So auch der Ball, der kein Ball, sondern eine weiße Taube ist. Sie zupft ohne Scheu am Plastik herum, ganz darauf aus, Eßbares zu finden.

Psssst, zischt Dora, entschlußlos, ob sie die Taube vertreiben soll oder nicht. Das Tier schiebt den Kopf von rechts nach links, immer ein Auge auf Dora gerichtet, und verlagert sein Gewicht von einem Bein aufs andere. Schließlich beginnt sie mit dem Kopf zu nicken, wobei sie vor sich hingurrt, als flüstere sie Dora etwas zu. Die weiß mit der Vertrauensseligkeit des Tieres nichts anzufangen. Das Biest wird mir am Ende noch auf die Tüten scheißen, denkt sie.

Die Taube tippelt zur Seite, hebt die Flügel, fliegt aber nicht los, sondern bleibt, wo sie ist, und setzt ihr Nicken und Gurren fort.

Von mir aus, sagt Dora und schließt die Augen in der Hoffnung, daß die aufdringliche Taube von allein verschwinden wird. Das Gegenteil ist der Fall. Sie hüpft von den Tüten auf Doras Schoß und pickt dort in aller Seelenruhe ein paar Krümel vom Mantel.

Dora kann sich der unerwarteten Zuneigung nicht entziehen, kramt in ihrer Manteltasche, findet noch ein paar Krümel und bietet sie der Taube auf der flachen Hand an.

Morgen kaufe ich dir Körner, flüstert sie, und ihre Stimme wird weich.

Am nächsten Tag, fast um die gleiche Zeit, ist die weiße Taube wieder da, sitzt auf den Tüten, tippelt, nickt und gurrt.

Da bist du ja, sagt Dora sanft und hält ihr die Körner hin, die sie tatsächlich gekauft hat. Und damit die Taube bei ihr bleibt, streut sie das restliche Futter rundum auf alle Tüten. Da beginnt ein Flügelschlagen und Flattern. Zu der weißen Taube gesellt sich eine graue, eine blaue, eine gefleckte und so weiter. Auf einmal sind es mindestens zwanzig Tauben, die sich über die Körner hermachen, alles blitzschnell vertilgen und im nächsten Augenblick wieder verschwinden. Nur die weiße Taube läßt Dora nicht aus ihrem Vogelblick und macht es sich auf den Tüten bequem.

Obwohl alles schon eine Weile zurücklag, kam Lilli der Besuch der beiden jungen Polen immer noch vor, als habe er gerade erst stattgefunden. Sie war über Ostern nach Berlin gekommen, um die Feiertage gemeinsam mit der Mutter und dem Bruder zu verbringen. Die Geschwister hatten ihre alten Zimmer bezogen, und seit Monaten war die Familie mal wieder komplett. Das heißt, hauptsächlich waren Rolf und Lilli zusammen. Die Mutter war wie immer unterwegs, hatte Termine, mußte in ihr Büro, das inzwischen die ganze Etage eines Geschäftshauses in Steglitz einnahm, oder sie besichtigte Industriebaugrundstücke.

Will einer von euch mitkommen? fragte sie.

Keiner von beiden wollte. Das waren böse Erinnerungen aus der Kindheit, die Langeweile und Verlassenheit signalisierten.

Also dann bis zum Abend. Denkt euch ein schönes Lokal aus, ich lade euch zum Essen ein, sagte die Mutter gutgelaunt.

Kaum hatte sie die Wohnung verlassen, rannten Rolf und Lilli wie auf Kommando los, stellten ohrenbetäubende Musik an, rissen den Kühlschrank auf, aßen und tranken, was ihnen in die Hände fiel, und brachten unter Gekicher die Wohnung in Unordnung. Zum Schluß lagen sie gemeinsam vor dem Fernseher und sahen sich irgendeinen blödsinnigen Film an.

Früher hat es mir mehr Spaß gemacht, sagte Lilli und rollte sich auf den Rücken.

Mir hat's nie Spaß gemacht. Ich habe immer gedacht, gleich kommt sie zurück, und dann setzt es was, war Rolfs Antwort.

Hattest du Angst vor ihr?

Ich habe sie heute noch.

Als sie gerade dabei waren, wieder aufzuräumen und alles in den Kühlschrank zurückzustellen, was sie herausgeholt hatten, klingelte es an der Haustür. Rolf fuhr derart zusammen, daß Lilli lachen mußte.

Du bist doch nicht mehr fünfzehn, sagte sie, außerdem würde die Mutter kaum klingeln.

Um sich dem weiteren Spott der Schwester zu entziehen, öffnete Rolf die Wohnungstür.

Zwei junge Männer, kaum älter als er, standen vor ihm, grüßten höflich und fragten mit stark polnischem Akzent nach Dora Botag.

Meine Mutter ist nicht da, sagte Rolf und wollte die Tür schon wieder schließen, als sich Lilli einmischte und wissen wollte, um was es denn ginge.

Ist Ihre Mutter aus Koscian bei Posen?

Und weil Rolf und Lilli ihn nicht verstanden, wiederholte er den Ortsnamen auf deutsch: Kosten.

Ja, da sei ihre Mutter von Lettland aus mit ihren Eltern hingezogen und habe dort bis zur Flucht vor den Russen gewohnt.

Die jungen Männer begannen auf polnisch miteinander zu diskutieren und schienen unterschiedlicher Meinung zu sein. Der eine wollte gehen, der andere nicht. Er steckte seine Hände in die Taschen seines billigen Freizeitblousons und rührte sich nicht von der Stelle.

Können wir etwas für Sie tun? wollte Rolf wissen, den das Gehabe der beiden Polen nervös machte.

Derjenige, der bleiben wollte, nahm offensichtlich allen Mut zusammen und fragte, ob sie auf einen Augenblick hereinkommen dürften.

Wenn's hilft, antwortete Lilli schnippisch und ließ beide mit großer Selbstverständlichkeit im Flur stehen. Ehrlich gestanden amüsierte sie sich über die Verlegenheit der jungen Polen, denen es partout nicht gelang, ihr Anliegen vorzubringen.

Wollen Sie uns nicht endlich sagen, wer Sie sind? fragte Lilli.

Die beiden entschuldigten sich umständlich. Henryk und Marian Kaczmarek, stellten sie sich vor. Zur weiteren Erklärung gaben sie noch an, daß sie nur vierundzwanzig Stunden in Berlin seien und den Namen Dora Botag im Telefonbuch gefunden hätten.

Als Rolf sie schließlich ins Wohnzimmer bat, kamen die Brüder Kaczmarek aus dem Staunen nicht heraus, betrachteten Silber, Bilder und Teppiche. Sie waren blaß und aufgeregt, das sah man besonders Henryk an, der mit seinen Kiefern so kräftig mahlte, daß der Mund ganz schief im Gesicht hing.

Sagen Sie doch endlich, warum Sie hier sind, drängte Rolf.

Später gestand er seiner Schwester, daß er zu diesem Zeitpunkt hinter den beiden noch Einbrecher vermutet habe, die ihren Besuch zum Ausbaldowern der Wohnung benutzten, und er habe sich insgeheim verflucht, daß er die Fremden überhaupt ins Wohnzimmer gelassen hatte.

Es geht um unseren Onkel, begann Henryk, und Marian fügte das Wort »toten« hinzu. Er konnte kaum Deutsch und hatte bisher keinen verständlichen Satz herausgebracht.

Und was hat Ihr Onkel mit unserer Mutter zu tun?

Marian tuschelte Henryk auf polnisch etwas zu, Henryk tuschelte zurück, wischte seine Schuhe auf dem Teppich hin und her und schien nach dem Anfang seiner Geschichte zu suchen.

Vielleicht sollten wir lieber warten, bis Ihre Mutter kommt, sagte er schließlich.

Die kommt erst am Abend, vielleicht auch erst morgen … Oder gar nicht, vollendete Rolf Lillis Mitteilung, und beide mußten lachen.

Die Polen lachten nicht. Marian tuschelte schon wieder. Also gut, sagte Henryk, mein Bruder will, daß ich Ihnen alles erzähle. Er öffnete den Reißverschluß seiner Jacke und setzte sich zurecht. Er starrte auf sein grobes Schuhwerk, das sich auf dem chinesischen Seidenteppich merkwürdig ausnahm, holte tief Luft und begann mit dem Satz: Vielleicht wissen Sie ja, was damals in Koscian passiert ist.

Er griff in die Brusttasche seiner Jacke und holte ein altes, schon ein wenig vergilbtes Foto heraus, das er Lilli reichte. Es zeigte einen etwa zehnjährigen Jungen mit kurzen, blonden Haaren, abstehenden Ohren und unregelmäßigen Zähnen, der so fröhlich dreinblickte, daß Lilli unwillkürlich lächeln mußte.

Wer ist das? fragte sie.

Das ist Onkel, sagte Marian und stieß seinen Bruder in die Seite.

Unser Großvater, antwortete Henryk, auf polnisch sagt man dziadek, dem hat die Tischlerei in Koscian gehört. Nach dem Krieg hat man ihn verjagt, und Ihr dziadek hat sie sich genommen.

Na, na, sagte Rolf, man hat sie ihm von Staats wegen zugeteilt.

Henryk kniff die Augen zusammen und ließ seine Kiefern tanzen.

Mir ist es egal, wie Sie das nennen. Jedenfalls ist Ihr dziadek mit seiner Familie in die Tischlerei von meinem dziadek eingezogen. Sie haben in unseren Betten geschlafen, in unseren Möbeln gewohnt, in unseren Töpfen gekocht und von unserem Geschirr gegessen.

Meine Großeltern mußten ja aus Lettland weg wegen der Russen, warf Lilli ärgerlich ein, und mitnehmen konnten sie fast nichts.

Henryk zuckte nur mit den Schultern. Dann fuhr er fort: Ihr dziadek war ein Nazi.

Woher wollt ihr denn das wissen?

Das wissen alle Polen in Koscian. Der Botag war Nazi, sagen sie. Der hat nicht nur dem Kaczmarek die Tischlerei genommen, er ist auch immer in seiner SA-Uniform rumgelaufen.

Lilli sah, wie ihr Bruder über und über rot wurde, und fuhr Henryk ins Wort: Damit haben wir nichts zu tun. Wir kannten unseren Großvater ja gar nicht.

Alles hat man meinem dziadek weggenommen, sagte Henryk, nicht einen Hammer durfte er behalten. Mit der Babka, unserem Vater, der damals vielleicht siebzehn Jahre alt war, und dem Kleinen – Henryk zeigte auf das Foto – mußte er irgendwo unterkriechen. Dann haben sie ihn zur Zwangsarbeit geholt.

Und was hat das alles mit meiner Mutter zu tun? Lilli war immer unbehaglicher geworden. Rolf verhielt sich schon eine Weile so, als höre er nicht mehr zu. Er machte sogar Anstalten, das Zimmer zu verlassen. Aber Marian kam ihm zuvor.

Nicht gehen, sagte er, bitte bleiben.

Henryk fuhr fort zu berichten, wie sein Vater und dessen Freund sich vorgenommen hatten, eines Nachts aus der Tischlerei Werkzeug zu holen, damit der dziadek wenigstens arbeiten konnte. Der Kleine, der Piotr, war ihnen nachgelaufen, um das Glas unter der Weißbuche auszugraben, das seinem dziadek gehörte, der es schon im Krieg dort vergraben hatte, weil es wertvoll war. Ein kleines Männlein sei darin eingraviert, Baumschneider sagt man auf deutsch dazu, er habe sich extra nach dem Wort erkundigt. Haben Sie es bei Ihrer Mutter gesehen?

Wie kommen Sie denn darauf? Rolf lachte ohne Fröhlichkeit und sah ratlos Lilli an, die Henryk einen Vogel zeigte.

Bei euch piept's wohl.

Der kleine Piotr, unser Onkel, wie Sie jetzt wissen, gräbt also nach dem Glas. Und während er gräbt, kommt ein junges Mädchen mit einem Karabiner aus dem Haus, bedroht Piotr damit und will ihm das Glas wegnehmen. Das Mädchen war ihre Mutter. Als unser Vater und sein Freund angerannt kamen und den schreienden Kleinen über den Zaun ziehen wollten, da hat Ihre Mutter geschossen.

Sie hat geschossen? Meine Mutter soll geschossen haben? sagte Lilli erschrocken.

Ja, aber der erste Schuß hat niemanden getroffen. Die drei haben alles stehen- und liegengelassen, das Werkzeug und das Glas, und sind über den Zaun entkommen.

Na also, sagte Rolf, damit ist die Geschichte hoffentlich zu Ende.

Entschuldigung, sagte Henryk, die Geschichte ist nicht zu Ende. Ihre Mutter hat nämlich mit dem Karabiner hinter den Flüchtenden hergeschossen und Piotr getroffen. Mein Vater trug ihn auf den Armen nach Hause, aber da war er schon tot.

Das glaube ich nicht, sagte Lilli, und Henryk nickte, als könnte er das verstehen. Aber dann sagte er sehr bestimmt: Unser Vater und sein Freund können alles bezeugen.

Lilli sackten die Knie weg. Sie hatte das Bild der Mutter vor Augen, die auf kleine Kinder wie auf Hasen schoß.

Verstehen Sie doch, sagte Henryk, nicht ohne Mitgefühl in der Stimme, wir mußten Ihnen das sagen. Ihre Mutter ist nicht da, und wir fahren in ein paar Stunden zurück nach Koczian.

Ich wäre Ihnen dankbar, sagte Rolf merkwürdig gestelzt, wenn Sie mir die Anschrift Ihres Vaters hierlassen würden. Und vielleicht auch das Foto, fügte er unsicher hinzu, als habe er eine unangenehme Bitte ausgesprochen.

Darauf war Henryk nicht gefaßt. Er beriet sich mit Marian und drehte dabei das Foto unablässig hin und her, was Rolf für eine Aufforderung hielt, zahlen zu sollen. Also griff er in sein Portemonnaie und zeigte Henryk einen Hunderter. Einverstanden?

Da sprang Marian auf und hätte Rolf wahrscheinlich zusammengeschlagen, wenn Henryk nicht dazwischengegangen wäre. So segelte nur der Hunderter zu Boden, den Henryk sofort aufhob und Rolf zurückgab. Während Marian eine ganze Suada polnischer Schimpfwörter losließ, schob ihn sein Bruder schweigend aus dem Zimmer. Dann knallte die Haustür hinter ihnen zu. Zurück blieb das Foto des erschossenen Jungen, der in großer Fröhlichkeit Lilli und Rolf entgegenlächelte.

ROLF WAR DER BESUCH DER POLEN längst nicht so eindringlich im Gedächtnis geblieben wie Lilli. Für ihn war es vor allem die anschließende Auseinandersetzung mit der Mutter, die er nicht vergessen konnte. Wie einbetoniert saß sie in seinem Kopf. Die Vorstellung von der Mutter, die er sich aus der Kindheit hinübergerettet hatte, war endgültig zerbröckelt. Sein einziger Gedanke war, ihr heimzuzahlen, was sie ihm und seiner Schwester angetan hatte und auch dem polnischen Jungen. Sie war eine Mörderin. Rose ließ nicht locker, um hinter das Geheimnis des Zeitungsartikels zu kommen. Wer hat den veranlaßt, fragte sie eines Tages auf einem Spaziergang zum Teufelssee. Ich, antwortete Rolf, ohne sie anzusehen, ich habe meine Mutter aber vorher gewarnt.

Rose blieb stehen. Du hast deine eigene Mutter öffentlich kompromittiert? fragte sie, und ihre schönen Augen füllten sich mit Tränen, die über den Lidrand kippten und ihr ganzes Gesicht überströmten.

Nicht weinen, sagte Rolf erschrocken, bitte nicht weinen. Und Rose sagte, das hätte ich dir nie im Leben zugetraut, nie.

Da wußte Rolf, daß er keine andere Wahl hatte und den Ablauf der Auseinandersetzung wahrheitsgemäß schildern mußte. Also hakte er sich bei ihr ein und wartete geduldig, bis sie den Spaziergang fortsetzte.

Als die Polen verschwunden waren, begann er stokkend, packte Lilli ihre Koffer und fuhr zurück nach Frankfurt. Sie könne der Mutter jetzt nicht begegnen, hatte sie gesagt. Ich war ziemlich verzweifelt und habe sie gefragt, wie ich die Mutter denn ohne sie als Zeugin unter Druck setzen solle. Aber das hat meine Schwester nicht interessiert. Mach, was du willst, hat sie gesagt und war schon aus der Tür.

Du kannst dir gar nicht vorstellen, wie lang mir die Zeit wurde, bis meine Mutter endlich nach Hause kam, obwohl ich noch nicht wußte, wie ich meine Fragen formulieren sollte. Die ganze Zeit stellte ich mir vor, sie würde vielleicht froh sein, endlich über den Tod des polnischen Jungen sprechen zu können. Irgendwie hoffte ich, unsere Mitwisserschaft würde sie erleichtern, und ich könnte ihr helfen, über die Tat hinwegzukommen.

Wie immer kam sie später, als sie gesagt hatte, warf noch im Flur die Schuhe von den Füßen und rief nach uns. In welches Restaurant wir mit ihr essen gehen wollten, fragte sie aus dem Wohnzimmer. Ich hörte die Vorfreude in ihrer Stimme, auch die fröhliche Ungeduld, mit der sie ein zweites Mal nach uns rief. Erst dann kam ich zum Vorschein.

Mein Gott, sagte sie, was machst du für ein miesepetriges Gesicht, was ist denn passiert? Und wo ist Lilli?

Abgefahren, zurück nach Frankfurt, antwortete ich so gelassen wie möglich, aber ich spürte mein Herz klopfen.

Natürlich wollte sie wissen, warum Lilli abgefahren sei. Es ist nicht die Art meiner Mutter, sich eine Enttäuschung anmerken zu lassen. Sie setzte sich also, hob ihre Füße hoch und begann sie langsam zu massieren. Ich wußte, wenn ich nicht augenblicklich auf die Polen zu sprechen kam, würde ich nie mehr den Mut dazu aufbringen. Und wie dieser Henryk Kaczmarek ein paar Stunden zuvor, so holte ich jetzt das Bild des Jungen aus der Brusttasche und hielt es ihr schweigend hin.

Glaub mir, ich habe sie sehr genau beobachtet, und nur, weil mir ihr Gesicht so vertraut ist, habe ich bemerkt, wie sich für Sekunden ihre Augen verengten. Dann schob sie meine Hand mit dem Foto zur Seite und sagte: Ich hab dich nach Lilli gefragt.

Zum ersten Mal seit meiner Kindheit fürchtete ich mich vor ihr.

Rolf verminderte das Tempo, als könnte er nicht gleichzeitig gehen und erzählen. Aber Rose drängte ihn unerbittlich vorwärts.

Und, fragte sie, wie hast du darauf reagiert?

Das ist der Junge, habe ich gesagt, den du damals in Kosten erschossen hast.

Erschossen? Du bist ja verrückt, sagte sie und griff nach dem Bild. Ich glaubte schon, sie würde es zerreißen, und nahm es sicherheitshalber wieder an mich. Dann erzählte ich ihr, was die Polen berichtet hatten. Du kannst dir nicht vorstellen, wie sich ihr Gesicht bei meinen Worten veränderte. Noch nie hatte ich sie in einem solchen Zustand gesehen. Ununterbrochen schüttelte sie den Kopf und wiederholte den Satz: Das ist nicht wahr, das ist alles nicht wahr.

Aber die beiden älteren Jungen, die du damals nicht getroffen hast und die heute in Kosten leben, können den Mord bezeugen.

Das war der Moment, in dem ich hoffte, sie würde mir um den Hals fallen und ihre schreckliche Tat zugeben. Statt dessen tischte sie mir eine ganz andere Geschicht auf. Zunächst behauptete sie, nichts von dem Glas zu wissen, das der Junge ausgegraben habe. Ihr sei es nur um die Diebe gegangen. Sie wollten die Werkstatt meines Vaters ausräumen, sagte sie.

Diebe ist gut, unterbrach ich sie, das war doch deren Eigentum.

Sie sprach sehr schnell. Manchmal konnte ich sie gar nicht richtig verstehen. Für sie waren es damals jedenfalls Diebe, fuhr sie fort. Es war auch ein Junge, ein halbes Kind dabei, wahrscheinlich zum Aufpassen. Ich bin mit dem Karabiner rausgerannt. Die Eltern waren ja nicht da, und es stimmt auch, daß ich die Polen damit bedroht habe. Aber die hatten keine Angst. Der eine kam auf mich zu und hat mir den Gewehrlauf runtergedrückt, so daß ein Schuß losging. Darauf sind sie alle drei weggelaufen, und ich habe aus Angst und nicht gezielt in die Dunkelheit geschossen.

Du lügst, habe ich sie angeschrien, du wolltest sie treffen.

Du glaubst also diesen Polen, die du überhaupt nicht kennst, mehr als deiner Mutter? fragte sie mich.

Ja, habe ich geantwortet, ich glaube ihnen tatsächlich mehr als dir. Und ich habe ihr auch gesagt, daß ich das Glas mit dem Baumschneider suchen würde, das mir Henryk Kaczmarek genau beschrieben hätte.

Gar nichts wirst du suchen, erwiderte sie, sondern dich entweder auf der Stelle entschuldigen oder meine Wohnung verlassen.

Es dauerte eine Weile, bis ich begriff, daß sie nicht im geringsten daran interessiert war, mir die Wahrheit zu sagen. Verstehst du das?

Nein, sagte Rose, die sich nicht vorstellen konnte, daß Rolfs Mutter ein polnisches Kind erschossen haben sollte, ich verstehe es wirklich nicht. Natürlich habe ich mich nicht entschuldigt, fuhr Rolf fort, ich bin auch nicht gegangen, jedenfalls nicht gleich. Ich habe ihr erstmals ohne Angst zu verstehen gegeben, daß ich sie verachte.

Mir hast du die Mitgliedschaft in der Wiking-Jugend verboten, habe ich gesagt. Meine Fahne hast du von der Wand gerissen und in den Müllschlucker geworfen. Um deinen Ruf hast du gefürchtet, aber was du mir damit angetan hast, hat dich nicht interessiert. Obwohl ihr doch damals selber alle Nazis wart, dein Vater, deine Mutter und du. Warum mußtest du mir verschweigen, daß du, ein deutsches BDM-Mädchen, einen polnischen Jungen erschossen hast?

Ich habe nicht auf die Polen gezielt, schrie sie mich an, und deshalb konnte ich auch nicht ahnen, daß ich offenbar einen von ihnen getroffen hatte. Dann drehte sie mir den Rücken zu und ging kreuz und quer durch die Wohnung, in ihr Arbeitszimmer, ins Wohnzimmer, in die Küche und in ihr Schlafzimmer, so als liefe sie vor mir weg.

Was bist du nur für eine Mutter, rief ich zornig und hilflos. Da blieb sie vor mir stehen, sah mich an, legte ihre Hände auf meine Schultern und sagte: Deine.

Ist das alles? fragte ich, und sie antwortete einfach nur mit Ja. Dann öffnete sie die Wohnungstür und forderte mich schweigend auf, zu verschwinden.

Und bist du gegangen? fragte Rose.

Rolf nickte. Er war am Ende seiner Erzählung angekommen.

Aber der Artikel, fragte sie, warum hast du dafür gesorgt, daß dieser Artikel in die Zeitung kam?

Ich wollte ihr einen Denkzettel verpassen, sagte Rolf, einmal wollte ich ihren Widerstand brechen, nur einmal.

Und, ist es dir gelungen?

Ich weiß nicht, sie ist wie vom Erdboden verschwunden. Kein Mensch weiß, wo sie sich aufhält. In der Firma hat sie alle Vollmachten ihrem Geschäftsführer übergeben, und ihre finanziellen Angelegenheiten werden von einem Anwalt erledigt. Mehr haben Lilli und ich nicht in Erfahrung bringen können.

Bist du nun zufrieden?

In Roses Stimme war eine Spur Härte zu hören, und ihre Hände steckten tief in den Taschen, so daß Rolf ihre Fäuste nicht sehen konnte.

Nein, sagte er diesmal ehrlich, noch lange nicht.

Den Sonnenschirm, den sich Dora im Sommer zugelegt hatte, läßt sie Tag und Nacht aufgespannt. Wenn es regnet, befestigt sie mit Hilfe von Wäscheklammern ein großes Stück Plastikfolie darüber. Seither hat sie, wie sie sich sagt, ein Dach über dem Kopf. Nachts zieht sie den Schirm bis an den Rand der Tüten herunter. Das schützt nicht nur vor Wind und Regen, sondern auch vor neugierigen Blicken. Die Zahl ihrer Tüten hat sich kaum vermehrt. Immerhin ist die Wand, die sie aus ihnen um sich aufgebaut hat, so hoch, daß sie gerade noch darüber hinwegsehen kann. Alles, was sie besitzt, ist registriert und im Büchlein vermerkt. Überhaupt führt Dora Botag jetzt ein für ihre Verhältnisse geordnetes Leben. Immer zur gleichen Zeit enden ihre nächtlichen Streifzüge morgens am Savignyplatz, wo sie sich in der öffentlichen Bedürfnisanstalt zu waschen pflegt. Ebenso pünktlich erscheint sie in einer der umliegenden Bäckereien und später im Supermarkt, um ihre kleinen Einkäufe zu erledigen. Und ein- oder zweimal in der Woche, ebenfalls zur gleichen Zeit, erscheint sie bei McDonald's, wo sie an immer demselben Tisch in großer Langsamkeit einen Big Mac verzehrt. Tagsüber hockt sie unter dem Schirm, schläft und döst, hin und wieder von den Tauben geweckt, die sich auf ihren Tüten niederlassen und nach Futter suchen. Längst haben es die Geschäftsinhaber der umliegenden Läden aufgegeben, Dora zu vertreiben. Auch von Alpträumen ist sie den Sommer über verschont geblieben, und allmählich hat sie gelernt, ihr Leben zu verschlafen. Die Erinnerungen rücken immer weiter weg, und weil sie den Menschen, die vorbeispazieren, nicht mehr in die Gesichter blickt, weiß sie auch nicht, ob vielleicht Schotte unter ihnen ist oder ihre Kinder oder die Angestellten ihrer Firma an ihr vorübergehen. Endlich hat sie es geschafft, inmitten der Stadt und gegenüber ihres eigenen Hauses all dem zu entrücken, was einmal in ihr Leben gehörte.

Als der Herbst kommt und die Nächte kühl werden, beginnen wieder die mühseligen Stunden des Umschichtens. Dora braucht den Teppich, die Kissen und Decken, die sie während der warmen Jahreszeit zuunterst verstaut hatte. Sie muß sich nach billigen Socken umsehen, und wenn sie nachts in den für die Kleidersammlung herausgestellten Säcken keinen wärmeren Mantel findet, muß sie sich einen kaufen. Eine solche Ausgabe ist von ihrem monatlichen Betrag, den sie sich zugestanden hat, nicht zu bezahlen. Das bedeutet, entweder ihre Prinzipien zu durchbrechen und sich aus der eigenen Wohnung einen Mantel zu holen, oder sich über ihren Anwalt zusätzlich Geld aufs Sparbuch überweisen zu lassen.

Das eine scheut Dora so sehr wie das andere, weil es sie zurück in eine Vergangenheit schiebt, von der sie glaubt, sich gelöst zu haben.

Zunächst gilt es also, die Säcke der Kleidersammlung vom Roten Kreuz und der Arbeiterwohlfahrt zu durchsuchen. Zu diesem Zweck muß sie größere Nachtwanderungen in Kauf nehmen, die Wohnblöcke finden, in denen auf Handzetteln an Türen und Mauern um Kleiderspenden gebeten wird. Dora weiß, daß sie nicht die einzige ist, die in der Nacht die ausrangierten Klamotten durchstöbert. Es sind die Stunden der Ärmsten, der Obdachlosen und Flüchtlinge. Wie Katzen schleichen sie durch die

Straßen, ängstlich und stets auf der Hut, nicht erwischt zu werden.

Drei Nächte braucht Dora, bis sie einen Mantel findet, der ihren Bedürfnissen entspricht. Er ist warm, wenn auch die Ärmel ein wenig zerrissen sind und die weiße Nylonwatte durchblitzt. Aber er reicht ihr fast bis zu den Knöcheln und wird ihr im Winter die Beine wärmen. Der große Fleck an der Seite, als habe jemand Kaffee darüber gegossen, stört sie nicht. Und ohne sich um den neidischen Blick einer jungen Frau zu kümmern, der sie um Armeslänge zuvorkam, geht sie den weiten Weg vom Westend zurück zum Savignyplatz. Die lange und anstrengende Nacht ist ihr in die Knochen gefahren und der Grund dafür, daß sie am späten Abend des 9. Novembers 1989 nicht unterwegs ist, sondern hinter ihren Tüten hockt und vor sich hindöst.

Es ist kurz vor Mitternacht, als sich auf dem Kurfürstendamm eine befremdliche Unruhe bemerkbar macht. Dora spürt sie sofort, obwohl zunächst nichts Auffälliges zu sehen ist. Dann ist es ein Trabbi, der plötzlich an ihr vorbei fährt. Die Fenster sind heruntergekurbelt, die Insassen beugen sich heraus, rufen Unverständliches, und die Menschen auf den Bürgersteigen rufen zurück. Ein zweiter Trabbi folgt und weitere Autos aus der DDR, als seien sie geradewegs über die Mauer geflogen. Sie hupen und hupen, und kein Mensch regt sich darüber auf. Jetzt hört Dora Geschrei, und plötzlich taucht eine Fahne auf, und hinter der Fahne sind Menschen, immer mehr Fahnen, immer mehr Menschen. Sie laufen nicht auf den Bürgersteigen, sondern quellen auf den Fahrdamm zwischen die

Autos. Sie klopfen auf die kleinen Trabbis, und – Dora kann es gar nicht begreifen – die Menschen gießen Sekt über die Blechdächer. Bis an ihre Tütenwand schwappt die fröhliche Menschenmasse. Ein junger Mann reicht ihr eine Flasche Wein.

Los, Oma, trink mit, die Mauer ist offen.

Dora hält ihre Tüten fest, schüttelt den Kopf. Was geht mich das an.

Der Mann ist schon weitergelaufen, hält einem anderen die Flasche hin: Trink, Brüderlein, trink. Deutschland, einig Vaterland, rufen die Menschen und liegen sich in den Armen, weinen, lachen, trinken, singen. Deutschland, Deutschland, über alles.

Dora klappt ihren Sonnenschirm der besseren Sicht wegen zu. Hin und wieder nimmt sie auch ihre Brille ab. Aber nicht, um sich auch die Freudentränen aus den Augen zu wischen, sondern um besser beobachten zu können, was da passiert. Die Menschen, die sich nur vorwärts bewegen, indem sie von einer Umarmung in die andere fallen, getragen vom vereinigten Glücksgefühl, geraten immer mehr außer sich. Die Küsse zwischen den Brüdern und Schwestern steigen gen Himmel, fallen zurück zwischen die Häuser und senken sich wieder auf die Gesichter, wo sie im Lauf der Nacht vom Alkohol weggewischt werden.

Guck mal, die Alte, sagt eine junge Frau und bleibt vor Dora stehen, so was siehste bei uns aber nicht.

Und ihr Begleiter, der Dora für eine Bettlerin hält, legt ihr ein von zu Hause mitgebrachtes Brot auf den Tütenrand. Is zwar bloß Wurscht aussem Osten, sagt er ein wenig geniert, aber gut isse trotzdem.

Dora hat sich sofort schlafend gestellt. Den Kopf

vornüber gekippt, wirkt sie unnatürlich und einer Puppe ähnlicher als einem Lebewesen.

Vielleicht hat die nich alle, sagt die junge Frau und zieht ihren Begleiter weiter zu einem Schaufenster. Mit offenem Mund bestaunen sie die Auslagen und drükken ihr Gesicht an die Glasscheibe.

Jetzt weißte, was wir unser Leben lang verpaßt haben, sagt die junge Frau.

Wart's ab, sagt der Mann, nun können wir uns das auch alles bald kaufen, wart's ab.

Die Nacht wächst ohne Pause in den Tag hinein. Nur in den Morgenstunden wird es für kurze Zeit ruhiger, so daß Dora zum Savignyplatz laufen kann, um sich zu waschen und auf die Toilette zu gehen. Danach setzt der Tumult wieder ein, wenn auch ohne die leidenschaftlichen Umarmungen der letzten Nacht.

Wer im Osten wohnt, erhält in den folgenden Tagen auf seinen Ausweis hundert Mark Begrüßungsgeld. Ganze Familien drängen sich durch die Westberliner Straßen und nehmen mit, was mitzunehmen ist. Die Stadt gerät in Schräglage, wird kopflastig und verliert ihren Rhythmus. Die Busse haben auf dem Kurfürstendamm ihre Fahrten eingestellt, die S- und U-Bahnen von Ost nach West sind hoffnungslos überfüllt, und wo es geht, kriechen die Menschen durch die Mauer.

Die Stadt verliert zusehends ihr gewohntes Gesicht.

Hin und wieder denkt Dora an die Mutter, die das alles nicht mehr erlebt. Vor Jahr und Tag ist sie im Haus von Hilde Grundke, mit sich und der Welt uneins, an ihren Krankheiten gestorben. Da halfen auch Doras Besuche nichts, nicht der Kaffee und nicht die vielen Medikamente, die sie jedesmal mitbrachte. Die Unzufriedenheit und die Überzeugung, im Verhältnis zu anderen vom Leben benachteiligt worden zu sein, raubten der Mutter den Verstand und fraßen schließlich ihren Lebenswillen auf. Hilde Grundke hatte berichtet, die Mutter sei unter Tränen gestorben. Danach war Dora nie mehr nach Rahnsdorf gefahren, und die Verbindung mit Grundkes und Frau Friebe war mit der Zeit eingeschlafen.

Drei Tage dauert das Tohuwabohu um den Kurfürstendamm. Danach versuchte die Stadt, zu ihrer Normalität zurückzukehren, zwar immer noch kopflastig und mehr von den Brüdern und Schwestern aus dem Osten bestimmt als von den eigenen Bewohnern, aber doch wieder einigermaßen im Lot. Dora atmet auf. Ohne sich an den Ereignissen beteiligt zu haben, genießt sie wieder die Ruhe. Auch die weiße Taube ist zurückgekehrt und mit ihr die grauen, blauen, braunen und gescheckten, die ihr Futter verlangen und der kalten Jahreszeit wegen gefräßiger sind denn je.

Der erste Advent naht. Auf dem Kurfürstendamm werden die üblichen Tannenbäume aufgestellt, in den Schaufenstern machen sich Weihnachtsmänner, Engel und Kerzen breit, und die Platanen am Straßenrand werden mit Hunderten kleiner Glühbirnen behängt, die von weitem wie Sterne aussehen. Weihnachtslichter, Weihnachtslieder, Weihnachtsgeschäft.

Eines Morgens, die Geschäfte haben noch nicht geöffnet, erscheint ein Kleinlaster der Stadtreinigung und hält nicht weit von Dora am Bürgersteig. Zwei Männer steigen aus, sehen zu ihr hinüber und beginnen leise miteinander zu diskutieren. Zuerst schenkt ihnen Dora wenig Aufmerksamkeit. Sie ist gerade vom Savignyplatz zurückgekehrt, macht sich daran, zwei Brötchen vom Vortag, die ihr in einer Bäckerei geschenkt worden sind, in Milch einzuweichen, als einer der Männer auf sie zukommt. Er ist jung, schwarzhaarig, hat dunkle Augen und einen kleinen Bart auf der Oberlippe. Auf halbem Weg lächelt er Dora an und macht unerwartet wieder kehrt. Ein neuer Disput beginnt, dessen Wortlaut jetzt auch für Dora verständlich ist. Der junge Mann wird zurechtgewiesen.

Wenn du's nicht machst, wird ihm gesagt, kriegste Ärger. Und was das für dich als Türke bedeutet, das wirste ja von alleine wissen.

Der junge Mann nickt und kommt ein zweites Mal auf Dora zu. Jetzt lächelt er nicht mehr. Mit gesenktem Kopf, so daß nur noch sein schwarzes Wuschelhaar zu sehen ist, wirkt er mit seinem langsamen Gang auf Dora plötzlich bedrohlich. Seine Arme hängen unbeweglich am Körper herunter, und als er vor ihr stehenbleibt, sagt er: Ich muß das machen. Und schon greift er nach der ersten Tüte.

Verdammter Türke, schreit sie, laß die Finger von meinen Sachen.

Zu spät. Der junge Mann ist fix. Seine Lippen sind schmal und sein Gesicht so verkrampft, als verursache ihm das, was ihm aufgetragen worden ist, große Pein.

Schon gut, murmelt er und setzt seine Arbeit fort, schon gut.

Das ist Diebstahl! Dora springt hinter ihrer Plastikwand hervor und läuft dem Türken nach, der gerade mit Schwung die ersten Tüten auf den Kleinlaster wirft.

Halt den Mund, Oma, sonst holen wir die Polizei, sagt einer der Männer, wir handeln im Auftrag der Stadtreinigung.

Der Türke ist schon nach den nächsten Tüten unterwegs, und Dora rennt ihm abermals nach, klammert sich an seine Jacke, um ihn am Laufen zu hindern. Beinah wären sie beide gefallen, wenn der Türke Dora nicht im letzten Moment gestützt hätte.

Tüte um Tüte fliegt auf den Wagen, ohne daß sich einer der Männer um die alte Frau schert. Nur der Türke wirft hin und wieder einen Blick zu ihr hin und läßt gegen den Willen seines Kollegen die letzten drei Tüten zurück.

Von mir aus, sagt der Kollege schließlich, öffnet die Wagentür, damit der Türke einsteigen kann, und setzt sich daneben, während der Fahrer den Motor anläßt. Zwei Minuten später verschwindet Doras Habe in Richtung Kantstraße. Zurück bleiben ihr Stuhl, der Sonnenschirm, die leeren Wagen und die drei zurückgelassenen Tüten.

Dora ist wie gelähmt. Es will ihr nicht gelingen, sich ohne die schützende Wand ihrer Tüten auf den Stuhl zu setzen. Sinnlos sind auch die leeren Wagen, die wie Requisiten eines Straßentheaters wirken, das gar nicht stattfindet.

Im Rücken spürt sie das Haus, ihr Haus, dessen Schlüssel in ihrer Tasche stecken. Sie muß wieder von vorn anfangen.

VIERZEHN TAGE NACH DER Auseinandersetzung war es Rolf, der die Initiative ergriff und Dora anrief. Lilli und ich wollen mit dir sprechen, hatte er gesagt und um einen Termin gebeten, als handele es sich um eine geschäftliche Verabredung. Schön, daß du anrufst, hatte Dora geantwortet, worauf eine lange Pause eintrat und sie nicht wußte, ob Rolf noch in der Leitung war.

Also, wann paßt es dir? fragte sie.

Am Sonnabend, sagen wir um sechzehn Uhr?

In Ordnung. Frag Lilli, ob sie bei mir wohnen will.

Aber Rolf hatte schon aufgelegt, und Doras letzte Worte zerplatzten wie Seifenblasen. Das kleine Lächeln, das sich gerade in ihrem Gesicht eingenistet hatte, zerrann in den feinen Falten ihrer Mundwinkel, und zum Vorschein kam wieder dieser verschlossene Zug, den bisher niemand an ihr kannte. Seit zwei Wochen schien sie wie ausgewechselt, ohne daß es sich jemand erklären konnte. Die Angestellten fürchteten sich vor ihrer Launenhaftigkeit, wie sie sagten, und vermißten den gewohnt freundlichen Umgang der Chefin mit ihrem Personal. Es konnte passieren, daß Dora von einer Sekunde zur anderen nicht mehr zuhörte. Dann verfinsterte sich ihr Gesicht, und es sah aus, als presse sie unter großem Schmerz die Zähne aufeinander, während ihr Blick eine Leere annahm, als habe sie ihr Bewußtsein verloren. Abends ging sie nicht mehr wie sonst nach Büroschluß nach Hause, sondern saß bis in die Nacht hinein an ihrem Schreibtisch.

Sie sollten ausspannen, Frau Botag, hatte der Geschäftsführer eines Tages zu ihr gesagt, Sie sind überarbeitet. Sie schaden sich und, wenn ich das so sagen darf, auch der Firma.

Schon gut, war Doras knappe Antwort gewesen.

Und dann war sie ohne Kommentar, grußlos und mitten am Tag nach Hause gefahren.

Da saß sie dann in der Küche mit dem Baumschneiderglas in der Hand, trank Milch und sprach leise vor sich hin.

Ganz so, als hocke der Großvater im Glas, mit dem Hut auf dem Kopf und dem Messer in der Hand, bereit, mit ihr die Weißbuche in Kalni zu beschneiden, redete sie auf ihn ein und erzählte, was damals in Kosten vorgefallen war. Nichts ließ sie aus, nicht die Tatsache, daß sie das Glas als ihr Eigentum betrachtet habe, nicht ihre Angst und schon gar nicht ihre Wut auf diese drei Polen, die dem Vater das Werkzeug und ihr den gefundenen Schatz hatten streitig machen wollen. Ich fühlte mich im Recht, Großvater, aber ich wollte nicht töten.

Plötzlich kam Dora auf den Gedanken, daß die ganze Geschichte vielleicht nur erstunken und erlogen war, um Geld aus ihr herauszuholen. Sie trank den Rest der Milch, wusch das Glas und schloß es weg. Dann betrachtete sie ihr Gesicht im Spiegel und fragte sich, ob so eine Frau aussah, die auf ein Kind geschossen hatte. In der Nacht schlief sie zum ersten Mal wieder durch, und auch das Bild des polnischen Jungen verfolgte sie nicht mehr. Alles würde gut werden.

Um ihre Versöhnlichkeit zu demonstrieren, kaufte Dora den Lieblingskuchen der Kinder, Frankfurter Kranz für Rolf und Käsekuchen für Lilli. Liebevoll deckte sie den Kaffeetisch und stellte frische Blumen zwischen die Tassen. Alles sah so feierlich aus, als hätte einer von ihnen Geburtstag. Es fehlten nur noch die Kerzen. Vielleicht hätte Dora auch die noch hingestellt, aber es klingelte an der Wohnungstür.

Da seid ihr ja. Ich bin so froh, daß ihr gekommen seid. Sie breitete die Arme aus. Aber Rolf und Lilli sahen darüber hinweg. Vielmehr benahmen sie sich, als hätten sie noch einen weiteren Gast bei sich, hängten umständlich ihre Jacken auf und schenkten der Mutter keine Aufmerksamkeit. Noch immer die Arme geöffnet, stand Dora hinter ihnen, und für Bruchteile von Sekunden sprang ihr der polnische Junge in den Blick, stand zwischen ihren Kindern und hielt sich an deren Händen fest. Mit einer kleinen Handbewegung wies sie auf den Kaffeetisch im Wohnzimmer.

Sie teilte den Kuchen aus, schenkte Kaffee ein und rückte Milch und Zucker in die Nähe der Tassen. Also, fing sie an, was habt ihr auf dem Herzen?

Rolf und Lilli rührten weder Kaffee noch Kuchen an. Sie saßen wie Puppen in einer Schaufensterdekoration am Tisch.

Ich nehme an, ihr seid wegen des polnischen Jungen hier, sagte Dora freundlich, um den beiden aus ihrer Verlegenheit zu helfen, und versuchte noch einmal, ihnen ihre Version von dem Überfall der Polen zu schildern.

Du willst behaupten, fuhr Lilli dazwischen, daß du mit sechzehn Jahren nicht gewußt hast, daß die Polen von Haus und Hof verjagt wurden, damit ihr euch dort breitmachen konntet?

Ich hatte wie die meisten Jugendlichen in der damaligen Zeit keine eigene Meinung.

Und das Glas mit dem Baumschneider, das der Junge für seinen Großvater ausgraben wollte?

Ich weiß nichts von einem Glas. Und weil sich Dora bei diesem Thema unsicher fühlte, lenkte sie ab: Der

Kaffee wird ja kalt, und von dem Kuchen habt ihr auch noch nichts gegessen.

Rolf und Lilli rührten sich nicht.

Können wir denn nicht vernünftig miteinander reden? drängte Dora.

Und was heißt bei dir vernünftig? fragte Rolf.

Zum Beispiel, sagte Dora und verschränkte ihre Arme im Nacken, daß wir gemeinsam die Möglichkeit überdenken, ob der Junge überhaupt tot ist. Es könnte doch sein, daß die beiden Polen euch diese Geschichte erzählt haben, um Kapital daraus zu schlagen. Wenn sie wissen, wer ich bin, wissen sie auch, daß ich Vermögen habe.

Dora betrachtete ihre Fußspitzen. Eigentlich hatte sie mit einem Protest gerechnet. Die Sprachlosigkeit ihrer Kinder irritierte sie.

Ich meine, sagte sie gedehnt, ich meine, ich hätte Verständnis dafür. Den Polen geht es schlechter als uns, obwohl wir es sind, die den Krieg verloren haben. Sie fühlen sich zu Recht betrogen, und da liegt es doch nahe, daß sie sich holen wollen, was zu holen ist. Ich nehme es der Familie nicht übel, und ich könnte mir sogar vorstellen, daß ich ihnen eine finanzielle Unterstützung zukommen lassen würde. Die letzten Worte waren nur noch tröpfelnd von ihren Lippen gekommen.

Rolf und Lilli sprangen gleichzeitig derart heftig auf, daß der Kaffee in den Tassen über den Rand schwappte. Dann setzten sie sich wieder hin.

Alles in ihrem Leben glaube sie finanziell erledigen zu können, sagte Rolf, egal, worum es sich handle. Und dann zählten beide in großem Durcheinander auf, wann, wo und wie die Mutter Liebe, Zuneigung, Aufmerksamkeit und Zeit mit Geld und Geschenken ersetzt habe.

Du bist eine eiskalte, berechnende Frau, sagte Lilli scharf, die jetzt auch noch glaubt, mit Geld einen Mord aus der Welt schaffen zu können.

Wie Fremde starrten sich alle drei an, feindlich und bereit, einander zu verletzen.

Und wieder war es Rolf, der zum nächsten Schlag ausholte. Die Polen wollen kein Geld, sagte er, die wollen nur das Glas mit dem Baumschneider zurückhaben und außerdem wissen, wie die Frau aussieht, die ihren damals zehnjährigen Onkel erschossen hat.

Du weißt nicht, was du da redest, sagte Dora.

Doch, antwortete Rolf, ich weiß sehr genau, was ich sage.

Diesmal hast du dich verrechnet, sagte Lilli mit ihrem fast kindlichen Lächeln, nicht die Polen wollen dein Geld, sondern wir.

Einen Augenblick sah es wirklich so aus, als wollte Dora anfangen zu lachen.

Wir meinen das ernst, sagte Rolf. Du zahlst Lilli aus, und mich machst du zu deinem gleichberechtigten Teilhaber in der Firma.

Dora schien die Zusammenhänge nicht recht zu begreifen, denn sie fragte ein wenig amüsiert, wie sie denn auf diese Schnapsidee gekommen seien.

Bis jetzt, sagte Rolf nun auch etwas lockerer, weiß außer uns – und den Polen natürlich – kein Mensch was. Er sah haarscharf an der Mutter vorbei und fuhr fort, daß er und Lilli den Bericht der Polen mit dem

Bild des Jungen einer Zeitung anbieten würden, falls sie auf ihre Forderungen nicht einginge.

Ist das eine Erpressung?

Wenn du es so nennst? Rolf warf einen Blick auf Lilli, die nervös auf ihrem Stuhl hin und her rückte.

Was seid ihr nur für Kinder, sagte Dora und legte ihre Hand über die Augen.

Rolf lachte. Wir sind deine Kinder, sagte er, so wie du unsere Mutter bist. Das hast du mir doch neulich selbst als Antwort gegeben.

Er stand auf und verließ das Zimmer. Lilli folgte ihm zögernd. Im Flur nahmen sie ihre Jacken vom Haken und zogen leise die Wohnungstür hinter sich zu.

Dora räumte den Tisch ab, goß den Kaffee weg und stellte den Kuchen in den Kühlschrank. Die kleinen, häuslichen Handgriffe taten ihr gut. Dann schloß sie ihre Wohnung ab, legte die Sicherheitskette vor und holte das Baumschneiderglas aus dem Versteck.

Du weißt es, sagte sie, du weißt, daß ich nicht absichtlich auf den Jungen geschossen habe.

Er ist tot, wisperte das Baumschneiderlein.

Ich werde mich nie von dir trennen, flüsterte sie und ließ ihre Lippen über die Gravur des Baumschneiders gleiten, außer dir gibt es niemanden mehr, der zu mir gehört. In diesem Augenblick war ihr erst richtig klar, wie allein sie war, erpreßt oder vielleicht sogar am Leben bedroht von den eigenen Kindern. Sie mußte eine Entscheidung treffen.

Am nächsten Tag rief sie im Büro an und teilte ihrem Geschäftsführer mit, daß sie eine Reise plane, deren Dauer noch nicht abzusehen sei. Sie gab ihre Anweisungen mit der üblichen Korrektheit und Sachkenntnis.

Irgendeine Erregung sei ihr nicht anzumerken gewesen, sagte später der Geschäftsführer. Im Gegenteil, alle ihre Anordnungen seien klar und vorausschauend gewesen, und er habe nichts von einem psychisch angespannten oder gar depressiven Verhalten bemerken können. Herzlich habe sich Frau Botag von ihm verabschiedet und ihm ihr volles Vertrauen ausgesprochen.

Der erste Schritt zu ihrer Flucht war getan. Sie packte den Koffer, schloß die Wohnungstür ab, fuhr im Taxi zum Bahnhof und stieg in den nächstbesten Zug, der nach Westdeutschland fuhr.

Gejagt von der Vorstellung, ein Kind ermordet zu haben, getrieben von Todesangst und Erpressung, floh sie vom Tag in die Nacht und von der Nacht in den Tag, jeweils an einem anderen Ort.

Hauptsächlich hielt sie sich in Zügen auf. Die vorbeirasende Landschaft nahm ihr zumindest stundenweise die Furcht. Und nachts, wenn sie in irgendwelchen Städten in fremden Hotels im Bett lag, weinte sie um den Verlust der Liebe bis in den Morgen hinein.

Als sie zum zweiten Mal in Süddeutschland ankam, in Stuttgart aus dem Zug stieg und am Bahnhofskiosk vorbeiging, sah sie in einer Boulevard-Zeitung ihr Bild und daneben das des polnischen Jungen. Die Buchstaben hüpften vor ihren Augen und ließen sich nicht zusammensetzen. Wie eine Gehbehinderte setzte sie einen Fuß vor den anderen, kam ihrem Foto immer näher und konnte nun auch lesen, was darüber stand: *Stadtbekannte Berliner Immobilienmaklerin erschoß als Sechzehnjährige polnisches Kind.*

Und darunter war in halbfetten Buchstaben zu lesen, daß Dora Botag (65), Tochter eines Nazis im damals besetzten Polen, in brutaler Weise an zwei polnischen Jugendlichen und einem Kind Selbstjustiz verübt habe. Durch Zufall sei die Tat jetzt an die Öffentlichkeit gedrungen, und es stelle sich die Frage, ob sie ungesühnt bleiben dürfe. Zehn Tage war Dora kreuz und quer durch Deutschland gefahren, war auf der Flucht gewesen und mußte nun schwarz auf weiß in der Zeitung lesen, daß sich ihre Kinder für die Erpressung entschieden hatten.

Mit einemmal wich alle Hast von ihr ab. Nur diesen schleifenden Gang behielt sie noch bei, als sie jetzt zur Informationshalle ging und sich nach dem nächsten Zug nach Berlin erkundigte.

In zehn Minuten auf Gleis 11, sagte ein freundliches Mädchen und nickte dem Nächsten in der Schlange zu.

Dora kaufte sich eine Fahrkarte erster Klasse, begab sich auf Gleis 11 und stieg in den Zug.

Der Kampf hatte begonnen.

Als sie vor ihrem Haus aus dem Taxi stieg, bildete sie sich ein, fotografiert worden zu sein. Es war eine junge Frau, die eine Kamera in ihre Richtung hielt, vielleicht wollte sie aber auch nur ein Bild von dem Gebäude machen. Das Haus war ein gern gewähltes Fotoobjekt der Touristen, machte was her und repräsentierte die Gründerzeit am Kurfürstendamm. Im Fahrstuhl traf sie auf einen ihrer Hausbewohner. Der übliche Gruß, der sich meist mit der Frage verband, wie es ihr ginge, was die Geschäfte machten, und dem stets der Wunsch hinzugefügt wurde, sie möge noch einen schönen Tag verbringen, beschränkte sich diesmal auf ein knappes Nicken des Kopfes.

In der Post fand sie nichts Wesentliches vor, die

Nachrichten auf dem Anrufbeantworter waren bedeutungslos. Sie konnte in Ruhe ihren Koffer auspacken und sich von den Strapazen der Reise erholen.

Als erstes holte sie ihr Baumschneiderglas hervor, goß ein wenig Wein hinein, trank es im Berliner Zimmer, zwischen ihren Antiquitäten sitzend, in großen Schlucken leer und vergaß für Augenblicke ihre Kinder, die Polen und den erschossenen Jungen.

Kurze Zeit später klingelte es, und als sie ohne Überlegung die Tür aufriß, blickte sie in ein Scheinwerferlicht, und eine fast heitere Stimme fragte, ob sie Frau Dora Botag sei. Jetzt sah sie die Kamera. Sie wollte die Tür zuschlagen, aber der Mann, zu dem die heitere Stimme gehörte, schob blitzschnell seinen Fuß über die Schwelle.

Wir haben nur ein paar Fragen an Sie, sagte er und murmelte Namen, Sender und Ort. Wir möchten wissen, was an der Beschuldigung stimmt, Sie hätten im Krieg ein polnisches Kind ermordet.

Nichts, antwortete Dora mit ähnlicher Heiterkeit in der Stimme.

Sie haben auch nicht auf einen Jungen namens Piotr Kaczmarek geschossen?

Ich habe den Namen nie gehört, und jetzt bitte ich Sie, sofort den Fuß aus meiner Tür zu nehmen, sonst zeige ich Sie wegen Hausfriedensbruchs an.

Na, na, sagte der Mann grinsend, zog den Fuß ein wenig zurück, aber nicht so weit, daß Dora die Tür schließen konnte.

Sie haben wirklich damals in Kosten bei Posen im Jahre 1941 keinen polnischen Jungen erschossen?

Als handelte es sich um die Sendung »Verstehen Sie

Spaß« oder um den Überraschungsbesuch eines Entertainers, drückte sie ihn aus der Tür. Sie sind verrückt, sagte sie freundlich, wirklich total verrückt.

Der Mann nahm endlich den Fuß aus der Tür, und Dora verschloß und verriegelte sie hastig.

Es gibt Zeugen, hörte sie von draußen die Stimme, aus der alle Heiterkeit gewichen war, Sie werden mit einer Anklage wegen Mordes zu rechnen haben. Dann endlich wurde es still.

Doras Vorstellungen endeten immer wieder damit, wegen Mordes vor Gericht zu stehen, durch die Presse gezogen zu werden, verurteilt und bis ans Lebensende ruiniert zu sein. Sie war müde. Selbst das Atmen strengte sie an. Jede Bewegung löste in ihr ein Gefühl der Sinnlosigkeit aus. Sich zu wehren war zwecklos geworden.

Aber dann war es die Angst, die ihren Willen zurückholte, sich nicht aufzugeben.

Langsam wuchs in ihr der Plan, einfach zu verschwinden. Es waren die Erinnerungen an Kalni, die sie auf diese Idee brachten, Erinnerungen an die Einsamkeit der Landschaft, die schneebedeckten Wiesen, die ständige Kälte, die ihr im Winter in den Knochen gesessen und an die sie sich gewöhnt hatte wie an die alltägliche Armut. Sie dachte auch an die glühendheißen Sommer, in denen sie stundenlang über die Stoppelfelder gelaufen war, um Ähren zu klauben, die dann die Mutter mit dem Flegel ausdrosch und zum Müller brachte. War sie nicht unter Entbehrungen groß geworden? Hatte sie mit den Eltern damals nicht gelernt, von der Hand in den Mund zu leben? Wenn sie in die Armut zurückkroch, wo sie hergekommen war, würde sie kein Mensch mehr finden, nicht einmal Rolf und Lilli. Alles war nur noch eine Frage der Organisation.

Am nächsten Morgen suchte sie ihren Rechtsanwalt und Notar auf, der sie, wie sie fand, reservierter als sonst empfing.

Haben Sie gestern abend ferngesehen, wollte er wissen, oder heute die Tageszeitungen gelesen?

Dora schüttelte lächelnd den Kopf.

Das sollten Sie aber, Frau Botag. Es sieht nicht gut für Sie aus. Wenn die Polen ernst machen, haben Sie eine Anklage wegen Mordes aus niedrigen Beweggründen am Hals. Auch müssen Sie damit rechnen, daß man Ihnen den Mord an dem Jungen als Heimtücke auslegt, da Sie die Arg- und Wehrlosigkeit des Opfers bewußt ausnützten. Immerhin war das getötete Kind wehrlos und besaß im Sinne des Gesetzes keine Möglichkeit zur Verteidigung. Sie wissen sicherlich, daß ein Mord nach § 211 nicht verjährt.

Ja, antwortete Dora, das weiß ich.

Sie machte gar nicht erst den Versuch, den Sachverhalt richtigzustellen. Sie nahm die Verdächtigungen mit einer Selbstverständlichkeit hin, die den Anwalt in seiner Annahme bestärkte, daß alles, was in den Medien über seine Mandantin verbreitet wurde, der Wahrheit entsprach.

Und was wollen Sie tun? fragte er, von Doras langem Schweigen irritiert, ich meine, was erwarten Sie von mir als Ihrem Anwalt?

Es wäre mir angenehm, wenn Sie keine unnötigen Fragen stellen und lieber meinen Anweisungen Folge leisten würden. Das klang zwar etwas gespreizt und entsprach nicht dem freundschaftlichen Ton, in dem sie sonst miteinander umzugehen pflegten, aber sie wollte die Sache so schnell wie möglich hinter sich bringen.

Sie gab ihm die Vollmacht über ihr laufendes Konto und übertrug ihm die Verwaltung der Häuser und Grundstücke. Ihr selbst sollten monatlich 400 Mark auf ein Sparbuch überwiesen werden. Ferner beauftragte sie ihn, die Miete für Lillis Boutique in Frankfurt auch weiterhin zu bezahlen und Rolf kostenlos in ihrer Eigentumswohnung wohnen zu lassen.

Für die Leitung des Maklerbüros sei der Geschäftsführer zukünftig verantwortlich, wobei sie vorschlage, daß er als Anwalt die Aufsicht und Kontrolle übernehmen solle. Über die Vereinbarungen muß ein Vertrag aufgesetzt werden, schloß sie kühl und geschäftsmäßig, und zwar innerhalb von 48 Stunden.

Und Sie, fragte der Anwalt, der offensichtlich einen anderen Verlauf der Unterredung mit seiner Klientin erwartet hatte, was um Gottes willen wollen Sie denn machen?

Ich werde mich zurückziehen, antwortete Dora und sah an dem Anwalt vorbei aus dem Fenster hinunter auf die Straße.

DEN GANZEN TAG ÜBER LÄUFT DORA durch die Stadt. Ohne ihren Schutzwall ist an Schlaf nicht zu denken. Die drei Tüten, die ihr der Türke gelassen hat, stecken jetzt in der zweirädrigen Einkaufstasche, die sie rumpelnd hinter sich herzieht. Schirm, Stuhl und die leeren Wagen hat sie an ihrem Stammplatz zurückgelassen.

Ihr Gang ist langsamer geworden. Die Stiefel schlurfen noch lauter als früher über die Gehwegplatten, und es scheint nichts zu geben, was ihr Interesse wecken könnte. Dora Botag ist unterwegs, als wäre sie abermals auf der Flucht, ohne zu wissen, ob ein Ende abzusehen ist. Nur einmal ruht sie sich aus, sitzt wie in den Anfangstagen unter den Arkaden am Henriettenplatz, döst traumlos, bis sie die Kälte wieder auf die Beine bringt. Um dem Weihnachtsgelichter zu entfliehen, den Kinderchören, deren Lieder von der stillen Nacht aus den Geschäften dringen, verschwindet sie in den Seitenstraßen nördlich vom Ku'damm. Hier ist die Weihnachtsstimmung nur in den Fenstern zu sehen. Leuchtende Sterne, Tannenbäumchen oder bunte Lichterketten. Sie schleicht durch die Dunkelheit an Containern und Papierkörben vorbei, ohne auch nur einen Blick hineinzuwerfen.

Als sie wieder an der Grolmanstraße ankommt, sind die Geschäfte geschlossen. Auf den Straßen ist es ruhiger. Nur die Lichter strahlen unvermindert weihnachtlich von den Bäumen herunter auf den Asphalt. Erleichtert stellt Dora fest, daß niemand ihren Stuhl weggenommen hat. Auch der Schirm ist noch da und daneben, leer und wie vergessen, die zwei Einkaufswagen. Sie wird sich einrichten müssen, ob es ihr gefällt oder nicht, es sei denn, sie sucht sich einen anderen Platz unter S-Bahnbögen, in Parks oder sonstwo weitab vom eigenen Haus. Fast alle Fenster sind erleuchtet, und über dem Dach liegt der Mondschein weiß wie ein Brautschleier. Plötzlich bemerkt sie, daß auf ihrem Stuhl ein Stapel blauer Tüten und obenauf eine Blume liegt. Es ist eine Rose, wie man sie auf dem Rummelplatz schießen kann, eine aus Papier, rot und mit feinem Goldstaub inmitten der Blüte. Jemand hat ihr ein Geschenk gemacht.

Dora kann nicht begreifen, daß es einen Menschen auf dieser Welt gibt, der ihr eine Freude machen will. Sie streicht mit den Fingern über die Rose, spürt das rauhe Papier, aber auch den Wunsch, an der künstlichen Blüte zu riechen, und tatsächlich steckt sie ihre Nase zwischen die Blätter aus Farbe und Lack. Die Vorstellung, daß es ihre Kinder waren, die ihr ein Signal der Versöhnung geben, dauert keinen Lidschlag lang. Etwas Besonderes geht von der Rose aus, etwas, das ihr das Herz an einer Stelle öffnet, wo es schon längst zugewachsen und vernarbt war. Plötzlich kommt der Verdacht in ihr hoch, hier mache sich jemand über sie lustig. Sie legt die Rose in einen der Einkaufswagen, und der Novemberwind schaukelt sie sanft hin und her.

Um sich setzen zu können, nimmt sie die Tüten vom Stuhl und packt sie in den anderen Einkaufskorb. Da sieht sie in einiger Entfernung den Türken. Er lehnt an einem der mit Lichtern geschmückten Bäume und winkt ihr zu, als sei sie eine alte Bekannte. Was will er von ihr? Reicht es ihm nicht, daß er ihr heute morgen im Auftrag der Städtischen Müllabfuhr alles wegnehmen durfte? Jetzt lacht er auch noch, überquert die Straße, bleibt vor ihr stehen und betrachtet voller Andacht die Rose im Einkaufskorb.

Die ist von mir, sagt er.

Auch die Tüten habe er ihr mitgebracht, fährt er fort, nimmt die Rose aus dem Einkaufskorb und drückt sie ihr in die Hand. Dann kippt er den Wagen um, schiebt ihn dicht neben sie und setzt sich mit einer Selbstverständlichkeit darauf, als habe sie ihn dazu aufgefordert. Dora wagt nicht, ihn anzusehen. Aber sie hört seine freundliche Stimme, deren Akzent das S mit immer der gleichen Sanftheit durch die Zähne treibt. Sonst spricht er nur mit geringen grammatikalischen Fehlern.

Es hat mir heute morgen sehr leid getan, sagt er, aber ich mußte Ihnen die Tüten wegnehmen. Wenn ich nicht tue, was die Kollegen sagen ... Er macht eine Pause und legt Dora die Hand auf den Arm, damit sie ihn ansieht, und fährt fort, ... dann verliere ich meine Arbeit.

Ohne den orangefarbenen Anzug und die dazugehörige Mütze sieht er viel jünger aus. Das Haar hängt ihm in kleinen Locken in die Stirn, und wenn er lacht, tanzt sein zu lang gewachsener Bart auf der Oberlippe.

Eigentlich darf ich als Türke nur die Straße fegen. Aber die Kollegen haben bei mir eine Ausnahme gemacht, und ich bin stolz darauf.

Dora hat ihren Arm ein wenig zurückgezogen, worauf sich der Türke entschuldigt, daß er sich noch nicht vorgestellt habe. Murat, sagt er, ich heiße Murat.

Von mir aus, denkt Dora, von mir aus kannst du heißen wie du willst.

Allerdings ist sie jetzt davon überzeugt, daß er ihr wirklich die Tüten und die Rose gebracht hat. Aber einen Dank bringt sie nicht über die Lippen. Murat scheint gar keinen zu erwarten. Er redet, als habe sie ihm tausend Fragen gestellt, und berichtet, was mit ihren Sachen geschehen ist. Die Kollegen hätten alles zur Sozialstation bringen müssen, und dort sei jede einzelne Tüte von zwei Sozialarbeitern durchsucht worden.

Wirklich? fragt sie entsetzt, klappt aber gleich ihren Mund wieder zu.

Murat erzählt, was sie alles herausgeholt und beiseite gestellt hatten und was nicht. Den Rest, sagt er, mußten wir zur Verbrennungsanlage mitnehmen.

Dora denkt an ihr Sammelgut, an die Mühsal, mit der sie alles zusammengetragen hat, und daß jetzt nur noch in ihrem Notizbuch steht, was gestern ihr Eigentum war.

Aber da sie nicht zornig wird, sondern nur schweigt, beginnt Murat von sich zu sprechen.

Er stamme aus der Osttürkei, sagt er, aber er sei schon in Berlin zur Schule gegangen und habe deshalb einen unbefristeten Aufenthalt.

Dora zeigt kein Interesse.

Jetzt will ich heiraten, fährt Murat fort, und schon sind die Probleme da. Ich muß eine Wohnung haben, und die kostet für uns Türken viel mehr als für Deutsche, von dem Bestechungsgeld mal ganz abgesehen. Wie Schmelzwasser von einem Eiszapfen tröpfeln seine Worte in Doras Bewußtsein, und mancher Zusammenhang bleibt ihr verborgen.

Die Braut muß ein Visum haben, das leuchtet ihr ein. Das aber bekommt das Mädchen nur mit dem Nachweis einer Wohnung. Hat sie den tatsächlich eines Tages, dann dauert das Visum bis zu sechs Monaten. In der Zeit sitzt sie immer noch in der Türkei, und die Wohnung in Berlin steht leer. Die Familie der Braut drängt auf eine baldige Heirat, um die Tochter versorgt zu sehen. Aber auch Murats Familie wird Ärger machen, weil er dann nicht mehr einen Teil seines Lohns zu Hause abgeben kann. Murat klopft sich an die Brust und rutscht auf dem Einkaufswagen hin und her, so daß Dora um dessen Beschädigung fürchtet. Aber sie sagt nichts, zeigt weder Interesse noch Mitleid und starrt in ihr Notizbuch.

Da gibt Murat auf. Er streckt die steifgewordenen Beine aus, stellt den Einkaufswagen wieder auf die Räder und sagt: Meine Oma in der Türkei redet auch nicht. Aber sie liebt mich, ich weiß es. Dann greift er nach Doras Hand und küßt sie. Sein Bart wischt so sanft über ihren Handrücken, daß sie glaubt, es hätte sie eine Taube gestreift. Dann ist er weg.

Um nicht das Risiko einzugehen, auch noch Wagen, Schirm und Stuhl zu verlieren, muß Dora hier übernachten, das ist ihr jetzt klar geworden. Es schläft sich schlecht ohne schützenden Tütenwall, und der Wind fährt ihr eiskalt zwischen die Mantelfalten. Sie kommt sich nackt und lächerlich vor, als habe man sie aus dem Wachsfigurenkabinett hierhergetragen. Erst im Morgengrauen rafft sie sich auf, läuft die Straßen quer zum Ku'damm auf und ab, um sich warm zu machen, immer darauf bedacht, nicht zu lange von ihrem Platz wegzubleiben. Aber es scheint niemand mehr ein Interesse an ihr zu haben.

Zehn Tüten hat ihr Murat vorbeigebracht, zehn Tüten, die immerhin ein Anfang wären, sich einen neuen Wall zu bauen. Aber noch sitzt sie auf dem Stuhl und mümmelt an ihren Schrippen, die sie mit Margarine bestrichen hat, während die ersten Tauben von den Dächern zu ihr herabsegeln, um aufzupicken, was ihr vom Mantel herunterfällt.

Als der Kontaktbereichsbeamte in Begleitung einer jungen Frau unverhofft auftaucht, muß sich Dora zusammennehmen, um nicht aufzuspringen und wegzulaufen. Ihr ganzer Körper fühlt sich an, als sei er nicht mehr aus Fleisch und Blut. Jeder Muskel ist bis in die Bauchdecke hinein angespannt, sogar ihr Atem ist zu hören. Nur die Rose neigt sich zwischen ihren Fingern sanft hin und her, als bewege sie sich im Frühlingswind.

Guten Tag, Frau Botag, sagt die junge Frau und stellt sich als Sozialarbeiterin vom Bezirk Charlottenburg vor. Der Kontaktbereichsbeamte sagt nichts, hebt nur seine Hand in Richtung Mütze. Statt zu antworten, hält Dora den Blick hinter der dunklen Sonnenbrille geradeaus auf ihr Haus gerichtet. Der jungen Frau ist ihr Auftrag offenbar unangenehm.

Ich möchte mich entschuldigen, sagt sie und stellt zwei Tüten, die sie die ganze Zeit in der Hand gehalten hat, neben Doras Stuhl. Bevor man alles, was Ihnen gehört, wegwerfen konnte, habe ich das eine oder andere gerettet, um es Ihnen zurückzugeben.

Wiederum reagiert Dora nicht. Nur die Rose bewegt sich schneller, dreht sich wie ein aufgezogener Kreisel in ihrer Hand.

Es sind neuwertige Textilien, sagt die Sozialarbeiterin, als ob Dora das nicht selbst weiß, Strumpfhosen, ein paar Konservendosen, Handtücher, Vogelfutter, Zahnpasta und ein Täschchen mit einem Zwanzigmarkschein.

Schon will die Sozialarbeiterin aufgeben und gehen, als Dora endlich die Zähne auseinanderkriegt.

Wenn Sie mich schon bestehlen, sagt sie, können Sie auch Ihr Diebesgut behalten.

Na hören Sie mal, ich habe Ihnen doch nichts weggenommen. Die junge Frau fühlt sich beleidigt und will das Mißverständnis jetzt aufgeklärt wissen. Hören Sie zu, sagt sie höflich, aber weit weniger freundlich, ich wollte das Unrecht, das man Ihnen angetan hat, wenigstens etwas lindern.

Indem Sie meine Sachen durchwühlten?

Der Sozialarbeiterin ist ihre Verärgerung anzusehen.

Ich habe Ihre Sachen nicht durchwühlt, ich bringe Ihnen nur zurück, was meiner Meinung nach nicht auf den Müll gehört.

Ihrer Meinung nach, äfft Dora die junge Frau nach, was interessiert mich Ihre Meinung, wenn es um mein Eigentum geht.

Eigentlich wollte sie noch mehr sagen, aber die Aussichtslosigkeit, verstanden zu werden, erschöpft sie. Die Frau und der Polizist wenden sich grußlos ab. Als die beiden außer Sichtweite sind, sieht Dora nach, was man ihr wiedergebracht hat, registriert alles im Büchlein und kennzeichnet die Dinge neu, um die alte Ordnung wiederherzustellen.

Die Hektik auf den Straßen wächst, der 24. Dezember rückt näher, das Gedudel der Kinderchöre nimmt kein Ende, an jeder Ecke riecht es nach gebrannten Mandeln und Bratäpfeln, während auf den Straßen die Weihnachtsmänner im Dutzend herumlaufen. Sitzt Dora in ihrem Stuhl ohne ihren Tütenwall, wie von der Fürsorge vergessen, kommt es immer öfter vor, daß man ihr Geld geben will. Dann schimpft sie und fordert unter Flüchen die unwillkommenen Wohltäter auf, sich ihr Kleingeld sonstwohin zu stecken.

Noch immer fehlt ihr die Kraft, erneut auf Sammeltour zu gehen. Zwar läuft sie wie eh und je durch die Straßen, aber kein Container weckt ihr Interesse, kein Sperrmüll verlockt sie, darin zu wühlen. Nur was direkt vor ihr auf der Straße liegt, hebt sie auf und prüft den Fund auf seine Brauchbarkeit.

Als der Heiligabend anbricht und die Straßen sich leeren, zieht sie sich auf ihren Platz in der Grolmanstraße zurück. Der Taxistand vor ihr ist nicht besetzt, und immer weniger Autos fahren den Ku'damm entlang. Jetzt findet das Leben der Menschen in den Häusern statt. Es wird Kaffee getrunken und zu Abend gegessen, dann folgen die Bescherungen. Auf der Straße hat niemand mehr etwas zu suchen.

Dora starrt über die Straße hinweg auf ihr Haus, in dem die oberen Fenster erleuchtet sind. Sie stellt sich die Weihnachtsbäume vor, die in den Wohnzimmern stehen, das Essen, das aufgetischt wird, die Kinder, die in ihren Sonntagskleidern voller Ungeduld darauf warten, ihre Geschenke auspacken zu dürfen.

Plötzlich legt sie die wenigen Tüten, die sie noch besitzt, in einen der Einkaufswagen und stapft langsam auf ihr Haus zu.

Sie sieht sich nicht um und bewegt sich mit der Selbstverständlichkeit eines Menschen, der nach einem abgehetzten Tag endlich heimkehrt. Als sie die drei Stufen zwischen den dicken Eingangssäulen hochsteigt, hat sie den Haustürschlüssel schon in der Hand. Niemandem fällt die Alte auf, die da das vierstöckige Wohnhaus betritt, als sei sie dort zu Hause.

Dora macht Licht und benutzt den Fahrstuhl. Blind könnte sie sich hier bewegen, denn alles bis hin zu dem tickenden Geräusch des Lifts ist ihr vertraut. Vor ihrer Wohnungstür stellt sie fest, daß die Holztäfelung dort, wo Rolf und Lilli sie mit Filzstift beschmiert hatten, abgebeizt ist. Ein paar Striche sind noch zu erkennen, aber das Wort Kindsmörderin ist nicht mehr zu entziffern, und als sie den Riegel im Schloß schnappen hört, glaubt sie einen Augenblick lang, aus einem Alptraum aufzuwachen.

Die Wohnung riecht fremd, vielleicht ein wenig nach Staub, so wie alte Hotelzimmer. Unschlüssig bleibt sie in der Diele stehen, unschlüssig, was sie jetzt tun soll. Als brächte sie mit dem, was sie auf dem Leib trägt, Schmutz herein, beginnt sie sich.wie beim ersten Mal noch in der Diele auszuziehen. Ordentlich stapelt sie ein Kleidungsstück über das andere auf den Fußboden. Rolfs Stiefel stellt sie davor, daneben legt sie den Fahrradhelm und die Sonnenbrille. Es ist ihr angenehm, nackt durch die Wohnung zu gehen. Nur die Spuren stören sie, die sie im Staub auf dem Boden hinterläßt. Ich muß putzen, denkt sie, schließlich ist Weihnachten. Im Schlafzimmer betrachtet sie sich im Spiegel. Ihre Knöchel und Knie sind angeschwollen, die Hände rot mit schwarzen, teilweise abgebrochenen Fingernägeln, und die Brüste hängen schlaff herunter. Der Hintern ist vom ewigen Sitzen breit geworden, und die Hüftknochen, zwischen denen der Bauch wie eine vertrocknete Melone hängt, treten kantig hervor. In ihrem Gesicht haben die Brillengläser helle, kreisrunde Flecken hinterlassen, ein Eulengesicht, von fettigen, dünnen Haaren umrahmt. Selbst nackt hat sie kaum noch Ähnlichkeit mit der ehemaligen Maklerin Dora Botag. Aber das erschüttert sie nicht. Sie nimmt ihr Äußeres gleichgültig hin wie das einer Fremden, ohne die Verwahrlosung in einen Zusammenhang mit sich selbst zu bringen.

Viel mehr kreisen ihre Gedanken um die Tatsache, daß Heiligabend ist und jeden Augenblick Schotte und die Kinder kommen könnten, um den von ihr zubereiteten polnischen Karpfen mit Rosinen, Mandeln und Lebkuchensoße zu essen. Wenn die Wohnung sauber aussehen soll, muß sie sich ranhalten. Natürlich zieht sie sich an, Wäsche und eine Kittelschürze, so wie sie es von der Mutter her kennt. Sie saugt und wischt, sie bohnert und bringt das Kristall zum Glänzen. Kein Fleckchen läßt sie aus, egal, wieviel Zeit sie dafür braucht. Hin und wieder summt sie ein Weihnachtslied, glücklich und ganz in die Vorstellung versunken, daß Schotte und die Kinder jeden Moment erscheinen werden. Da alle Uhren in der Wohnung stehengeblieben sind und sie verlernt hat, die Stunden zu zählen, achtet sie nicht darauf, wie spät es ist.

Als Mitternacht vorbei ist, ruht sie sich im Wohnzimmer aus. Gleich wird sie den Sud für den Fisch aus Weißwein, Möhren, Sellerie, Zwiebeln, Lorbeerblatt, Nelken und Pfefferkörnern zubereiten, in dem der Karpfen nicht länger als zwanzig Minuten dünsten darf. Das hat sie der Mutter abgesehen. Ob die wohl auch zum Karpfenessen kommt? Sich am Wohlstand der Tochter zu freuen, das wird ihr sicherlich auch Weihnachten nicht gelingen. Vielmehr wird sie allen vorjammern, daß ihr das Leben am Anfang wie am Ende nur Armut beschert hat. Immerhin, der Fisch ist groß genug. Er würde selbst noch für den Vater und Großvater reichen. Dora lacht vor sich hin. Mit so einem üppigen Familienmahl läßt sich Ehre einlegen, im Unterschied zu den bescheidenen Weihnachtsessen in Kalni. Der Karpfen ist frisch aus Schottes Fischabteilung. Aber ihr wertvolles Porzellan wird ihn verblüffen und erst recht das Wiener Tafelsilber auf dem Tisch. Die Augen werden ihm übergehen, wenn er sich hier umsieht, und vielleicht wird er denken, daß er sich von seiner tüchtigen Dora doch lieber nicht hätte trennen sollen.

Und die Kinder? Die werden mit großer Selbstverständlichkeit am Tisch Platz nehmen, auf das Essen warten und von den Geschichten der alten Eltern vielleicht ein wenig gelangweilt sein. Rolf wird den Wein eingießen und Lilli der Mutter zur Hand gehen, bis alle Schüsseln gefüllt sind. Der Großvater wird eine Ausnahme machen, weil ihn außer Dora niemand am Tisch wahrnimmt. Er wird schweigen, kaum etwas essen, aber in angemessenen Abständen das Glas heben und lächelnd auf das Wohl seiner Enkelin trinken.

Dora steckt weiße Kerzen in die klassizistischen Leuchter und stellt sie zwischen das Meißener Porzellan. Nur die Gläser sind nicht alt, aber doch zart genug, um zu befürchten, der Vater könnte sie im Rausch zerdrücken. Als endlich die Kerzen angezündet sind, sitzt auch schon die ganze Familie am Tisch.

Fröhliche Weihnachten.

Wie sie kauen, denkt Dora, wie sie schlucken und es sich schmecken lassen, das ist eine Lust. Nur der Großvater scheint nicht richtig da zu sein, schwebt mehr über dem Stuhl, als daß er darauf sitzt, und lächelt ihr mit blutleeren Lippen zu.

Meine kleine Dora, hört sie ihn sagen, wie schön du alles für deine Familie hergerichtet hast.

Das Glas zittert in seinen Händen, aber er prostet ihr zu.

Dann ergreift unerwartet Schotte das Wort. Aus den Augenwinkeln hat ihn Dora beobachtet, hat gesehen, wie er heimlich ihren Reichtum registrierte. Die Teppiche, die Antiquitäten in den Vitrinen, das Silber und die Möbel, das alles nötigt ihm Respekt ab.

Unsere Kinder, sagt er und hebt sein Glas, unsere Kinder können stolz auf dich sein.

Er lacht verschmitzt, wird aber sofort wieder ernst und behauptet mit gesenktem Blick, daß Dora heute eine verdammt gute Partie geworden sei.

Also nicht mehr das Flüchtlingsmädchen, das du dir aus der Gärtnerei Friebe geholt hast, weil es wie keine andere schuften konnte? sagt Dora.

Nein, sagt Schotte und errötet leicht, nicht mehr das Flüchtlingsmädchen. Genau weiß sie es nicht, aber sie glaubt, Reue in seinem Blick zu finden. Reue und einen Hoffnungsschimmer, den sie nicht zu deuten wagt.

Die Hauptsache ist, du bist am Weihnachtsabend mit uns zusammen, sagt sie leichthin und legt ihm ein weiteres Stück Fisch auf den Teller.

Noch traut sie dem Glücksgefühl nicht, daß sich ihr unter die Haut schiebt. Aber sie spürt schon die Wärme und den Wunsch, alle zu umarmen, auch Schotte.

Weißt du, sagt Lilli, Weihnachten habe ich immer das Gefühl, daß von einem Heiligabend bis zum nächsten die Zeit stehenbleibt, alle sitzen wir ewig um den Tisch, essen Karpfen polnisch und danach Zitronenspeise mit Weichselkirschen. Richtig, sagt Rolf, Mutter muß nur noch die Geschichte von letztem Weihnachten in Kosten erzählen und wie Opa Botag das Fischgerippe in den Christbaum gefeuert hat. Alle lachen, und jeder erzählt die Geschichte ein bißchen anders, schmückt sie aus und sorgt für noch größeres Vergnügen. Nur Doras Vater lacht nicht mit, hat mal wieder zuviel getrunken und behauptet obendrein, das alles hätte sich nicht in Kosten, sondern im lettischen Kalni abgespielt.

Natürlich, sagt Schotte und trinkt seinem Schwiegervater zu, in Kalni, wo du eine große Tischlerei besessen hast, nicht wahr?

So ist es, sagt der Vater, so und nicht anders.

Dora, der die Lügerei des Vaters langsam auf die Nerven geht, blickt zur Mutter hinüber. Aber die setzt wie auf Kommando mit Jammern ein, was sie durch Krieg und Flucht für immer und ewig verloren habe und daß sie heute nichts weiter besäße als einen maladen Körper.

Sei ruhig, Mutter, sagt Dora, jeder ist für sein eigenes Leben verantwortlich. Habe ich nicht recht, Großvater?

Aber der Großvater ist nicht mehr da, sein Stuhl ist leer, als habe er nie darauf gesessen.

Doras Glücksgefühl verwandelt sich in Angst. Ein Schwindel schließt ihr die Augen. Jeden Moment werden die Kinder oder Schotte sie fragen, ob ihr nicht gut ist. Aber niemand fragt sie.

Warum sagt ihr denn nichts? flüstert Dora und öffnet die Augen.

Kein Mensch sitzt um den Tisch, auf dem Teller, Besteck und Gläser so sauber und unbenutzt sind, wie sie

Dora gedeckt hat. Nur die Kerzen in den silbernen Leuchtern sind runtergebrannt.

Weder waren die Kinder und Schotte bei ihr zu Gast, noch waren die Toten aus ihren Gräbern geschlüpft. Alles, bis hin zum Geschmack des Karpfens, stellt sich als eine nie mehr zu erfüllende Sehnsucht heraus, auf die sie hereingefallen ist.

Sie läßt alles stehen und liegen, nur die Kittelschürze hängt sie in der Küche auf. Danach steigt sie in die alten Klamotten, schnürt die Stiefel zu, setzt die Brille auf und stülpt den Helm über das Kopftuch.

Sie hat nur noch den einen Wunsch, so schnell wie möglich von hier wegzukommen. Erst auf der Straße an ihrem alten Platz wird sie vor den Verfolgungsbildern sicher sein. Sie muß nur für neue Tütenberge sorgen. Am besten, sie nimmt von hier ein paar Sachen mit. Wahllos stopft sie in Tragetaschen, was ihr in die Hände fällt. Vielleicht wird sie später alles registrieren, vielleicht. Wäsche, Kissen, Papier, Kleider, Servietten, Seidentücher, Pullover, Decken.

An der Tür kehrt sie noch einmal um und geht im Berliner Zimmer an den Vitrinen und Regalen entlang, bis sie nach einer kleinen, silbernen Teekanne greift. Londoner Silber aus dem 18. Jahrhundert, das weiß sie noch, ein kleines Vermögen wert. Das Kännchen wandert gut versteckt zwischen die Kissen.

Als Dora sich auf ihrem Klappstuhl unter dem Sonnenschirm eingerichtet hat, ist es fünf Uhr morgens, erster Feiertag und kein Mensch auf der Straße. Sofort packt sie um und verteilt die mitgebrachten Sachen in möglichst viele Tüten, damit ihre Einkaufswagen wenigstens halbvoll sind. Das ist zwar noch nicht mit dem zu vergleichen, was sie vorher besaß, aber es ist zumindest eine akzeptable Abgrenzung zur Umwelt. Bleibt nun die Frage, soll sie das, was sie aus der eigenen Wohnung hergeschleppt hat, auch registrieren oder nicht. Einerseits sind es Dinge von Wert, wie Dora sie bisher in keinem Container gefunden hat, andrerseits ist es kein Sammelgut, auch nicht in Billigkaufhäusern als Schnäppchen erworben, und hat insofern für sie keine Bedeutung. Aber der Geruch. Ihre Nasenflügel weiten sich, als schnuppere sie Befremdliches. In den Kleidern steckt noch immer das teure Parfum, das sie früher täglich zu benutzen pflegte, und Wäsche und Kissen strömen den Duft ungewohnter Sauberkeit aus. Noch etwas kommt hinzu. Mit jedem Stück, das Dora aus der Wohnung mitgenommen und von einer Tüte in die andere geschichtet hat, springt sie die Vergangenheit an, um der zu entfliehen sie so viel auf sich genommen hat. Diesmal sind es nicht der polnische Junge, Schotte und die Kinder, die ihr zu schaffen machen, auch nicht die Eltern oder der Großvater, diesmal ist sie es selbst.

Sie sieht sich unversehens im dunkelblauen Jil-Sander-Kostüm, das sie eben noch in der Hand hatte, in ihrem Büro sitzen, ein elegantes Büro, mit Designer-Möbeln und wertvollen Teppichen ausgestattet, auf dem Schreibtisch eine Bauhauslampe und an den Wänden Bilder bekannter Berliner Maler. Antiquitäten sind hier nicht zu finden, passen nicht her, wie die Innenarchitektin damals behauptete, und Dora, stets unsicher im eigenen Geschmack, hatte sich gefügt. Wichtig war nur, die Einrichtung zeigte Niveau und finanziellen Wohlstand. Nie hatte sie sich gefragt, ob sie sich in dieser supermodernen und teuren Umgebung wohl fühlte. Auch die Bilder interessierten sie nicht sehr. Sie wußte lediglich, von wem sie gemalt worden waren und was sie gekostet hatten. Nichts liebte sie mehr als die Bewunderung und den Neid der Besucher. Das wirkte wie eine Droge auf sie, spornte sie an und beflügelte ihre längst bekannte, knallharte Verhandlungstaktik.

Ich werd's euch allen zeigen, hatte sie sich Tag für Tag gesagt und dabei an Schotte gedacht, hin und wieder auch an Dr. Helm.

Aus einer der Tüten zerrt Dora jetzt ein Nachthemd. Die Rohseide ist so zart, daß das feine Gewebe an den Schwielen ihrer Hände hängen bleibt. Als sie das Hemd hochhält, sieht sie abermals ihr eigenes Bild vor sich. Diesmal hat sie ein türkisfarbenes Mantelkleid an, dessen Ausschnitt eine doppelreihige Perlenkette ziert. Auch in den Ohren trägt sie Perlen und an der linken Hand einen Brillantring, der für ihre schmalen Finger ein wenig zu groß ist.

In diesem Aufzug war sie zu einer Ausstellungseröffnung erschienen, bei der sie den Ziegenhirten kennenlernte, und der hatte wiederum etwas mit dem Nachthemd zu tun.

Dora ging an den Wänden mit den angestrahlten Bildern entlang, trank Sekt, grüßte und ließ sich begrüßen.

Wie schön Sie wieder aussehen, sagte der Galerist, bei dem sie schon zwei Bilder gekauft hatte, und küßte ihre Hand. Kaum wandte sich der Galerist anderen Gästen zu, kam ein junger Mann auf sie zu und teilte ihr ohne Aufforderung seinen Namen mit.

Und? fragte sie amüsiert, bekam aber keine Antwort.

Der junge Mann trug weiße, nicht ganz saubere Jeans, Turnschuhe und um seinen Hals einen Lederschnürsenkel, an dem ein geschnitzter, streichholzlanger Penis hing. Die schwarzen Haare fielen ihm ins Gesicht, aus dem Dora zwei wasserblaue Augen anlachten.

Jeder trägt, was er hat, sagte er, als er Doras Blick auf seinen Halsschmuck bemerkte, und betrachtete nicht ohne Spott ihren Brillantring.

Sie sind unverschämt, sagte sie freundlich.

Nicht unverschämt, ehrlich.

Sie würden nicht tauschen?

Nein, sagte der junge Mann und spielte an dem kleinen Penis, der ist nämlich aus dem Horn einer Schneeziege geschnitzt.

Und wo ist die dazugehörige Schneeziege?

Der junge Mann drehte sich suchend nach allen Seiten um, bis sein Blick wieder auf Dora fiel. Er griff nach ihrer Hand und küßte den Ring, als sei sie ihm von Gottes Gnaden geschickt.

Sie sind verrückt, sagte Dora und mischte sich unter die Gäste.

Ganz gegen ihre Art sprach sie alle möglichen Menschen an, trank mehr als sonst, lachte lauter und spielte geradezu auffällig mit ihrem Ring. Der Ziegenhirte, wie sie den jungen Mann nun insgeheim nannte, blieb ständig in ihrer Nähe, und wenn er unversehens in ihr Blickfeld geriet, zeigte er für den Bruchteil einer Sekunde seine Zungenspitze zwischen den Lippen.

Ich muß hier weg, dachte Dora, ich muß diesen Kerl loswerden.

Aber sie ging nicht weg. Sie blieb, bis auch die letzten Gäste die Galerie verließen, und als niemand mehr da war, mit dem sie sprechen konnte, begann sie die Bilder ausgiebig zu betrachten. Sie brauchte sich nicht umzudrehen, sie wußte auch so, daß er hinter ihr stand.

Plötzlich und für den Ziegenhirten ganz und gar unerwartet, drehte sie sich um und fragte, wohin gehen wir?

Die Paris-Bar in der Kantstraße war gut besucht. In der Begleitung von Dora Botag, die sich hier oft mit ihren Kunden zum Essen verabredete, erweckte der Ziegenhirte in seinen schmuddeligen Jeans und mit dem schwarzen Lockenkopf einige Aufmerksamkeit. So wie sie sich am Tisch gegenüber saßen, hätte man sie für Mutter und Sohn halten können, so wie sie sich ansahen hingegen nicht, und das paßte nicht in das Bild, das man von der bekannten Immobilienmaklerin hatte.

Dem Ziegenhirten war anzusehen, daß er sich nicht wohl fühlte. Darum war Dora erleichtert, daß die etwas peinliche Situation von einem Geschäftsmann unterbrochen wurde, dem sie vor nicht allzu langer Zeit ein Grundstück vermittelt hatte. Er sprach sie an und fragte, ob er sich eine Minute dazusetzen dürfe. Während des Gesprächs wandte er dem Ziegenhirten halb den Rücken zu. Der schien sich zunächst über das ungehobelte Verhalten zu amüsieren, aber dann verging ihm der Spaß. Er faltete die Serviette zusammen, trank sein Bier aus und wollte aufstehen. Da hielt ihn Dora am Handgelenk fest, eine vertrauliche Geste, die den Geschäftsmann veranlaßte, sich zu verabschieden.

Dora war gar nicht auf die Idee gekommen, den Ziegenhirten vorzustellen, ihn gar an dem Gespräch zu beteiligen. Sie war zu sehr damit beschäftigt, darüber nachzudenken, warum sie diesen Jungen ausgerechnet hierher geschleppt hatte, wo er nicht hingehörte.

Ich will hier raus, sagte denn auch der Ziegenhirte bockig.

Aber wir haben schon bestellt.

Dann bestell wieder ab.

Also rief Dora den Ober und machte die Bestellung rückgängig.

Und was nun? fragte der Ziegenhirte, als sie draußen auf der Kantstraße waren, und schob seinen Arm unter den ihren. Sie fühlte die Härte seiner Muskeln, die sich vom Ellbogen bis zum Handgelenk spannten und sanft gegen ihren Körper drückten.

Wir gehen zu mir, okay? sagte sie, als wäre es die natürlichste Sache von der Welt.

Der Ziegenhirte pfiff durch die Zähne. Das Angebot hatte er nicht erwartet.

Zu Hause setzte sie ihm eine Pizza aus der Tiefkühltruhe vor und goß Wein ein. Er schnitt sich tortengroße Stücke zurecht, aß mit den Händen und rollte die Käsefäden um seine Finger.

Woher hast du so viel Geld, fragte er, weil er Doras Schweigen offensichtlich ungemütlich fand.

Ich habe es mir verdient, sagte sie.

An weiteren Auskünften war er nicht interessiert. Er trank sein zweites Glas Wein aus und spazierte durch die Wohnung, als suche er nach einem für ihn bestimmten Platz.

Zweite Tür rechts, rief ihm Dora von irgendwoher

zu, und als er der Stimme nachging, befand er sich in ihrem Schlafzimmer.

Ich will mich an den Männern rächen, sprach sie sich aufmunternd zu, und diesmal wird es meine Begierde sein, die zu befriedigen ist.

Komm schon, sagte sie freundlich, zieh dich aus. Es folgte eine Nacht ohne Schlaf. Nur das Nachthemd hatte sie nicht ausgezogen, obwohl es den Einfällen des Ziegenhirten hin und wieder im Wege war.

Später gewöhnte er sich daran, kroch sogar darunter und beulte es aus, was Dora an ihre Schwangerschaften erinnerte.

Sie waren nicht zärtlich miteinander. Dora hatte auch kein Verlangen danach, sie war nur gierig und ohne Rücksicht.

Gegen Morgen war der Ziegenhirte erschöpft.

Ich kann nicht mehr, flüsterte er, laß uns eine Pause machen. Als hätte sie seine Schwäche erwartet, setzte sie sich auf ihn, lachte, machte ihn wütend, ritt ihn und hielt sich dabei in seinen Locken fest. Als der Tag unter den Vorhängen ins Zimmer kroch, stand sie auf. Lange betrachtete sie sein schlafendes, junges Gesicht. Dann deckte sie ihn zu, wie sie Rolf und Lilli zugedeckt hatte, ging ins Bad und duschte, bis die Haut brannte.

Später weckte sie ihn und kochte Kaffee. Sie redeten nicht viel, sahen sich nur hin und wieder ohne ein Lächeln an.

Plötzlich band der Ziegenhirte seinen Halsschmuck ab. Etwas verlegen, als sei der aus dem Horn einer Schneeziege geschnitzte Penis nicht mehr sein Eigentum, schob er ihn über den Tisch. Möchtest du ihn als Erinnerung? fragte er beinahe zärtlich.

Nein, sagte Dora schroff, und als das Telefon klingelte, nutzte er die Gelegenheit, aus der Wohnung zu verschwinden.

Dora läuft Kälte über den Rücken. Die Erinnerung hat sie wie eine peinliche Filmszene schockiert. Mit dieser Frau will sie nichts mehr gemein haben, am allerwenigsten mit deren Vergangenheit.

Das Jil-Sander-Kostüm und das Nachthemd werden nicht im Büchlein registriert. Sie kramt in einer Tüte mit Kaschmirpullovern. Aber aus Furcht, sie könnten sich ebenfalls mit Erinnerungen verbünden, Bildern von Reisen oder von Trabrennen in Marienfelde, stopft sie die Pullover wieder zurück.

Ich sollte die Sachen unschädlich machen, denkt sie, oder alles in den nächsten Container werfen. Aber dann stünde sie erneut vor dem Dilemma, schutzlos auf der Straße zu sitzen.

Am nächsten Tag hat sie eine zündende Idee und kauft ein Kinderschippchen und ein Schäufelchen, dazu Plastikhandschuhe.

Jetzt sind es nicht mehr Straßen und Hinterhöfe, in denen sie sich rumdrückt, jetzt sucht sie kleine Parks auf, Grünflächen und Plätze, von denen sie weiß, daß sie dort findet, was sie sucht. Hundescheiße. Ohne Ekel packt sie einen Haufen zum anderen in eine Tüte, stört sich nicht an dem Lob einiger Passanten, die ihr für ihren Reinlichkeitsfimmel danken, noch weniger an dem Abscheu, den andere für ihre Tätigkeit zeigen.

Der Gestank hält sich dank der kalten Witterung in Grenzen. Wenn sie allerdings an ihrem Stammplatz in den Tüten zu kruschteln beginnt, auf die sie die Hundescheiße verteilt hat, kann es schon vorkommen, daß von ihnen ein infernalischer Gestank ausgeht, der die Leute erschreckt zur Seite treten läßt.

Sie verkommt immer mehr, sagen einige Ladenbesitzer, während der Geschäftsführer der Beratungsstelle von den Städtischen Elektrizitätswerken dem Kontaktbereichsbeamten meldet, die Frau, die vor seinen Schaufenstern auf der Straße säße, kote neuerdings ein, und der Gestank breite sich bis in seine Kundenräume aus.

Dora schert sich nicht um den Ärger, den sie auslöst. Als der Kontaktbereichsbeamte vorbeikommt, steht der Wind bei zehn Grad unter Null günstig, nichts ist zu riechen. Kaum aber fühlt sich Dora unbeobachtet, macht sie sich wieder an ihre unappetitliche Arbeit. Alle Sachen, die sie aus ihrer Wohnung mitgebracht hat, sind inzwischen mit dem Unrat beschmiert. Egal, ob es sich um die Kaschmirpullover handelt, um das Jil-Sander-Kostüm, das seidene Nachthemd oder die Handtücher, Bett- und Tischwäsche, alles ist gleichermaßen verunreinigt. Nur die Kissen hat sie verschont, zwischen denen das silberne Teekännchen ruht.

Tage und Wochen sind vergangen. Dora sammelt wieder, trägt Papier zusammen, Lumpen und allerhand Krimskrams. Auch Schnäppchen sind dabei. Tüte um Tüte füllt sich, obenauf immer die, deren Inhalt mit dem Kot der Hunde verschmutzt ist.

Allmählich läßt der Frost nach, und mit der ersten wärmenden Februarsonne taut auch der letzte Scheißhaufen zwischen Kleidern und Wäsche auf.

Es ist abzusehen, wann das alles wieder entsorgt wird. Die Inhaber der umliegenden Geschäfte haben

Beschwerde eingereicht und den Geschäftsführer der Beratungsstelle der Städtischen Elektrizitätswerke gebeten, die Sache in die Hand zu nehmen. Die Alte, die nicht nur die Luft verpestet, sondern auch das Stadtbild am Kurfürstendamm verunstaltet, muß weg.

Wie beim letzten Mal kommen die Müllmänner am frühen Morgen, lange bevor die Geschäfte öffnen. Dora sieht schon von weitem den Wagen, und als sie Murats Lockenkopf neben dem Fahrer entdeckt, weiß sie, was die Stunde geschlagen hat. Im ersten Augenblick will sie retten, was zu retten ist. Aber dieser Wunsch hält nicht an, macht einem Gefühl der Erleichterung Platz. Im Grunde genommen weiß sie, daß sie schon seit Wochen auf die Müllmänner gewartet hat. Diesmal läßt sich Murat auf keinen Disput mit den Kollegen ein.

Laßt mal, sagt er, ich mach das schon.

Dora hockt im Schutz ihrer übelriechenden Wand, auf der die Tauben nach Körnern picken, in ihrem Stuhl. Murat grüßt und klopft an die Plastiksäcke, als handele es sich um eine Tür.

Es ist wieder soweit, sagt er, und Dora antwortet freundlich: Ich weiß.

Er hat nicht mit ihrer Einsicht gerechnet, schon gar nicht, daß sie sich so kampflos in ihr Schicksal ergibt. Das macht ihn verlegen, und es gelingt ihm nicht gleich, die Säcke wegzuschleppen.

Mach schon, fordert ihn Dora auf, fang mit diesen Tüten hier an und sieh zu, daß sie beim Sozialamt obenauf liegen.

Warum?

Das wirst du noch merken.

Siehste, sagt einer von seinen Kollegen, als er ein

paar Plastiksäcke anschleppt, die alte Drossel hat sich an uns gewöhnt. Die Müllmänner stören sich nicht an dem Gestank. Der fällt ihnen nicht weiter auf, der gehört zu ihrer täglichen Arbeit.

Als Murat die letzten Säcke holen will, hat Dora drei davon hinter ihrem Stuhl versteckt. Nur in einem Wagen liegt noch eine blaue Tüte.

Die ist für dich, sagt sie und hält sie Murat wie ein Geschenk entgegen.

Was soll ich damit?

Da ist was für dich drin, etwas, das du teuer verkaufen kannst. Laß dich aber nicht damit erwischen.

Murat weiß nicht so recht, was er von diesem zweifelhaften Angebot halten soll, will die alte Frau aber auch nicht verletzen.

Ich komm heute abend, sagt er und läßt die Tüte im Wagen liegen.

Vergiß es nicht, ruft sie ihm nach, während er in den Kleinlaster neben den Fahrer klettert.

Dora wird von einer ihr unbegreiflichen Leichtigkeit erfaßt. Sie glaubt sogar, sich an der Lehne ihres Stuhls festhalten zu müssen, um nicht mit dem aus dem Osten kommenden Vorfrühlingswind davongeweht zu werden. Etwas Ungewöhnliches ist mit ihr passiert.

Merkwürdig, denkt sie, ich bin überhaupt nicht wütend. Im Gegensatz zur ersten Entsorgung ist es ihr diesmal egal, was mit ihrem Sammelgut passiert, und erst jetzt wird ihr bewußt, daß sie in den letzten Wochen nichts in ihr Büchlein eingetragen hat. Zufrieden schließt sie die Augen, träumt und sieht die Welt von der anderen Seite.

Als sie der Kälte wegen Bewegung braucht, legt sie

einen Rundgang ein. Aber wie so oft in letzter Zeit inspiziert sie weder Papierkörbe noch Container. Auch auf der Straße gibt es nichts, was ihr so lohnenswert erscheint, sich danach zu bücken.

Plötzlich fällt ihr ein, daß sie die Tüte mit dem silbernen Kännchen im Einkaufswagen neben dem Stuhl zurückgelassen hat. Jeder, der vorbeikommt, könnte in ihren Sachen wühlen und es finden.

Ihre innere Leichtigkeit ist dahin. Sie rennt zurück, läuft bei Rot über die Ampel, denkt nur an das Silberkännchen, sieht es mal blankgeputzt und tonnengroß vor sich, mal zerquetscht und flach wie eine gebrauchte Konservendose. Sie läuft immer schneller, bis sie endlich außer Atem in der Grolmanstraße ankommt, wo die blaue Plastiktüte noch genauso unberührt in dem Einkaufswagen liegt, wie sie Murat am Morgen zurückgelassen hat.

Ich bin von allen guten Geistern verlassen, denkt sie und fällt erschöpft in ihren Stuhl. Obwohl nur ein paar Grad über Null sind und die Sonne hinter dicken Wolken verborgen bleibt, schwitzt sie. Die Wärme im Körper tut ihr gut. Sie wickelt sich in Decken ein, um sie so lange wie möglich zu halten, holt das Baumschneiderglas aus der Manteltasche und läßt ihre Finger über die Gravur gleiten.

Was ist los, flüstert sie, sag mir, was mit mir los ist. Und das Männlein antwortet, sie möge nichts weiter tun, als in sich hineinzuhorchen. Die Antwort käme dann ganz von selbst.

Wie um Gottes willen, geht es ihr durch den Kopf, soll sie hier zwischen Fußgängern und Autolärm in sich hineinhorchen. Und nachts, wenn sie unterwegs ist, da gibt's nichts zu horchen, da sind nur ihre Schritte zu hören, hin und wieder auch mal ihr Husten.

Das Männlein bleibt hartnäckig. Sie möge es machen wie heute am Vormittag, da habe sie ja auch die Welt von der anderen Seite gesehen.

Das war's ja, was mich durcheinandergebracht hat.

Das Männlein schweigt und ist zu keiner weiteren Äußerung zu überreden.

Dora bleibt sich selbst überlassen. Nicht einmal die Erinnerungen kann sie verantwortlich machen. Sie bleiben aus, sind, in Plastiksäcke verpackt, davongefahren worden und können für nichts mehr herhalten.

Aber was Dora am Morgen von der anderen Seite der Welt gesehen hat, das weiß sie nicht mehr. Vielleicht hatte es sich nur um Bilder gehandelt, die wie Wolken an ihr vorbeizogen und nicht anzuhalten waren, vielleicht waren es auch nur Empfindungen gewesen, die sie in einen Zustand versetzten, der zwar nicht zu beschreiben war, aber große Ruhe in ihr ausgelöst hatte.

Bis in den Abend hinein sitzt sie mit halbgeschlossenen Augen in ihrem Stuhl. Wenn sie auch nicht die gleiche Abwesenheit erfaßt wie am Vormittag, so ist es zumindest die Ruhe, die sie zu spüren glaubt und die nichts mehr mit der leeren Dumpfheit zu tun hat, in die sie sonst zu fallen pflegt. Sie vermißt auch nicht mehr die vollen Säcke, um sich vor dem Tag zu schützen und vor den neugierigen Blicken der Passanten. Sie beobachtet die Tauben zu ihren Füßen, die immer zudringlicher ihr Futter fordern. Als sie eine Handvoll davon aus der Tasche holt, fliegen sie auf und lassen sich in Ermangelung der Plastiksäcke auf ihren Schultern nieder, und einige versuchen sogar, auf ihrem Fahrradhelm Platz zu finden.

Als Murat bei Einbruch der Dunkelheit die Uhlandstraße heruntergelaufen kommt, nimmt sie die Sonnenbrille ab. Wie immer winkt er schon von weitem und lacht und kann nicht schnell genug einen der Einkaufswagen zur Seite kippen, um es sich darauf gemütlich zu machen.

Der Tüte im anderen Wagen, die für ihn bestimmt ist, schenkt er keinerlei Aufmerksamkeit. Er ist vor Vergnügen ganz aus dem Häuschen.

Sie wissen ja nicht, sagt er und schlägt sich dabei vor Vergnügen auf die Oberschenkel, was da heute auf der Sozialstation los war.

Dora ist Murats Heiterkeit unangenehm. Ehrlich gestanden möchte sie gar nicht wissen, was sich auf der Sozialstation abgespielt hat. Aber Murat ist nicht zu bremsen, rückt noch ein Stück näher und berichtet bis ins Detail, was seiner Meinung nach zu berichten ist.

Wir mußten die Tüten abladen, und eine Frau hat alles kontrolliert. Er ahmt die Sozialarbeiterin nach, wie sie die Tüten öffnete und hineinschaute. Er habe die Tüten so angeordnet, wie Dora es ihm aufgetragen habe, sagt er. Alles mögliche habe die Frau vom Sozialamt zur Seite gelegt. Handtücher und Bettwäsche, Decken und schließlich auch Kleider. Sie sei ganz durcheinander gewesen, weil das so teure Sachen waren, und habe eine Kollegin gerufen. Die habe sich noch mehr aufgeregt und gemeint, daß dies alles gestohlen sein müsse. Die beiden hätten irritiert in den Tüten herumgewühlt, auch den Gestank bemerkt, ihn aber nicht mit den Kleidern in Zusammenhang gebracht. Und dann sei es passiert, die eine habe voll in die Scheiße gelangt. Murat streckt die Hände von sich, als sei er derjenige gewesen, der in die Hundehaufen gefaßt hatte. Er verzieht das Gesicht, verdreht die Augen und würgt, als müsse er sich augenblicklich übergeben. Einen Atemzug lang muß Dora tatsächlich über Murats schauspielerische Leistung lächeln. Dann wird sie wieder ernst, so ernst, daß Murat das Lachen vergeht und er nur noch wissen will, warum sie das alles gemacht habe.

Ich weiß es nicht, sagt sie leise, ich mußte es tun. Natürlich glaubt Murat, sie habe die Kleider verunreinigt, um sich für die Kontrolle zu rächen, und so ganz unrecht hat er damit ja auch nicht. Aber das gibt Dora nicht zu.

Sieh lieber in die Tüte, die ich für dich beiseite gestellt habe, sagt sie ein wenig herrisch.

Er ist sich nicht sicher, ob er vielleicht auch in Scheiße fassen würde, und behauptet plötzlich, von Dora nichts annehmen zu können.

Mach schon, sagt sie, und stell dich nicht an.

Vorsichtig zieht er ein Kissen heraus, ein paar Küchenhandtücher und hat schließlich das Kännchen in der Hand. Daß es aus Silber ist, begreift er sofort, aber von dem antiquarischen Wert scheint er keine Ahnung zu haben.

Das mußt du verkaufen, sagt Dora. Wenn du dich schlau genug anstellst, kriegst du ein paar tausend Mark dafür. Sie erklärt ihm, wie alt das Kännchen ist, in welchem Geschäft er es anbieten kann und in welchem er übers Ohr gehauen werden könnte. Und zieh dir einen ordentlichen Anzug an, wenn du zu den Antiquitätenhändlern gehst, sagt sie, sonst denken die vielleicht, du hast es geklaut.

Geklaut, wiederholt Murat und sieht Dora durchdringend an, bis ihr die Röte ins Gesicht steigt. Dann steckt er das Kännchen ein, und statt eines Dankes küßt er ihr wieder die Hand, wobei sein Schnauzer mit der gleichen Zartheit über ihren Handrücken wischt, wie sie es schon einmal zu spüren bekommen hat.

Meine Braut heißt Elif, sagt er, um das Thema zu wechseln, und sie ist noch zu Hause in der Nähe von Adana.

Er fragt, ob sie denn wisse, wo Adana liege. Sie weiß es nicht. In Südanatolien, sagt er, am Fluß Seyhan, nicht weit vom Mittelmeer. Er sei auch von dort und habe sich in Deutschland schon so viel Geld gespart, daß er sich in Adana ein Grundstück kaufen konnte. Das läge zwar am Rande der Stadt, und es stünde auch noch kein Haus darauf, aber es sei für Elif und ihn ein Anfang.

Dora nimmt nur einzelne Sätze von Murats Erzählung auf. Zum Beispiel, daß er der Schwiegermutter Geschenke machen muß, Elif Goldschmuck von ihm erwartet, er unbedingt ein Auto haben will, aber gleichzeitig die eigene Mutter und die jüngeren Geschwister finanziell unterstützen müsse.

Am meisten scheint ihn die Hochzeit und die Wohnung zu beschäftigen. Für die Wohnung braucht er allein als Bestechungsgeld zweitausend Mark, während die Hochzeit gut und gerne ihre fünfzehn- bis zwanzigtausend kosten wird, weil sich seine Landsleute noch Jahre später an dieses Fest erinnern sollen.

Sei still, sagt Dora endlich, und komm, wenn du

willst, in den nächsten Tagen wieder. Ich muß über den ganzen Unsinn noch ein wenig nachdenken, verstehst du?

Das ist kein Unsinn, das sind meine Probleme. Er ist beleidigt.

Das weiß ich doch, sagt sie, oder was glaubst du, warum ich dir das kostbare silberne Kännchen gegeben habe.

Als er sich zum Abschied verbeugt, sieht sie ihm an, daß er es sich nicht mit ihr verderben will.

Es ist Zufall, daß Dora im Haus niemandem begegnet.

Immerhin ist es hellichter Tag. Aber wäre sie einem ihrer Hausbewohner begegnet, dann hätte sie wahrscheinlich wie üblich nur kühl und höflich gegrüßt.

Diesmal legt sie ihre Kleider nicht hinter der Wohnungstür ab. Nur den lästigen Fahrradhelm nimmt sie vom Kopf. Dann geht sie wie eine Museumsbesucherin durch ihre Zimmer, betrachtet das eine oder andere, ohne daß eine einzige Erinnerung in ihr geweckt wird. Alles ist ihr hier fremd geworden, hat nichts mehr mit ihr zu tun. Was hatte das Männlein ihr zugeflüstert? Sie möge nach innen horchen, dann kämen die Antworten ganz von selbst. Aber es ist nichts zu hören. Nur diese Stille rundherum. Plötzlich fällt ihr Murat wieder ein, dessentwegen sie hergekommen ist, seine Elif, ihr Visum, die Hochzeit, die Wohnung und das Auto, was er glaubt für sein Wohl besitzen zu müssen.

Diesmal ist es eine goldene Jugendstildose, die sie mitnimmt, und ein Glasflakon aus derselben Zeit, der mit Emaileinlagen und farbigen Oxiden verziert ist. Wenn es Murat richtig anstellt, kann er bis zu zehntausend Mark dafür bekommen. Sie ahnt zwar, daß er es nicht richtig anstellen und kaum mehr als zweitausend Mark bekommen wird, aber auch das ist für ihn viel Geld. Sie lächelt, und dabei fallen ihr die Summen auch schon wieder aus dem Kopf. Auf der Straße drehen sich ein paar Passanten erstaunt nach ihr um. Was macht'n die da? fragt ein kleines Mädchen, und seine Mutter antwortet: Was wird die schon machen. Wenn sie nicht klaut, wird sie betteln.

Murat ist sprachlos, als Dora ihm am folgenden Abend die goldene Dose gibt. Natürlich würde er gern wissen, wie sie zu derart wertvollen Gegenständen kommt.

Du meinst, ich stehle dir die Sachen zusammen? Murat grinst und hebt schweigend die Schultern bis hinauf zu den Ohren.

Das meine ich nicht.

Was dann?

Na, vielleicht ist es gefährlich.

Es ist nicht gefährlich. Und hör auf zu fragen, woher ich die Sachen habe. Ich frage dich ja auch nicht, was du damit machst.

Wollen Sie denn nicht wissen, was ich dafür bekomme?

Nein, antwortet Dora freundlich, ich will es nicht wissen, das ist deine Angelegenheit.

Ihre Interesselosigkeit kränkt ihn, so daß sich seine abendlichen Besuche immer mehr verkürzen und es darauf hinausläuft, daß er nur noch ihre Antiquitäten in Empfang nimmt. Einmal macht er noch den Versuch, Doras Neugierde mit einer Fotografie von Elif zu wecken. Aber auch damit hat er keinen Erfolg. Sie will nicht wissen, wie er seine Probleme löst, ob er eine Wohnung hat und wann Elif nach Berlin kommen wird. Nur auf seinen Handkuß mag sie nicht verzichten. Über den freut sie sich mehr als über den Dank, der Murat stets ein wenig zu klein gerät.

Geh nur, sagt Dora dann, es ist alles in Ordnung.

Immer öfter versinkt sie stundenlang in einen Zustand, der sie mit geschlossenen Augen weit fortträgt. Dann ist sie hellwach, fühlt die Erde unter den Füßen und den Himmel über sich, als sei beides durch sie miteinander verbunden. Bilder tauchen vor ihr auf, Gedanken, die nichts miteinander zu tun haben, ebenso fremd wie vertraut sind und wie ein Fluß an ihr vorbeifließen, sie gelegentlich ein Stück mitnehmen, um sie letztendlich wieder dorthin zurückzubringen, wo sie sitzt, Ecke Grolmanstraße / Kurfürstendamm.

Dabei hält sie ihr Baumschneiderglas in den Händen. Öffnet sie aber die Augen und sieht das Männlein an, dann beginnt sie vor sich hinzuflüstern.

Jetzt ist sie wirklich nicht mehr ganz dicht, sagen die Taxifahrer und lachen sich zu, während der Geschäftsführer der Beratungsstelle der Städtischen Elektrizitätswerke froh ist, daß sie das Horten der stinkenden Mülltüten eingestellt hat. Auch der Kontaktbereichsbeamte läßt sie in Ruhe, und es scheint, als hätten Ladenbesitzer und Behörden ihren Frieden mit ihr geschlossen.

Es ist Sonntag und warm geworden, wenn auch vom Sommer noch nicht die Rede sein kann. Die Kastanien blühen, und alle Bäume tragen Blätter. Auf den Balkonen tauchen die ersten Geranien auf, die Amseln zwitschern bis in den Abend hinein, und die Röcke der

Mädchen sind bunt und kurz. Vor den Cafés auf dem Kurfürstendamm sitzen die Leute zusammengedrängt in der Sonne, essen Eis und trinken Espresso.

Auch Dora läßt sich die steifen Glieder wärmen. Das Glas in der Hand, steigt sie in ihre Bilder und wieder heraus, hat die Augen geschlossen, ist weit weg von dem, was um sie geschieht, und hört nur dem eigenen Atem zu. Nicht einmal die weiße Taube bemerkt sie, die sich auf ihrem Schoß niederläßt und herumzuwandern beginnt, zupft und pickt, als könnte sie Dora aus den Träumen reißen. Kein Wunder, daß sie den jungen Mann nicht sieht, der plötzlich wie angewurzelt vor ihr stehenbleibt. Weit beugt er sich vornüber und starrt auf das Glas, das sie in den Händen hält. Deutlich kann er im Sonnenlicht das Männlein erkennen, den Hut, den es trägt, und das Messerchen. Der fremde Atem ist es, den Dora sofort wahrnimmt, der Rhythmus, der nicht der ihre ist, und die Art, die Luft hörbar durch die Nase zu pressen.

Rolf. Noch bevor sie die Augen aufmacht, weiß sie, daß er vor ihr steht. Einen Moment lang hofft sie, sie könnte ihn wie ihre Gedanken einfach an sich vorbeiziehen lassen. Aber das kleine Schnaufen läßt sich nicht vertreiben, bleibt hartnäckig in ihrem Ohr.

Blitzschnell verbirgt sie das Glas in der Innenseite ihres Mantelärmels.

Es ist aus mit der inneren Ruhe. Die Welt hat sich gedreht. Ihre Füße sind nicht mehr mit der Erde verbunden, und über sich spürt sie auch nicht mehr den Himmel. Die Erinnerungen sind ihr wieder auf den Fersen, und es ist Rolfs unerwartete Gegenwart, die sie aus dem so mühsam errungenen Gleichgewicht bringt.

Als sie die Augen öffnet, wird ihr bewußt, daß sie ihre Sonnenbrille nicht trägt. Rolf hat sie also erkannt. Er sieht blaß aus, und sein Mund, dessen Lippen sich schnurdünn über den Zähnen zusammenpressen, hängt verkniffen im Gesicht.

Atemlos sitzt sie im Blick des Sohnes.

Rolf begnügt sich damit, die Mutter anzustarren, die wie ausgestopft vor ihm hockt, vergammelt, übel riechend und scheinbar um den Verstand gebracht. Sein einziger Gedanke ist, wie Rose wohl reagieren würde, wenn sie erfährt, daß diese stadtbekannte Pennerin seine Mutter ist. Das macht ihn so wütend, daß er gegen einen ihrer Wagen tritt, der über das Trottoir bis an die Straßenkante rollt.

Was machst du denn da? ruft Rose entsetzt, die sich ein wenig entfernt Schaufenster angesehen hat, holt den Wagen zurück und schiebt ihn vor Doras Füße. Entschuldigung, sagt sie verlegen, das war nicht böse gemeint.

Endlich hat Dora ihre Brille aufgesetzt. Hinter den dunklen Gläsern fühlt sie sich sicherer. Auch Rolf ist erleichtert, da von ihrem Gesicht jetzt kaum noch etwas zu sehen ist. Die Brille verbirgt ihren sanften Blick, mit dem sie Rose betrachtet. Wie hübsch das Mädchen ist, denkt sie mit einem kleinen Lächeln, wie gepflegt und gut angezogen, und sie scheint Rolf zu lieben, sonst hätte sie sich nicht für ihn entschuldigt.

Bist du verrückt, die alte Frau so zu erschrecken, sagt Rose immer noch empört, die hat dir doch nichts getan.

Statt zu antworten legt er seine Arme um ihre Schultern, und seine Hände suchen in ihren langen, glatten

Haaren nach einem Halt. Sein Kopf sinkt nach vorn, bis sein Gesicht in ihrer Halsgrube verschwindet und sie unter dem Gewicht zu schwanken beginnt. Sie braucht alle Kraft, um ihn zu halten, und so stehen sie eine Weile fest umschlungen, ein Bild, wie aus Träumen geschnitten, das Dora die Liebe zeigt, die sie nie erlebt hat, Hingabe, die ihr verwehrt geblieben ist. Sie kommt sich verloren vor, verlassen und vom Schicksal verletzt.

Endlich läßt er Rose los. Komm, sagt er laut genug, daß Dora es hören muß, komm, wir gehen nach Hause.

Was Rose auch immer den ganzen Tag über anstellt, es gelingt ihr nicht, Rolf aus seinem Stimmungstief herauszuholen. Er grübelt, hört nicht zu, ist schweigsam und mit seinen Gedanken ständig woanders. Erst als sie vorschlägt, daß es vielleicht sinnvoller sei, wenn sie ihn vorübergehend sich selbst überließe, springt er auf und hält sie fest, wie neulich auf der Straße.

Was hast du bloß, fragt sie immer wieder und streichelt seine Hände.

Nichts, sagt Rolf und zieht sie noch fester an sich, laß uns miteinander schlafen.

Rolfs Umarmungen sind hastig und leidenschaftlich. Als könnte ihm Rose davonfliegen, so fest klammert er sich an ihren Körper. Dann bettet er sich erschöpft zwischen ihre Beine und preßt seine Ohren gegen ihre Muttermale. Ohne dich, flüstert er, das Gesicht in ihr Schamhaar versteckt, ohne dich ist mein Leben unerträglich.

Ist ja gut, sagt sie sanft und legt sich zurecht, um auszuruhen.

Aber kaum ist Rolfs Verlangen befriedigt, taucht wieder das Bild der Mutter auf. Sosehr er sich auch in Roses Leib vergräbt, die Mutter läßt sich nicht vertreiben, sitzt da, höhnend, stinkend, alle Karten in der Hand, um ihren Trumpf gegen ihn auszuspielen.

Eine Woche später sucht er Doras Anwalt auf und schildert unter großer Verlegenheit, wo und wie er die Mutter angetroffen hat.

Und was wollen Sie von mir?

Einen Rat, sagt Rolf, schließlich ist das Verhalten meiner Mutter nicht normal. Ich denke, sie ist in diesem Zustand weder geschäftsfähig noch für sich selbst verantwortlich.

Ihre Frau Mutter hat bei mir im Vollbesitz ihrer geistigen Kräfte sämtliche Vollmachten hinterlegt.

Aber, sagt Rolf, sie haust jetzt auf der Straße, das ist nicht normal.

Sie finden das nicht normal, Herr Botag. Aber solange Ihre Frau Mutter, wenn es sich bei der von Ihnen genannten Person um sie handeln sollte, weder sich selbst noch andere gefährdet und über eigene finanzielle Mittel verfügt, ist das im Sinne des Gesetzes normal.

Was muß denn noch alles passieren, bis einem Menschen die Eigenverantwortung abgenommen werden kann?

Der Notar nimmt sich Zeit. Viel zuviel, wie es Rolf scheint, und blättert in seinem Gesetzbuch. Wenn Sie an eine Entmündigung denken, Herr Botag, die gibt es nicht mehr. Sie können, wenn Sie es für nötig halten, eine Betreuung beantragen, die ärztlich begründet und richterlich festgelegt werden muß. Eine Vormundschaft, wie Sie sich das offensichtlich vorstellen, ist gesetzmäßig nicht mehr zulässig, wußten Sie das nicht?

Nein, das wußte ich nicht, sagt Rolf. Es wäre besser gewesen, er hätte geschwiegen. Mit seiner Antwort hat er sich verraten und muß nun sehen, wie er mit dem spöttischen Blick des Anwalts zurechtkommt.

Überzeugen Sie sich doch selbst, sagt er schließlich, meine Mutter hält sich in der Grolmanstraße/Ecke Kurfürstendamm auf.

Wo denken Sie hin, antwortet der Anwalt, öffnet Rolf zuvorkommend die Tür und sagt kühl, daß er sich zu dieser Kontrolle seiner Mandantin nicht veranlaßt sehe.

Wie jeder andere Bewohner des Westteils der Stadt kannte Rolf die alte Frau hinter ihrem Tütenwall seit langem. Eine Verrückte, hatte er hin und wieder gedacht, wenn er sie vollbepackt durch die Straßen geistern sah, eine von den vielen, die zu einem geregelten Leben nicht mehr fähig sind. Von jetzt an meidet er den Kurfürstendamm. Er muß noch begreifen lernen, daß diese Verrückte seine Mutter ist, daß diese verkommene Person mit dem Fahrradhelm auf dem Kopf die einst so elegante, reiche und angesehene Immobilienmaklerin ist, die sonstwo in der Welt vermutet wird.

An dieser Stelle hakt sein Verstand aus. Die Mutter, zum Monster geworden, will sein Leben zerstören. Der Mord an dem polnischen Jungen hat ihr nicht gereicht, jetzt ist der Sohn dran. Mit einer Mutter als Stadtstreicherin ist kaum eine Karriere zu machen, wie er sie erhofft, und ebenso würde ihn Roses Vater niemals als Schwiegersohn akzeptieren. Statt Inhaber der Botag-Immobilien zu werden, fiele er dem Gespött der Leute zum Opfer und müßte für immer der kleine Beamte im Bausenat bleiben, der er heute ist.

Weiß der Himmel, ob ihn die Mutter nicht auch aus der Wohnung werfen läßt und was sie sich sonst noch alles ausdenkt, um ihm zu beweisen, wie groß ihre Macht über ihn ist.

Rolf beginnt abzumagern, arbeitet unkonzentriert und muß Verweise seines Chefs hinnehmen. Er will nicht mehr unter Menschen, und in Rose steigt der Verdacht hoch, daß er sich von ihr entfernt.

Willst du mich denn überhaupt noch heiraten? fragt sie ihn eines Tages ganz nebenbei und ohne Dramatik.

Wie kannst du so etwas sagen, flüstert er mit gebrochener Stimme, ohne dich bin ich doch nur ein halber Mensch.

Und warum ziehst du dich dann von mir zurück?

Das tue ich nicht Rose, das kann ich gar nicht, ich fürchte bloß, dich nicht glücklich machen zu können.

Du redest, als lebtest du im vorigen Jahrhundert, sagt Rose und lacht. Mich muß man nicht mehr glücklich machen, ich bin glücklich.

Rolf lächelt. Aber es ist ein trauriges Lächeln, das Rose Sorge bereitet und sie zu einem ungewöhnlichen Schritt veranlaßt.

Ihr Vater, der in den nächsten Tagen sechzig wird, will ein Fest feiern, zu dem auch Rolf eingeladen ist. Es soll ein großes Fest werden, mit Freunden und Verwandten, aber auch mit Honoratioren der Stadt, von denen einige zu den Patienten von Roses Vater gehören.

Rolf kommt sich verloren vor unter den vielen Gästen, von denen er außer Rose und ihren Eltern niemanden kennt. Die Frauen, die ihn mit ihren lauten Stimmen, den schweren Ringen, Armbändern und Perlenketten an die Mutter erinnern, machen ihm angst. Sie tragen das gleiche Lächeln im Gesicht, und wenn sie sich begrüßen, drücken sie ihre Wangen aneinander, als flüsterten sie sich etwas in die Ohren.

Botag? fragt ihn eine dieser Frauen und streift ihn mit neugierigem Blick, hängen Sie etwa mit den Botag-Immobilien zusammen?

Wird er von Roses Vater vorgestellt, fügt der bereitwillig hinzu, daß es sich um den Mitinhaber der bekannten Firma handele. Stellt ihn Rose vor, bleibt Rolf der Sohn einer Mutter, deren Vergangenheit hier niemand zu interessieren hat.

Botag-Immobilien heißt es dann aber trotzdem, und man hat Fragen an Rolf. Fragen nach Wohnungen, Häusern und Grundstücken, deren Antwort er schuldig bleibt. Ich arbeite beim Senat im Amt für Statistik, sagt er entschuldigend, was einer der Gäste für besonders clever hält und Rolf fröhlich zuruft: An der Quelle sitzt der Knabe ...

Rolf verspürt plötzlich das Verlangen, sich zu betrinken. Immer wieder greift er nach einem der mit Champagner gefüllten Gläser, die in ständiger Wiederholung unauffällig angeboten werden. Immer leichter kann er nun ohne Verlegenheit antworten, wenn er auf die Firma der Mutter angesprochen wird. Selbst seinem Senator prostet er dreist zu, der auf einen Sprung vorbeikommt, um dem Geburtstagskind zu gratulieren.

Ich kenne Sie doch, sagt der Senator freundlich, und Rolf antwortet prompt: Amt für Statistik, Abteilung IV.

Und was machen Sie hier?

Dasselbe wie Sie, Herr Senator, den Geburtstag unseres Gastgebers feiern.

Die umstehenden Damen sehen sich an, die Herren legen Pausen in ihre Gespräche. Der junge Botag hat sich im Ton vergriffen.

Na, dann feiern Sie mal schön, sagt der Senator mit kaum wahrnehmbarem Kopfschütteln und wendet sich anderen Gästen zu. Die Abfuhr nimmt Rolf den angetrunkenen Mut. Mit einem Schlag wieder nüchtern, fühlt er sich zurück in die Falle versetzt, die ihm die Mutter mit ihrer neuen Existenz gestellt hat, die ihm Spott verspricht und Rose von seiner Seite reißen wird. Schon hört er das Gekicher um sich herum, sieht das Gefeixe und die Finger, mit denen man auf ihn zeigt und sagen wird: Das ist der Sohn einer Mörderin und Stadtstreicherin, der sich über die Tochter an das Vermögen des Zahnarztes heranmachen will.

Der Champagner bringt alles in seinem Kopf durcheinander, und so wundert es ihn nicht, als sich Rose plötzlich über die Gäste hinaushebt und wie eine Fee über allem zu schweben scheint.

Komm zu mir, ruft sie ihm zu, komm her zu mir, an meine Seite.

Getragen von der Zärtlichkeit ihrer Stimme, bewegt er sich auf sie zu. Jetzt sieht er, daß sie nicht wie eine Fee über den Köpfen der Gäste schwebt, sondern mit beiden Beinen auf einem Stuhl steht. Sie möchte dem Vater, der Mutter und den Gästen eine Mitteilung machen, sagt sie und wartet das Schweigen ab, das sich darauf einstellt.

Alle Gesichter sind ihr zugewandt, neugierig und

voller Spannung, was Rose auf so ungewöhnliche Weise zu berichten hat. Auch Rolf sieht zu ihr hoch, obwohl ihn das ein wenig schwindlig macht. Er ist froh, ihre Hand auf seiner Schulter zu fühlen, die ihn festhält und vor einem möglichen Sturz bewahrt.

So ein festlicher Tag, der dir zu Ehren gefeiert wird, lieber Papa, sagt Rose laut und blickt in die Runde, so ein Tag ist, denke ich, der richtige Moment, dir und Mama und auch allen Freunden der Familie meine Verlobung mit Rolf Botag bekanntzugeben. Er steht hier neben mir, und im Augenblick gehören wir zu den glücklichsten Menschen auf der Welt.

Nach dieser kleinen Ansprache hüpft sie vom Stuhl und fällt Rolf in die Arme. Einen Augenblick lang wanken sie gemeinsam wie zwei junge Bäume im Sturm, und nach einer Pause verblüffter Stille bricht Beifall aus. Was für ein origineller Einfall, auf diese Weise eine Verlobung bekannt zu geben, sagen die Damen. Die Herren sagen gar nichts, sind mit ihren Gedanken schon längst wieder in ihren Gesprächen, bei denen sie unterbrochen wurden, und nur der Senator gratuliert mit einem süffisanten Lächeln Roses Vater zu dem so ungewöhnlich präsentierten Schwiegersohn.

Mit einem Schlag ist Rolf nüchtern, hält seine Braut festumschlungen und küßt sie auf den Mund.

Warum hast du das gemacht, flüstert er ihr ins Ohr, und sie antwortet, damit du weißt, daß ich dich liebe.

Nun ist Rolf neben Roses Vater die Hauptperson. Wann die Hochzeit sein wird, will man wissen, ob der junge Mann schon eine Villa in petto habe und wie er sich die gemeinsame Zukunft vorstelle. Irgendwo kommt auch Getuschel auf, was es denn mit der Tatsache auf sich habe, daß Roses zukünftige Schwiegermutter als junges Mädchen einen polnischen Jungen erschossen habe.

Wer's glaubt, wird selig, sagt Roses Vater heiter und fragt Rolf vor versammelter Gesellschaft, ob er denn nicht seine Mutter anrufen wolle, damit sie herkäme, um die Verlobung ihres Sohnes mit allen gemeinsam zu feiern.

Einen Augenblick lang hat Rolf seine Mutter mit einem drahtlosen Telefon Ecke Grolmanstraße/Kurfürstendamm vor Augen. Sie lacht, daß der Fahrradhelm auf ihrem Kopf wackelt und die Tauben davonfliegen. Möchtest du, daß ich komme, mein Sohn, würde sie fragen, so abgerissen, wie ich bin, ungewaschen, mit zerrissenen Strümpfen? Möchtest du, daß ich mit deinen alten, abgetretenen Stiefeln das Parkett deines Schwiegervaters zerkratze? Möchtest du, daß ich aus dem Glas mit dem Baumschneider auf dein Wohl trinke? Möchtest du mich, so wie ich aussehe, dem Herrn Senator vorstellen, und möchtest du, daß ich deine Braut als meine Tochter umarme?

Ich kann sie nicht anrufen, stammelt Rolf, sie ist nicht in Berlin, sie macht zur Zeit in der Karibik Urlaub.

Da gibt es aber auch Telefone, mein Junge.

Ich weiß aber nicht, wo sie sich dort aufhält.

Na gut, sagt Roses Vater, dann holen wir das alles nach, wenn sie wieder hier ist. Einmal werden wir sie ja wohl kennenlernen, nicht wahr?

Roses Mutter fühlt sich von ihrer Tochter übergangen. In so etwas, sagt sie und schluckt ein paar Tränen weg, in so etwas muß man doch bei seinem einzigen

Kind vorher einbezogen werden. Am folgenden Tag ruft Rolf seine Schwester an und erzählt ihr, wo und in welchem Zustand er die Mutter vorgefunden habe. Lilli will es nicht glauben, hält Rolf für verrückt und ist erst von der Wahrheit seines Berichtes überzeugt, als er ihr von dem Baumschneiderglas erzählt. Er sei auch beim Anwalt gewesen, sagt Rolf, aber da die Mutter alle geschäftlichen Dinge vorher geregelt habe und mit ihrer jetzigen Existenz niemandem zur Last falle, sei nichts gegen sie zu unternehmen.

Und was willst du von mir?

Deinen Rat, Lilli. Ich bin seit gestern offiziell mit Rose verlobt.

Als Lilli endlich einen Vorschlag parat hat, klingt ihre Stimme wie immer hell und piepsig.

Laß sie wegjagen, sagt sie, am besten raus aus der Stadt, mach ihr die Hölle heiß. Sie hat genug Geld, um sonstwo in der Welt herumzuvagabundieren. Jag sie zum Teufel, Rolf!

Und wie?

Das mußt du herausfinden, ich will damit nichts zu tun haben.

Es knackt in der Leitung. Lilli hat den Hörer aufgelegt, schleicht sich davon, wie sie sich schon nach dem Besuch der Polen davongeschlichen hat, ohne ein Interesse an dem zu zeigen, was vorgefallen war.

Rolf bleibt nichts anderes übrig, als die Dinge allein in die Hand zu nehmen. Er kommt zu dem Schluß, daß Lilli recht hat, man muß die Mutter verjagen, muß ihr angst machen, und zwar so lange, bis sie für immer verschwindet.

Tagelang dreht sich Rolfs Phantasie im Kreis und

kehrt immer wieder zu den Stiefeln zurück. Obwohl sie ganz und gar runtergetreten und im Lauf der Zeit rissig und farblos geworden waren, hatte er seine Schuhe sofort erkannt.

Warum mochte die Mutter sich gerade die Stiefel herausgesucht haben, die damals zu seiner Wikinger-Kluft gehört hatten? Auf einen Blick kann man sehen, daß sie ihr zu groß sind, beim Laufen Blasen verursachen und für sie eine Qual sein müssen. Sie kann nur den Verstand verloren haben, denkt er, oder sie will für das, was sie getan hat, Buße tun.

Ständig hat er die Stiefel vor Augen. Aber jetzt stekken nicht die Füße der Mutter darin, sondern seine eigenen. Er sieht sich marschieren und die Fahne tragen. Er erinnert sich an die militärischen Übungen, an die Hakenkreuzaufkleber und die Lieder, die er mit den anderen sang. Ein Name fällt ihm ein, Heini. Heini Topf, auch Töpfchen genannt. Töpfchen war dafür bekannt, alles zu wissen und jeden zu kennen. Überall mischte er mit, ohne sich selbst je in Gefahr zu begeben. Er genoß den Respekt der Kameraden, und keiner wollte es sich mit ihm verderben. Töpfchens Großvater, das ließ er oft genug durchblicken, war hoher Offizier bei der Waffen-SS gewesen und sein Vater Ausbilder einer Wehrsportgruppe. Töpfchen hatte also Beziehungen vorzuweisen, die einem entweder helfen oder aber die Hölle heiß machen konnten.

Heini Topf hieß Töpfchen, weil auf seinem langen Hals ein viel zu kleiner Kopf mit henkelartigen Ohren saß. Natürlich wagte niemand ihn mit diesem Spitznamen anzureden, aber in seiner Abwesenheit war und blieb er das Töpfchen.

In der Zeit, als Rolf heimlich ins Sommerlager der Wiking-Jugend fuhr, war er auf Töpfchen angewiesen, der sich der Mutter gegenüber als Boß einer Gruppe ausgab, mit der Rolf angeblich auf Wanderschaft ging. Und es war auch Töpfchen gewesen, der Rolf bei einem Schulsportfest für die Wiking-Jugend angeheuert und ihm später die Fahne besorgt hatte, und der sich gern als Freund des reichen Rolf Botag ausgab. Aber nach Rolfs Abschiebung ins Internat war die Verbindung bald eingeschlafen. Rolf hatte niemals mehr etwas von seinem ehemaligen Kameraden gehört.

Daß ihm gerade jetzt Töpfchen einfällt, kann nur an diesen Stiefeln liegen, die die Mutter nun trägt, und in ihm wächst die Vorstellung, daß Töpfchen der richtige Mann sein könnte, seinen Plan in die Tat umzusetzen.

Ein Blick ins Telefonbuch, und Rolf weiß, Heini Topf lebt noch in Berlin, wohnt nach wie vor in Reinickendorf und ist inzwischen Versicherungskaufmann. Alles Weitere ist eine Frage der Taktik.

Wie kommst du denn darauf, mich plötzlich anzurufen, fragt Töpfchen, mißtrauisch wie er ist, und Rolf hat seine gut vorbereitete Lüge auch schon parat. Zufällig, sagt er, ganz zufällig sei er im Telefonbuch auf den Namen Heini Topf gestoßen.

Und? fragt Töpfchen immer noch skeptisch, wieso ist das ein Grund, mich anzurufen? Immer noch der alte. Rolf lacht ins Telefon. Traust immer noch keinem übern Weg, was?

Die Zeiten sind ja auch danach, ich bin vorsichtig, das weißt du doch.

Schon gut, Heini. Rolfs Stimme wird sachlich. Ich

will dich nicht belästigen. Aber laut Telefonbuch bist du Versicherungskaufmann, und da dachte ich …

Das ist etwas anderes, unterbricht Töpfchen und entschuldigt sich für seinen Argwohn, er habe gedacht, es ginge um die Partei.

Welche Partei? Rolf heuchelt Interesse. Aber Töpfchen will am Telefon nicht darauf eingehen und schlägt ein Treffen vor. Zudem will er wissen, über welche Art von Versicherungen Rolf Auskunft wünsche. Lebensversicherung, sagt Rolf, Hausrat und was man sonst noch so brauche, denn er habe vor zu heiraten und wolle alle Versicherungen bei einer Agentur abschließen.

Da bist du bei mir richtig, sagt Töpfchen, nennt seine Firma und dann ihre gemeinsame alte Stammkneipe, in der er sich wie in alten Zeiten mit Rolf treffen will.

Sagen wir heute abend, 20 Uhr?

In Ordnung, altes Haus, das machen wir.

In der Kneipe hat sich nichts verändert. Der Wirt scheint sie in den ganzen Jahren nicht einmal renoviert zu haben. Die Tapeten sind mit Bildern verschiedener Fußballvereine zugepflastert, auf einem Regal stehen Pokale, auf einem anderen Vereinsfähnchen, und über dem Tresen hängt noch immer hinter einem von Fliegen beschmutzten Glas das Foto des ehemaligen Nazi-Fliegergenerals Rudel in voller Montur. Es hätte nicht viel gefehlt, und Rolf wäre ein »Heil« rausgerutscht, so sehr fühlt er sich in die Zeit zurückversetzt, als er hier mit Töpfchen die Flugblattaktionen plante und mit den Kameraden Bier trank.

Heini Topf ist schon da und sitzt am alten Platz.

Er ist älter geworden und sieht im Anzug mit

Schlips noch grotesker aus als in jungen Jahren. Sein blasses Gesicht wirkt wie eingefroren, und die fliehende Stirn über den kaum sichtbaren Brauen verleiht seinen Zügen eine Nacktheit, die Rolf früher nie aufgefallen war. Selbst der kärgliche Oberlippenbart kann dem nicht abhelfen. Nur der unstete Blick aus den braunen Augen zeigt Töpfchens Lebendigkeit an. Seine knochendünnen Hände, die er Rolf in ungewöhnlicher Herzlichkeit entgegenstreckt, sind kalt wie eine Hundeschnauze. Und als sich Töpfchen wieder hinsetzt, läßt er seine Finger knacken, als müßten sie nach der Begrüßung mit Rolf wieder eingerenkt werden.

Du hast dich überhaupt nicht verändert, sagt Rolf, und Töpfchen behauptet von dem alten Freund das gleiche.

Wie lange haben wir uns nicht gesehen?

Na, fünfzehn Jahre, was weiß ich.

Dann berichtet jeder in Kurzfassung, was in dieser Zeit Wichtiges passiert ist. Später kommt Töpfchen auf die Versicherungen zu sprechen, erläutert Rolf alle Möglichkeiten, bietet eine günstige Risikoversicherung an, empfiehlt zusätzlich eine gegen Glasbruch und Fahrraddiebstahl, blättert Statistiken auf, sieht in Tabellen nach, rechnet dem Freund verschiedene Policen aus und weiß nebenbei die schlimmsten Fälle von unversicherten Personen zu berichten, die, vom Schicksal ereilt, ihres Lebens nicht mehr froh geworden sind. Rolf trinkt mittlerweile das dritte Bier und ist immer noch nicht zu dem gekommen, was er eigentlich von Töpfchen will.

Schick mir das alles zu, sagt er, ich werde es mit

meiner Braut bereden, die hat schließlich ein Mitspracherecht.

Heini Topf ist enttäuscht. Vorschläge dieser Art bringen in den seltensten Fällen günstige Abschlüsse. Er bestellt Rolf das vierte Bier, nimmt einen Themenwechsel vor und redet von alten Zeiten.

Ob er denn noch Verbindungen habe, will Rolf daraufhin wissen, und Töpfchen berichtet nicht ohne Stolz von seiner politischen Karriere bei den Republikanern. Er klopft noch immer die alten Sprüche vom Deutschen Reich, von der Verpflichtung zum Deutschtum und der jüdischen Lüge. Und während Rolf Interesse heuchelt, sucht er nach einer Schneise, die er in Töpfchens Redeschwall schlagen kann. Mittlerweile kommen andere Gäste. Einige grüßen mit erhobenem Arm und drei ausgestreckten Fingern, andere sind tätowiert und haben die Schädel kahl geschoren, und alle nicken sie Töpfchen zu.

Ich will ja nicht neugierig sein, sagt Töpfchen, aber bist du noch einer von uns?

Ich bin Senatsbeamter, Heini, das mußt du verstehen. Auch wenn deine Partei nicht verboten ist, so ist sie für eine Beförderung im Staatsdienst nicht gerade nützlich.

Töpfchen bestellt keine weiteren Biere. Es sieht aus, als habe er Rolf als den großen Versicherungsnehmer in spe aufgegeben, räumt schon die Papiere zusammen und riecht jetzt unangenehm nach Schweiß, als Rolf allen Mut zusammennimmt. Nicht so schnell, sagt er, er habe noch eine Frage zu stellen. Von früher wisse er, daß die Kameraden für Ordnung und Sauberkeit stünden, für Zuverlässigkeit und Durchsetzungsvermögen.

Und was ist dabei die Frage?

Rolf läßt sich Zeit und bestellt nun seinerseits eine Runde Bier. Es ginge um eine Hilfeleistung, wo Behörden und Polizei ihren Pflichten nicht nachkämen, sagt er und berichtet minuziös von der alten Stadtstreicherin, die nicht nur das Gesamtbild des Kurfürstendamm verschandele, sondern sich immer öfter vor dem Haus seiner Mutter, das Töpfchen ja noch aus alten Zeiten bekannt sei, herumtriebe. Es würde mich nicht wundern, sagt er langsam, wenn die Pennerin sich in das Haus schleicht, um dort zu urinieren, zu schlafen oder gar einzubrechen.

Hat sie denn schon mal jemand im Haus erwischt?

Rolf hebt die Schultern, sieht Töpfchen vielsagend an und sagt: Dein Schaden soll es nicht sein.

Dabei klopft er auf das Köfferchen, in dem Anträge, Policen, Tabellen und alle weiteren Unterlagen verstaut sind.

Du meinst ...? fragt Töpfchen, ohne seinen Satz zu beenden, und Rolf sagt: Ja, ich meine.

Töpfchen überlegt. Das kostet was, Rolf.

Wieviel?

Mach einen Vorschlag.

Rolf holt seine Brieftasche heraus und legt hundert Mark auf das Köfferchen.

Es müssen aber mindestens zwei Mann sein, sagt Töpfchen.

Rolf holt einen zweiten Hunderter aus der Brieftasche und legt ihn neben den ersten.

Aber Töpfchen scheint immer noch nicht zufrieden zu sein. Hör mal zu, sagt er, so etwas ist gefährlich. Wenn die Typen erwischt werden, sind sie wegen Körperverletzung dran.

Körperverletzung kommt nicht in Frage, sagt Rolf und legt die Hand auf sein Geld, als wolle es Töpfchen jeden Moment einstecken. Von Körperverletzung habe ich kein Wort gesagt.

Was soll denn dann mit der Alten passieren?

Wegjagen, habe ich gesagt, wegjagen und ihr einen Denkzettel verpassen.

Man könnte denken, es handele sich um deine Oma. Töpfchen lacht meckernd und behauptet dann, die zwei Hunderter seien aber für so einen Auftrag immer noch zu wenig. Das macht nicht jeder, fügt er hinzu, und für Extras mußte schon das Doppelte zahlen.

Rolf blättert nochmals zwei Hunderter drauf, die Töpfchen sichtlich zufrieden in sein Portemonnaie steckt.

Wir sind uns einig, sagt er und hält Rolf zur Besiegelung die Hand hin, die Alte wird nur in die Felder gejagt, ansonsten passiert ihr nichts.

Und, unterbricht ihn Rolf, ich will Tag und Uhrzeit vorher wissen.

Warum denn das?

Meine Sache.

Töpfchen zuckt mit den Schultern, verspricht aber auch das.

Dann verabschiedet sich Rolf, ohne Töpfchens noch immer ausgestreckte Hand zu schütteln.

DAS BERLINER ZIMMER SIEHT AUS, als wäre eingebrochen worden. Auf den Regalen fehlen Antiquitäten, und die Türen der Vitrinen stehen offen. Die wenigen Dinge, die noch da sind, befinden sich nicht mehr am alten Platz, und es ist abzusehen, wann es mit den Geschenken für Murat ein Ende haben wird.

Der trägt inzwischen eine funkelnagelneue schwarze Lederjacke und seit letzter Woche ein goldenes Amulett um den Hals. Eine Wohnung ist gemietet, die Kaution bezahlt, und wenn Elif nach Berlin kommt, so behauptet Murat, feiern wir eine Hochzeit, die kein Türke in Berlin jemals vergessen wird.

Werden Sie auch kommen? hatte er vorsichtig gefragt und war ehrlich erleichtert, als Dora dankend ablehnte. Wie willst du mich vorstellen, etwa als deine Wohltäterin? So wie ich aussehe, glaubt dir das doch kein Mensch, und am Ende setzen mich deine Landsleute noch vor die Tür. Nein, Murat, ich habe auf deiner Hochzeit nichts zu suchen.

Unschlüssig steht sie jetzt in ihrer Wohnung. In der letzten Zeit ist sie mit immer weniger Lust hierhergekommen. Eigentlich tut sie es nur noch, um Murat nicht zu enttäuschen, vielleicht auch, um nicht auf seinen Handkuß zu verzichten, die einzige Berührung, die sie noch mit Menschen hat.

Ohne groß zu überlegen, greift sie nach zwei Tabakdosen, vielleicht sind sie auch für etwas anderes gemacht, Dora weiß es nicht mehr. Auch der Preis ist ihr entfallen und das Jahr, aus dem sie stammen. Alle diese Daten sind in ihrem Gedächtnis gelöscht.

Nach der Begegnung mit Rolf hatte es Tage gedauert, bis sie wieder normal denken konnte und ihre innere Ausgewogenheit zurückgewonnen hatte. Es war, als habe Rolf ihr Boot zum Kentern gebracht und sie von neuem gezwungen, gegen den Strom zu schwimmen.

Die alte Angst, verpackt in die Vergangenheit, war wieder aufgetaucht und hatte sie durch die Nächte gejagt. Es hätte nicht viel gefehlt, und sie hätte wieder in den Containern zu wühlen begonnen, um sich wie früher hinter stinkendem Müll vor den Erinnerungen zu schützen.

Aber das Baumschneidermännlein ließ das nicht zu, blieb stur bei seiner Aufforderung, nach innen zu horchen. Dann, so behauptete das Männlein steif und fest, könne sie von der Außenwelt nicht mehr bedroht werden. Wenn sie endlich gelernt habe, sich selbst zu begreifen, würde sich ihre Sicht von der Welt verändern und alles, was sie beunruhigte, an Bedeutung verlieren. Also begann sie, nach innen zu hören, fühlte die Erde unter den Füßen und den Himmel über sich, bis sie überzeugt war, ihr Atem verbinde das eine mit dem anderen. Im Laufe der Zeit verloren sich die Ängste wieder, und Dora fühlte, wie sie langsam in eine neue Identität schlüpfte.

Als sie die Wohnung verläßt, begegnen ihr im Fahrstuhl zwei Hausbewohner. Sie grüßt, wie sie immer zu grüßen pflegte, höflich und distanziert. Dem Ehepaar bleibt eine Erwiderung im Hals stecken. Der von Dora ausgehende Geruch hat sich in Sekunden ausgebreitet. Allein das Einatmen bereitet der Frau Übelkeit, und sie preßt wie ein Seehund ihre Nasenflügel zusammen. Sie scheint Dora erkannt zu haben und weiß mit ihrem Blick nicht wohin. Dora aber sieht den beiden unter ihrem Fahrradhelm hervor gerade ins Gesicht. Die Frau behauptet später dem Hausmeister gegenüber, sie habe sich wie verhext gefühlt.

Als der Fahrstuhl hält, steigt Dora als erste aus, nickt

den beiden zu und geht aufrecht aus dem Haus, in dem Bewußtsein, daß es ihr gehört.

Das war die Botag, sagt die Frau zu ihrem Mann, ich schwör's dir.

Der will das nicht glauben, hat in Dora vielmehr die Pennerin von der Grolmanstraße erkannt und behauptet, daß die eine unmöglich die andere sein könne. Du kannst ja dem Hausmeister davon erzählen, sagt er und schlägt gleichzeitig vor, ein Sicherheitsschloß an der Haustür anbringen zu lassen, um weitere Besuche der Schlampe von der Grolmanstraße zu unterbinden.

Dora aber faßt nach dieser Begegnung mit ihren Mietern den Entschluß, ihre Wohnung nicht mehr zu betreten. Sie hat Murat ohnehin schon fast alles an Werten zugesteckt, was ohne Aufsehen wegzutragen war.

Würde Murat genauer hinsehen, könnte er feststellen, daß Dora aufrechter in ihrem Stuhl sitzt, seltener als früher ihre Sonnenbrille trägt und die Tauben noch zutraulicher geworden sind. Aber er sieht nicht genauer hin. Wie Dora längst weiß, ist er nur darauf aus, Wertgegenstände entgegenzunehmen, um seine und Elifs Zukunft zu sichern. Diesmal hat er Gebäck mitgebracht, das Elif schon für die Hochzeit gebacken hat.

Ich mag nichts Süßes, sagt Dora freundlich, nimm es wieder mit.

Sie beleidigen meine Braut, wenn Sie es nicht annehmen.

Dora lächelt, so wie sie öfter in letzter Zeit lächelt, und sagt, wenn das für Elif ein Grund sei, beleidigt zu sein, dann könne sie es nicht ändern. Murats Gesicht verfinstert sich. Doras Ablehnung empfindet er als Hochmut, und am liebsten würde er verschwinden.

Aber da er nicht weiß, ob Dora ihm etwas mitgebracht hat, wartet er noch ein Weilchen ab. Endlich packt sie die beiden Döschen aus und drückt sie ihm in die Hand, als handele es sich um zwei Tafeln Schokolade.

Was glauben Sie, was ich dafür bekommen kann? flüstert er und sucht, inzwischen gewitzt, nach dem Stempel.

Das ist dein Part, mein Junge, sagt Dora. Nach dem, was du schon alles von mir bekommen hast, müßtest du längst ein Haus in der Türkei besitzen.

Ein Haus? Murats Mund bleibt offen, und seine Bartspitzen beginnen auf der Oberlippe zu zittern. Ich habe Sie jedesmal gefragt, wieviel das wert ist, was Sie mir geben, aber Sie haben es mir nie gesagt.

Ich weiß, antwortet Dora, aber mich interessiert das nicht mehr. Wenn die Sachen für mich noch von Wert wären, hätte ich sie dir ja nicht geschenkt.

Aber woher haben Sie das alles?

Dora legt den Finger auf den Mund, als breche Murat ein Versprechen. Dann gibt sie ihm ein wenig herrisch zu verstehen, nach Hause zu gehen, und Murat gehorcht, weil er Angst hat, seine Gönnerin verärgert zu haben.

Es ist eine von den ersten wärmeren Nächten, so daß Dora schon in den frühen Morgenstunden ihre Wanderungen beendet und auf ihren angestammten Platz zurückkehrt. Diese Zeit ist die beste, um tief und lange durchzuschlafen. Sie stellt die Lehne ihres Stuhls zurück, spannt den Sonnenschirm auf, um sich gegen den aufkommenden Morgenwind zu schützen, und schließt die Augen.

Es ist ein Gefühl, das sie weckt, nicht etwa ein Geräusch oder eine Berührung, ein Gefühl, daß jemand in ihrem Rücken steht. An sich ist das nichts Ungewöhnliches, aber mit dem Gefühl verbindet sich eine Beunruhigung. Dora schiebt ihren Schirm beiseite und dreht sich um. Zwei junge Männer stehen da unbeweglich, breitbeinig, die Hände auf dem Rücken verschränkt, an der Hauswand und starren sie an. Ihre Köpfe sind kahl geschoren, die Gesichter aufgedunsen, als seien sie angetrunken, und einer trägt um den Hals eine Kette, wie man sie zum Führen von Ziegen benutzt. Ihre Kleidung ist schwarz, und die Füße stecken in bis zu den Waden reichenden Stiefeln, deren Sohlen aus Gummi sind. Keiner von beiden verzieht eine Miene, auch jetzt nicht, als Dora sich ihnen zuwendet.

Was wollt ihr von mir? fragt sie.

Wie auf Kommando kommen sie näher und stehen jetzt auf Armlänge hinter Dora. Der mit der Kette tippt ihr auf den Helm, und der andere sagt: Aufstehen!

Da Dora der Aufforderung nicht nachkommt, kippeln sie an ihrem Stuhl, nicht sehr stark, aber immerhin so, daß sie für einen Moment den Boden unter den Füßen verliert.

Was wollt ihr? fragt sie noch einmal.

Du sollst abhauen, sagt der eine leise, und der andere ergänzt etwas lauter, und zwar für immer. Dora hat keine Angst. Ob ich hier sitze oder nicht, kann euch doch egal sein, sagt sie.

Ist es aber nicht, sagt der mit der Kette, packt den Sonnenschirm und bricht ihn über seinem Knie mitten durch.

Jetzt sieht sich Dora nach den Taxifahrern um, hofft auf ihre Hilfe, oder daß sie wenigstens über Funk die

Polizei rufen. Aber es ist kein Taxi am Stand und auch sonst weit und breit keine Menschenseele zu sehen.

Wenn du schreist, gibt's was auf die Nuß, sagt der brutale Typ und trommelt auf Doras Helm, daß ihr der Kopf dröhnt.

Es ist also ernst. Ein paar Autos fahren vorbei. Sie wagt nicht zu winken. Aber es würde ohnehin keiner ihretwegen anhalten, um sie gegen die beiden Kahlköpfe zu verteidigen. Die reißen inzwischen die paar Tüten aus den Wagen und werfen sie auf die Straße. Dann treten sie so lange auf die Wagen ein, bis sie nur noch Bruch sind. Selbst die zweirädrige Einkaufstasche, die sie immer hinter sich herzieht, schlagen sie kurz und klein und zerschneiden den Plastikstoff. Das Taubenfutter ergießt sich über die Straße. Dann ist der Stuhl dran. Sie haben Werkzeug dabei, brechen die Schrauben raus, die Leisten der Rückenlehne, die Beine, bis er, zur Unkenntlichkeit zertrümmert, als ein Haufen aus Holz und Kunststoff auf dem Bürgersteig liegt. Dann packen sie sich die Tüten unter die Arme und laufen in ihren gummibesohlten Stiefeln über die Uhlandstraße Richtung Kantstraße weg, von niemandem bemerkt und von niemandem aufgehalten.

In wenigen Minuten ist alles vorbei. Wie versteinert steht Dora vor den Trümmern ihres Stuhls, dem zerbrochenen Schirm und den Überresten des Einkaufskarrens auf dem Bürgersteig. Die Tüten, in denen sich ihr Waschzeug, ein wenig Wäsche, ein paar Lebensmittel, das Taubenfutter, ihre Winterdecke und einige andere mögliche Sachen befinden, haben ihr die Kerle gestohlen. Alles, was sie jetzt noch besitzt, trägt sie in den

Manteltaschen, das Baumschneiderglas, ihr Portemonnaie und die Brieftasche mit den Papieren.

Wieder einmal sind ihr die wenigen Dinge genommen worden, die ihr etwas bedeuteten, und wieder steht sie vor der Frage, ob sie ihr selbstgewähltes Los, auf der Straße zu leben, noch durchhalten kann. Vor allem ist es die Erniedrigung, die sie quält, die Empörung und Wut, einer Gewalt ausgesetzt zu sein, deren Ursprung sie nicht kennt. Sie spürt, wie ihre Knie weich werden, und setzt sich auf die Kante des Bürgersteigs.

Plötzlich greift ihr jemand unter die Arme, zieht sie hoch und führt sie zu einer nahe gelegenen Bank.

Ist Ihnen etwas passiert? fragt eine männliche Stimme, ich habe alles vom Auto aus gesehen. Aber bis ich parken und herkommen konnte, waren die Kerle schon weg.

Dora, die es nicht mehr gewohnt ist, daß ihr geholfen wird, muß sich erst ihren Fahrradhelm aus dem Gesicht schieben, um sich ihren Beschützer anzusehen. Es ist ein junger Mann, nicht älter als Rolf, mit einem lachenden Gesicht und neugierigen Augen, der in seinen Taschen kramt und ihr einen Flachmann hinhält.

Wissen Sie, wer die Jungs waren?

Dora schüttelt den Kopf und sieht zu dem Trümmerhaufen hinüber, wo eben noch ihr Zuhause war.

Soll ich die Polizei holen? fragt der junge Mann. Wozu, sagt Dora und empfindet plötzlich die Hilfsbereitschaft als aufdringlich. Ich komme schon zurecht, sagt sie ablehnend. Aber das nützt nichts, denn der junge Mann setzt sich neben sie.

Da muß was dahinterstecken, sagt er, Skins machen

sich nicht über Obdachlose her. Haben Sie vielleicht Feinde?

Ja, sagt Dora, die Behörden.

Der junge Mann hat plötzlich einen Fotoapparat in der Hand, mit dem er erst die zertrümmerten Gegenstände aufnimmt und dann Dora.

Ich lasse mich nicht fotografieren, fährt sie ihn an, wer sind Sie überhaupt?

Ein Journalist.

Dora springt auf, und es hätte nicht viel gefehlt, und die Hand wäre ihr vor Wut ausgerutscht, aber sie läuft weg, ohne sich noch einmal umzusehen. Die Absätze ihrer zu großen Stiefel knallen auf dem Pflaster der Grolmanstraße, direkt an Rolf vorbei, der sich gerade noch rechtzeitig in einem Hauseingang verstecken kann.

Er hatte den Vorgang genau beobachtet, war sogar drauf und dran gewesen, dazwischenzugehen, als die Skins der Mutter aus Jux und Dollerei auf den Helm schlugen. Er sah sie zusammenzucken und bemerkte ihre Hilflosigkeit, als ihr bewußt wurde, daß ihr nichts geblieben war. Und als sie wie ein Häufchen Elend am Rinnstein hockte, wollte er hinlaufen, um sie die paar Schritte über die Straße in ihr Haus zu führen. Vielleicht hätte er ihr die stinkenden Kleider vom Leib gerissen und ein Bad eingelassen, ihr Tee gekocht und sie später ins Bett gebracht. Dann hätte sie wieder wie früher ausgesehen, er hätte die ganze Nacht an ihrem Bett gesessen, und sie hätte vielleicht seine Hand gehalten. Aber als er zu ihr hingehen wollte, um wieder gutzumachen, was er angerichtet hatte, war schon dieser Fremde da und hatte die Rolle des Sohnes übernommen.

Nach dem Überfall lief Dora einen Tag lang und eine Nacht durch die Stadt. Nur wenn sie völlig erschöpft war, ließ sie sich auf einer Bank nieder, um einen Augenblick auszuruhen. Mehr und mehr war sie davon überzeugt, daß ihr einer der Ladeninhaber die Glatzköpfe auf den Hals gehetzt hatte. Aber ein anderer Platz, denkt sie, bedeutet andere Feinde, und die Rückkehr in ihre Wohnung, in ihr früheres Leben, käme einer Kapitulation gleich.

Am nächsten Morgen steht ihr Entschluß fest. Sie wird wieder an derselben Stelle Platz nehmen, von der man sie verjagt hat. Und da sie nicht weiß, worauf sie sich setzen soll, läßt sie sich vom nächstbesten Gemüsehändler eine Obstkiste schenken.

Willste umziehen, Oma, fragt der und gibt ihr noch ein paar Bananen dazu. Erst als sie höflich dankt, stutzt er, holt eine Zeitung aus der Tasche und hält sie Dora hin.

Is das ihr Double oder who is who?

Dora starrt ihr Konterfei auf der ersten Seite an. Da hockt sie im Rinnstein, den Kopf auf den Knien, ein Häufchen Elend und für den Gemüsehändler wohl nur an der Kleidung und ihrem Fahrradhelm zu erkennen. Unter dem Bild stehen zwei Zeilen. Die eine ist fettgedruckt und heißt: *Überfall auf die Tütenlady vom Ku'damm.*

Die Zeile darunter ist halb so fett, aber immer noch auffällig genug:

Reiche Hausbesitzerin spielt obdachlose Stadtstreicherin.

Daß es sich bei dieser Behauptung um eine Vermutung handelt, ist erst dem folgenden Text zu entnehmen. Bewohner eines feudalen Mietshauses wollen ihre Vermieterin angeblich in der alten Frau in der Grolmanstraße/Ecke Ku'damm erkannt haben. Aber weder Doras Name ist angegeben noch die Adresse ihres Hauses.

Schön wär's, sagt sie zu dem Gemüsehändler, oder glauben Sie, daß ich auf der Straße leben würde, wenn ich ein Mietshaus besäße?

Nee, sagt der Gemüsehändler, da haben Sie recht, so bescheuert kann gar keiner sein.

Zu weiteren Fragen kommt er nicht, denn Dora ist schon mit ihrer Obstkiste um die Ecke, und als sie in der Grolmanstraße ankommt, sind die von den Skins zurückgelassenen Trümmer verschwunden. Statt dessen steht ein anderer Stuhl dort und daneben ein ramponierter, aber noch fahrtüchtiger Kindersportwagen. Der Stuhl ist nicht neu, ein Gartenstuhl, hat ein schiefes Bein und ein beschädigtes Plastikgeflecht. Am Kindersportwagen hängt ein Zettel, auf dem mit krakeliger Schrift in fehlerhaftem Deutsch steht, daß Dora keine Angst haben solle, von nun an würde sie von Murat beschützt.

Sie nimmt auf dem Stuhl Platz, der viel bequemer ist, als er aussieht. Durch das schiefe Bein rutscht der Körper ein wenig nach hinten und entlastet auf diese Weise die müden Füße, unter die sie jetzt die Obstkiste stellt. Im Kindersportwagen liegt eine kleine Tüte mit Vogelfutter. Als sich jetzt auch noch wie gerufen die weiße Taube einstellt und auf ihrem Schoß landet, während sich ein weiterer Schwarm zu ihren Füßen niederläßt, steigen ihr Tränen in die Augen. Von gegenüber winken die Taxifahrer, und einer von ihnen holt einen alten, verblichenen Sonnenschirm aus seinem Kofferraum.

Wir glauben den Unsinn nicht, der über Sie in der Zeitung steht, sagt er und klemmt den Schirm am Gartenstuhl zwischen Sitz und Rückenlehne fest, wir sind froh, daß Sie wieder da sind, wo Sie für uns hingehören.

Nach dem Überfall und den darauf folgenden Wanderungen durch die Straßen findet Dora zum ersten Mal ihre alte Ruhe wieder. Murats Hilfe, die Obstkiste des Gemüsehändlers und das Geschenk des Taxifahrers geben ihr das Gefühl einer bisher unbekannten Sicherheit. Wie in einer Kutsche von fliegenden Rössern gezogen, sitzt sie einer Königin gleich auf ihrem ramponierten Stuhl, die Obstkiste wird zum Thronschemel, der Sonnenschirm zum Baldachin und die Fahrt zum Flug über das Dach ihres Hauses. Murats Zuneigung treibt ihre Rösser an, vielleicht auch die Herzlichkeit der Taxifahrer, und in der Angst, aus der Kutsche zu fallen, unterm Baldachin weg hinunter zwischen die Häuser auf die Straße, muß sie sich mit beiden Händen an der Lehne ihres Stuhls festhalten.

Als Murat am Abend in die Grolmanstraße kommt, trägt er noch seine Arbeitskleidung. Diesmal hat er eine Decke mitgebracht.

Für die Nacht, wie er meint, weil es zu dieser Jahreszeit noch kalt ist.

Aber nachts bin ich doch unterwegs, sagt Dora und fährt ihm übers Haar. Verwundert, daß es so weich ist, läßt sie einen Augenblick ihre Hand auf seinem Kopf liegen, und er hält still wie ein Kind, das unverhofft gestreichelt wird.

Ich komme jetzt jede Nacht, verspricht er, denn so ein Überfall darf nicht noch einmal passieren. Aber ich habe keine Angst, sagt Dora, und zu verlieren habe ich auch nichts mehr.

Murat, der sich auf die Obstkiste gesetzt hat, holt die Zeitung mit Doras Bild aus der Jackentasche. Und, fragt Dora lächelnd, glaubst du auch, was da drinsteht?

Ich weiß nicht, sagt er vorsichtig, ich muß immer an die schönen Sachen denken, die Sie mir gegeben haben.

Damit ist es vorbei, Murat. Außerdem hast du doch jetzt deine Wohnung. Elif ist hier, und das Geld für die Hochzeit hast du auch zusammen.

Murat nickt zwar, aber glücklich sieht er nicht aus.

Warum sagen Sie das? fragt er ein wenig trotzig, und als Dora schweigt, kommt er auf das Auto zu sprechen, mit dessen unterschriebenem Kaufvertrag er sich bereits verpflichtet habe.

Aber Dora geht nicht darauf ein.

Geh nach Hause, Murat, sagt sie, geh nach Hause und überlege dir, ob du wirklich ein Auto zu deinem Glück mit Elif brauchst.

DAS EINE HATTE MIT DEM ANDEREN ZU TUN, ohne daß Rolf etwas davon erfuhr. Durch Zufall gelangte der Zeitungsartikel über Dora in Roses Hände, die sich daraufhin spontan entschloß, nach der alten Frau in der Grolmanstraße zu sehen. Auch sie glaubte die Geschichte mit dem Mietshaus nicht und hielt die Vermutung für eine Erfindung der Sensationspresse. Sie hätte niemandem erklären können, warum ihr die Frau nicht aus dem Kopf ging, und schob ihr Interesse der Tatsache zu, daß Rolf sich der Alten gegenüber so unbeherrscht verhalten hatte.

Schon von weitem sieht sie Dora in ihrem verbogenen Gartenstuhl an der alten Stelle sitzen. Mut hat sie ja, denkt Rose und überlegt, wie sie ihr eine Freude machen könnte.

Blumen, denkt sie, ich könnte ihr Blumen mitbringen, und verwirft den Gedanken auch schon wieder. Was soll die Alte mit Blumen, wenn sie kein Wasser zur Verfügung hat? Aber vielleicht Kuchen oder eine Portion Eis? Doch nicht alle alten Leute essen Süßes, erinnert sich Rose und denkt an ein Buch. Andererseits hat sie noch nie eine Stadtstreicherin auf der Straße ein Buch lesen sehen. Sie ist ratlos. Da fällt ihr noch etwas ein. Tränengas. Eine handliche Patrone Tränengas, die man bei Bedarf aus der Tasche zieht, um damit den Täter fürs erste unschädlich zu machen, das ist das Richtige.

Im nächsten Tabakgeschäft findet Rose, was sie sucht. Zur Abwehr von Hunden, wie der Verkäufer erläutert, zum Schutz vor Belästigungen jeder Art und für das persönliche Sicherheitsgefühl. Man kann ja nie wissen.

Doras Augen sind hinter der Sonnenbrille versteckt.

Guten Tag, sagt Rose und wartet geduldig auf eine Reaktion. Endlich nimmt Dora die Brille ab.

Merkwürdig, denkt Rose, irgend etwas ist mir an der Alten vertraut, aber ich weiß bei Gott nicht, was es ist. Wie ein Foto betrachtet sie Dora und sucht ihre Gesichtszüge mit einer Gründlichkeit ab, die Dora amüsiert.

Haben Sie sich nicht neulich bei mir für den jungen Mann entschuldigt, der gegen meinen Wagen getreten ist?

Ja, antwortet Rose verlegen, das war ich.

Und plötzlich glaubt sie in der Stadtstreicherin eine Ähnlichkeit mit Rolf zu entdecken. Das also ist das Vertraute. Dieses leichte Zukneifen der Augen, das beim Sprechen in ein Stirnrunzeln übergeht und dem Gesichtsausdruck eine gewisse Skepsis verleiht.

Rose starrt Dora an, wie Rolf seine Mutter vor ein paar Tagen angestarrt hatte.

Was ist denn, mein Kind? fragt Dora, während sich ihre Stirn in die Rose so bekannten Falten legt.

Nichts, gar nichts, antwortet Rose. Sie erinnern mich nur an jemanden, den ich gut kenne.

Das hat nichts zu bedeuten, sagt Dora und setzt ihre Brille wieder auf, als wolle sie sich damit von Rose distanzieren. Verschwunden ist die Vertrautheit und auch die Nähe, die Rose zu spüren geglaubt hatte. Die alte Frau, die da sitzt, ist nichts anderes als ein stadtbekanntes Original, das nicht nur ein Opfer von Rowdies wurde, sondern auch für den Aufmacher einer zweifelhaften Tageszeitung herhalten mußte.

Ich habe Ihnen etwas mitgebracht, sagt Rose und legt ihr die Tränengaspatrone in den Schoß. So recht weiß Dora nicht, was sie mit dem Ding anfangen soll.

Das ist Tränengas, sagt Rose und zeigt Dora, wie mit der Patrone umzugehen ist. Ich dachte, damit können Sie sich in Zukunft wehren.

Sie haben das für mich besorgt? Dora betrachtet Rose genauer. Aber die hat es plötzlich eilig. Alles Gute, sagt sie hastig und ist schon aus Doras Blickfeld verschwunden.

WIE JEDEN FREITAG WARTET ROSE auch heute vor dem Gebäude des Senats für Bau- und Wohnungswesen in der Württembergischenstraße, um Rolf abzuholen. Wenn er sein Büro verläßt und auf die Straße tritt, wird sie ihn umarmen und küssen. Die Kollegen wissen das, und wenn es ihnen in den Kram paßt, bleiben sie stehen, um dieser zärtlichen Begrüßung zuzusehen.

Rolf wird ein wenig besitzergreifend den Arm um ihre Schultern legen, und sie werden zum Kurfürstendamm gehen und Eis essen. Auch heute werden sie auf diese Weise das gemeinsame Wochenende beginnen.

Da bist du ja, sagt Rose und küßt ihn, als er pünktlich um vier mit ein paar Kollegen das Senatsgebäude verläßt. Er legt den Arm um ihre Schultern, und als sie an der Lietzenburger ankommen, schlägt Rose unerwartet einen Umweg vor.

Und warum? fragt Rolf.

Weiß nicht, murmelt sie vor sich hin, mal was anderes.

Die Menschen trinken auf der Straße Kaffee und freuen sich auf das Wochenende. An den gut besetzten Tischen haben die beiden in der Eisdiele neben Kranzler gerade noch zwei Plätze erwischt. Vanille und Schoko mit Schlagsahne.

Keine zwei Meter von ihnen stellt sich ein Pantomime mit einer Feder in der Hand auf einen Hocker. Er ist weiß geschminkt, und unter den schwarz umrandeten Augen hat er sich auf die linke Wange zwei Tränen gemalt. Kostümiert ist er nicht, trägt ganz normale Jeans, ein T-Shirt und darüber eine Lederjacke.

Guck mal, wie traurig der aussieht, sagt Rose.

Der Pantomime blickt in die Runde, als suche er jemanden, und plötzlich verfestigt sich sein Gesichtsausdruck, wirkt wie eingefroren oder wie tot. Nicht einmal seine Lider bewegen sich über den Augäpfeln. Die Hand mit der Feder hat er von sich gestreckt, als wolle er sie irgendwem überreichen. Die andere Hand zeigt eine zum Schlag erhobene Faust. Und so steht der Mann auf dem Hocker, einer Wachsfigur ähnlicher als einem Menschen, und zieht die Blicke der Passanten auf sich. Plötzlich setzt aus einem Ghettoblaster, der unterm Hocker versteckt ist, Musik ein. Mit dem Takt bewegt sich der linke Arm des Pantomimen und schlägt wie in tiefem Schmerz auf die Brust, fährt ruckartig wieder zurück in die ursprüngliche Haltung und saust abermals auf den Brustkorb. Und so geht es fort, als habe der Mann eine Mechanik im Arm, mit der er verdammt ist, sein Herz zu zertrümmern.

Keiner der Vorübergehenden lacht. Stumm stehen sie mit erschrockenen Gesichtern vor dem Mann, und wenn sie sich schließlich abwenden, sehen sie alle aus, als schämten sie sich.

Ich kann gar nicht hinsehen, sagt Rose, am liebsten würde ich aufstehen und ihm den Arm festhalten.

Na, hör mal! Rolf lacht. Das ist sein Job. Wenn du ihm den vermasselst, würde er sicher sehr ärgerlich werden.

Ich weiß nicht, ich glaube, er wartet darauf, daß man ihn anhält.

Ach Rose, sagt Rolf und streichelt sie, ich liebe dich. Dabei greift er so hastig nach ihrer Hand, daß ihre Tasche herunterfällt und die Zeitung rausrutscht. Sein Blick fällt auf das Foto der Mutter und die Schlagzeile darunter. Mit jedem Hieb des Pantomimen auf den Brustkorb spürt Rolf plötzlich den eigenen Herzschlag.

Rose ist mit ihrem Eis beschäftigt, tut so, als säße er gar nicht neben ihr.

Was für ein Unsinn, sagt Rolf mit gepreßter Stimme, wenn die Alte ein Mietshaus hätte, säße sie wohl kaum auf der Straße.

Rose sieht ihn nicht an. Bestimmt kneift er jetzt die Augen zu und runzelt die Stirn.

Mir ist die Alte ein Greuel, fährt Rolf fort, nachdem er den Artikel zu Ende gelesen hat, und fügt noch hinzu, daß sie nun hoffentlich für immer verschwunden ist.

Ist sie nicht, sagt Rose, sie hockt wieder an der alten Stelle. Ich habe vorhin mit ihr gesprochen.

Du hast mit ihr gesprochen?

Mir tut die Frau leid. Rose betrachtet den Mann auf dem Hocker, der noch immer, wie von einem Motor betrieben, mechanisch auf seine Brust schlägt. Nur die Feder neigt sich im Wind, und kaum jemand wirft Geld in das bereitgestellte Tellerchen. Dumpf klingen die Schläge des Pantomimen an Rolfs Ohr und übernehmen den Rhythmus seines Herzens.

Ich habe ihr eine Patrone Tränengas gebracht, damit sie sich das nächste Mal gegen solche Überfälle wehren kann.

Und was hat sie gesagt?

Nichts. Sie kam mir so vor, als habe sie es gar nicht begreifen können, daß jemand sich um sie Sorgen macht. Im Schutz der um sie herumsitzenden Gäste findet Rose den Mut zu der Frage, ob Rolf vielleicht irgend etwas mit der alten Frau zu tun habe.

Nein, schreit er und trommelt ähnlich wie der Pantomime auf seine Brust.

Was ist denn mit dem los, flüstert ein Pärchen am Nebentisch. Und weil Rolf sich nicht beruhigen läßt, läuft Rose auf den Pantomimen zu und hält ihm mitten in der Bewegung den Arm fest. Wie von Zauberhand erlöst, lockert sich dessen starrer Blick, er lächelt sie an und reicht ihr die Feder. Das Publikum klatscht, als sei mit Roses Einmischung das Ende der Vorstellung erreicht, und bereitwillig spendet man nun auch Geld.

Verzeih mir, sagt Rose, als sie zu Rolf an den Tisch zurückkehrt, ich wollte dich mit meiner Frage nicht verletzen.

Noch am selben Abend ruft Rolf seine Schwester an. Er hat Glück, Lilli ist zu Hause.

Hör zu, flüstert er ins Telefon, als höre ihm jemand zu, du mußt sofort nach Berlin kommen.

Weshalb? fragt Lilli.

Du mußt mir helfen, du mußt mir einmal im Leben wirklich helfen.

Und warum ausgerechnet ich?

Weil es niemand anderes kann.

Der Reihe nach erzählt er ihr, was vorgefallen ist. Nichts läßt er aus. Nicht seine Abmachung mit Töpfchen und nicht den von ihm beobachteten Überfall. Was aber das Schlimmste sei, sagt er, alles habe in der Zeitung gestanden, auch das Gerücht, daß die Mutter in Wahrheit eine wohlhabende Frau und Hausbesitzerin sei. Man kommt ihr auf die Schliche, Lilli, und eines Tages wird man nicht nur im Senat, sondern auch in Roses Familie wissen, wer unsere Mutter ist.

Wenn sie weg ist, unterbricht Lilli, wird man sie bald vergessen.

Sie ist aber nicht weg, sagt Rolf. Wie eine Schmeißfliege ist sie an die alte Stelle zurückgekehrt, hat auch schon wieder einen Stuhl unterm Hintern, einen verbogenen Sonnenschirm über sich und einen ramponierten Kindersportwagen, in dem sie ihren Müll transportiert. Und stell dir vor, Rose hat mich ohne jeden Zusammenhang gefragt, ob ich mit der Alten was zu tun hätte. Sie hat auch schon mit der Mutter gesprochen und ihr eine Tränengaspatrone zur Abwehr vor weiteren Überfällen geschenkt.

Und was willst du von mir? fragt Lilli halb ängstlich, halb wütend, noch einmal mit der Mutter konfrontiert zu werden.

Herkommen sollst du und mit mir gemeinsam die Mutter unter Druck setzen. Ich habe das Glas, von dem die Polen sprechen, in ihren Händen gesehen. Das Glas mit dem Baumschneider ist der Beweis für den Mord an dem Jungen. Verstehst du jetzt, was ich will?

Ja, sagt Lilli und verspricht nach längerem Zögern, übers Wochenende nach Berlin zu kommen.

Als Roses Eltern von Lillis Besuch in Berlin erfuhren, bestanden sie auf einer Einladung. Wenn es ihnen schon nicht vergönnt sei, Rolfs Mutter kennenzulernen, dann wollten sie doch wenigstens seine Schwester bei sich begrüßen dürfen.

Und um alles ins richtige Bild zu rücken, erwartet Rolf, daß Rose mit auf den Flughafen kommt, um Lilli abzuholen.

Rose ist neugierig, hat sich hübsch gemacht und

entgegen ihren sonstigen Gewohnheiten ein wenig angemalt.

Wie sieht sie denn aus, deine Schwester?

Was weiß ich, sagt Rolf, blond halt und schlank und meistens ein bißchen aufgedonnert.

Rose inspiziert jede junge Frau, die durch die Sperre kommt, hat schon zweimal auf die falsche getippt und merkt plötzlich eine ihr unerklärliche Nervosität in sich aufsteigen.

Und wenn deine Schwester mich nicht akzeptiert?

Bist du verrückt? Rolf lacht. Warum, um Gottes willen, soll sie dich denn nicht akzeptieren? Er nimmt sie in den Arm und küßt sie.

Und wer küßt mich?

Lilli steht vor ihnen. In ganz hellen Tönen geschminkt, wirkt ihr Gesicht wie aus Porzellan, in dem die blauen Augen Rose kühl von oben bis unten betrachten.

Ich bin Lilli, sagt sie und gibt Rose die Hand, bevor sie den Bruder flüchtig umarmt.

Ich habe dich gar nicht gesehen, sagt Rolf, nimmt Lillis Koffer und sieht sich nach einem Gepäckkarren um.

Wie schön sie ist, denkt Rose, schön und kalt. Sie glaubt, Lillis Blick nicht standhalten zu können, weiß nicht, wohin sie sehen soll, und schließlich hält sie in ihrer Verlegenheit die Hände vor ihren Schoß, als könnte die Fremde durch die Kleider hindurch die behaarten, schwarzen und erschreckend großen Muttermale entdecken.

Nett, daß du mich mit Rolf zusammen abholst, sagt Lilli mit ihrer Piepsstimme. Rose ist froh über das Du, atmet auf und lächelt.

Ich freue mich über deinen Besuch, sagt sie, am Ende hätte ich dich sonst erst bei unserer Hochzeit kennengelernt.

Lilli verspürt Neid. Sie ist eifersüchtig auf die Liebe, die Rolf so offenkundig von diesem Schneewittchen mit den langen, glatten Haaren entgegengebracht wird. Sie himmelt ihn an, das merkt ein Blinder. Bald wird er vergessen, was Einsamkeit ist. Sie werden Kinder bekommen, vielleicht ein Mädchen und einen Jungen, und ihnen all die Liebe geben, die ihr und Rolf in der Kindheit vorenthalten blieb.

Am liebsten möchte sie auf der Stelle nach Hause zurück, zum Schalter gehen, ihr Ticket umbuchen und den Bruder mit seinem Glück allein lassen.

Aber er steht schon hinter ihr, streicht ihr das Haar vom Ohr und flüstert hinein, wie unendlich dankbar er ist, daß sie ihn nicht im Stich läßt. Nie werde ich dir das vergessen, sagt er, während er das Gepäck zum Ausgang schiebt, und du mußt wissen, daß du dich auch immer auf mich verlassen kannst.

Da legt sie ihren Arm in den des Bruders und vergißt Rose, die hinter ihnen herläuft, als gehöre sie nicht dazu.

Fühlen Sie sich wie zu Hause, sagt Roses Mutter bei der Begrüßung zu Lilli und haucht ihr einen Kuß auf die Wange. Roses Vater ist froh, wie er sagt, wenigstens die Schwester seines zukünftigen Schwiegersohns kennenzulernen. Es wird Champagner gereicht, und man trinkt auf das Wohl des Brautpaars.

Rolf hat ein gemachtes Nest gefunden, dessen Ästlein aus Gold sind. Aber es ist nicht nur der von zu Hause vertraute Wohlstand, der Lilli beeindruckt, es ist auch die Herzlichkeit und Fürsorge, die Roses Mutter im Überfluß zu vergeben hat, und das Interesse des Vaters an der Zukunft der beiden.

Wenn eure Mutter zurück ist, sagt er, werde ich ihr vorschlagen, euch eine größere Wohnung zu besorgen. Meinethalben ein Haus in Zehlendorf oder Dahlem, sagen wir halbe-halbe für Frau Botag und mich. Was meinen Sie, Lilli, könnte Ihre Mutter das aufbringen?

Lilli starrt Rolf an. Die Porzellanfarbe ihres Gesichts wirkt noch durchsichtiger, und die Finger umkrampfen die Champagnerschale, als wäre sie mit Blei gefüllt. Ich weiß nicht, stottert sie, ich weiß es wirklich nicht. Dann gibt sie sich einen Ruck, lächelt ihr Kinderlächeln und fügt leise hinzu, daß sie zu der Mutter kein sehr enges Verhältnis habe.

Rose kommt Lilli zu Hilfe. Wir sind ja noch nicht einmal verheiratet, Vater, unterbricht sie das unerwartet eingetretene Schweigen, und da redest du schon von einem Haus. Rolfs Wohnung ist vorläufig groß genug.

Und wenn sich Nachwuchs einstellt?

Dann ist immer noch Zeit.

Roses energische Stimme hat das Thema beendet, und alle setzen sich um den Tisch, der mit Meißner Porzellan auf silbernen Untertellern gedeckt ist. Das Mädchen bringt die Speisen herein, die Roses Mutter selbst zubereitet hat. Es gibt Wildente mit Trüffeln und als Nachspeise Apfel im Schlafrock.

Lilli wird nach Frankfurt gefragt, nach ihrer Boutique, nach Freunden und ihren Hobbys. Ob sie Golf spiele, will Roses Vater wissen, oder vielleicht Tennis, worauf Lilli mit einem mundfaulen Nein antwortet.

Nichts ist aus ihr herauszukriegen, außer ein paar

Bemerkungen über die Farben der Herbstmode. Sosehr sich Roses Eltern auch bemühen, es kommt kein Gespräch in Gang. Es bleibt beim Austausch von Höflichkeiten ohne die sonst in dieser Familie gewohnte Heiterkeit.

Du warst unhöflich, herrscht Rolf die Schwester an, als sie beide allein in seiner Wohnung sind, unhöflich und mürrisch. Wie eine Tochter haben sie dich aufgenommen, und du hast dich arrogant und uninteressiert gezeigt, so wie Mutter in ihren schlimmsten Zeiten.

Ich habe an sie gedacht, antwortet Lilli leise.

Indem du sie imitiert hast?

Vielleicht.

Und warum, wenn ich fragen darf?

Lilli bleibt mit dem Rücken zu Rolf am Fenster stehen. Sie blickt hinaus in die Kronen der Bäume, über denen ein Stück Mond zu sehen ist. Irgendwo schreien Katzen, und in ein paar Stunden werden die ersten Amseln pfeifen, noch ist die Nacht nicht zu Ende.

Ich bin neidisch auf dich, das ist alles, sagt sie. Kindheitsbilder nisten sich in den Baumwipfeln fest und lassen Tränen über ihr Gesicht laufen. Ich wünschte, ich wäre nicht hergekommen.

Mit allem hat Rolf gerechnet, nur nicht mit Lillis Selbstmitleid. Er muß auf der Hut sein. Kein falsches Wort, sonst rennt sie zum nächsten Taxistand und fährt mit dem ersten Zug, den sie erwischt, Richtung Frankfurt. Lilli, sagt er und dreht sie zu sich herum, es tut mir leid, wenn dich mein Glück quält. Ich hatte gehofft, du könntest dich mit mir freuen.

Ich freue mich ja auch für dich, schluchzt sie und schlingt die Arme um seinen Hals, mir ist heute nur bewußt geworden, wie unbeschreiblich allein ich bin. Rolf läßt die Schwester weinen, streichelt sie und wischt ihr die Tränen ab. Bei uns wirst du immer ein Zuhause haben.

Der Mond ist verschwunden, die Katzen haben aufgehört zu schreien, und die Amseln beginnen ihr Pfeifkonzert. Ach, sei still, sagt Lilli und windet sich aus der Umarmung, sag mir lieber, was du von mir willst.

Du sollst bloß mitkommen. Ich brauche dich später als Zeugin. Es ist doch klar, daß Mutter nicht durchhält, wenn wir sie gemeinsam zur Rede stellen und sie erfährt, daß wir wissen, wo sich das Indiz für den Mord befindet.

Du meinst, dann verläßt sie Berlin?

Muß sie doch, wenn sie noch bei Verstand ist.

Und wenn sie mir die Miete für meine Boutique streicht oder dir die Wohnung wegnimmt, was dann?

Ich kenne Mutter besser. Das wird sie nicht tun, dazu hat sie ein viel zu schlechtes Gewissen. Wenn sie das wollte, hätte sie es längst getan.

Dora kehrt in die Grolmanstrasse zurück. Es ist Sonntag, und die Stadt ist noch nicht wach. Nur ein paar Kneipengänger torkeln durch den Morgen. Dora will die Ruhe nutzen, auch wenn seit dem Überfall an einen Tiefschlaf nicht mehr zu denken ist. Es sind immer nur Minuten, die sie traumlos wegnickt. Sie hat sich an diesen Schlaf der Hasen gewöhnt und gelernt, Kraft daraus zu schöpfen. Macht sie aber für einen Lidschlag die Augen auf, nimmt sie alles, was sich in ihrem Blickfeld befindet, wie ein Foto wahr, prüft es und wirft es im selben Moment aus dem Gedächtnis, um weiterschlafen zu können.

Auf so einem Bild tauchen unerwartet Rolf und Lilli auf. Dora ist so überrascht, daß sie im ersten Moment glaubt, sich in einem ihrer Träume zu befinden. Aber es sind wirklich ihre Kinder, die dort in aller Herrgottsfrühe den Ku'damm entlangbummeln. Sie scheinen Zeit zu haben, bleiben immer wieder stehen, sehen auch mal zu ihr hinüber, kehren um und kommen erneut auf sie zu.

Jetzt reden sie miteinander. Lilli hält den Bruder fest, spricht auf ihn ein, bis er seine Hände aneinanderreibt. Die vertraute Geste gewinnt Dora ein Lächeln ab. Kopfüber stürzt sie sich in die Vorstellung, die Kinder seien gekommen, um sich mit ihr zu versöhnen. Erschrocken stellt sie fest, wie verwahrlost sie aussieht mit ihren schwarzen, abgebrochenen Fingernägeln und der rissigen Haut ihrer Hände. Der Mantel ist zerschlissen, und die Taschen sind mit Sicherheitsnadeln festgehalten. Die langen Hosen, die sie unter dem Rock trägt, sind ausgefranst und die Schuhe mit Paketschnur zugebunden. Plötzlich macht sie sich klar, wie lächerlich sie mit dem Fahrradhelm auf dem Kopf wirken muß. Sie nimmt ihn ab und bindet über dem verklebten Haar das Kopftuch neu.

Du stinkst wie eine alte Katze, denkt sie. Die Kinder werden mich mitnehmen und über die Straße in unser Haus führen. Lilli wird mich ausziehen, und Rolf wird die Sachen in den Müllschlucker werfen, so wie ich damals seine Fahne hineingeworfen habe. Dann wird Lilli mir ein Bad einlassen, mir die Haare waschen und den Rücken mit Körperlotion einreiben. Rolf wird in der Zwischenzeit frische Brötchen holen und Kaffee kochen. Wir werden um den Tisch sitzen und alles vergessen.

Ganz vertieft in Vergangenes und Zukünftiges, das sich miteinander so glücklich vereint, bemerkt sie nicht, daß Rolf und Lilli nun vor ihr stehen und sie betrachten. Lilli versteckt sich halb hinter dem Rücken des Bruders, weigert sich, in dieser verkommenen Person ihre Mutter zu erkennen. Aber das Gesicht ist das Gesicht der Mutter. Es ist nur alt geworden, faltig, ungepflegt und mit schwarzen Poren übersät. Unter dem schäbigen Kopftuch schieben sich fettige Haarsträhnen hervor, und die Brauen sind nicht mehr wie früher gezupft, sondern über der Nase zusammengewachsen. Und trotzdem zeichnen die Züge dieser Frau eine völlig fremde Weichheit aus. In den Mundwinkeln steckt ein kleines Lächeln, und in den Augen, mit denen Dora jetzt ihre Kinder ansieht, liegt eine solche Wärme, daß Lilli den Blick kaum ertragen kann.

Wir wollen mit dir sprechen, sagt Rolf, nicht ohne sich dabei umzusehen, ob sie vielleicht beobachtet werden. Aber die Bürgersteige sind menschenleer, und die zwei Taxifahrer gegenüber schlafen in ihren Wagen.

Schön, sagt Dora, und das winzige Lächeln in ihrem Gesicht verwandelt sich in ein erwartungsvolles Strahlen.

Sie sind also wirklich gekommen, um mich zu holen, denkt sie und setzt ihr Hirngespinst vom vergangenen und zukünftigen Glück fort. Schon hebt sie die Hände, um sie dem Sohn zu reichen, als Rolf unbeeindruckt sein Anliegen vorträgt.

Wir möchten, daß du entweder ein geordnetes Leben führst oder sofort die Stadt verläßt.

Und wenn nicht, was dann?

Das ist die alte Stimme der Mutter. Als habe jemand auf einen Knopf gedrückt, so schnell ist das Strahlen aus ihrem Gesicht verschwunden. Lilli spürt die alte Kinderangst und will nichts mehr mit dem Vorhaben des Bruders zu tun haben.

Rolf weiß, er darf jetzt keine Zeit vergeuden, darf nicht zögern oder sich auf eine Diskussion einlassen, sonst ist er der Verlierer.

Das wirst du schon sehen, sagt er so gelassen wie möglich.

Dora versucht noch einmal einzulenken. Warum laßt ihr mich nicht in Ruhe, fragt sie so leise, daß Rolf sich zu ihr herunterbeugen muß, um sie zu verstehen. Und er antwortet ebenso leise: Weil du mein Leben kaputt machst.

Ich deins? Ist es nicht umgekehrt?

Da kommt Lilli ihrem Bruder zu Hilfe. Rolf will heiraten, sagt sie.

Und was hat das mit mir zu tun? fragt Dora.

Weit hinten in der Uhlandstraße huscht ein Mensch über den Fahrdamm. Der Tag rückt näher, bald werden die ersten Passanten vorbeikommen. Rolf wird immer nervöser, will die Sache schnell hinter sich bringen, aber Lilli hat plötzlich alle Scheu verloren und glaubt, der Mutter die Leviten lesen zu müssen.

Ob sie sich darüber klar sei, was für eine Schwiegermutter sie abgebe. Rolfs Braut stammt aus einer wohlhabenden, angesehenen Familie, sagt sie erregt, undenkbar, daß die eine solche Verwandtschaft akzeptiert. Wenn die Hochzeit platzt, bist du daran schuld.

Dora setzt sich ihren Fahrradhelm auf, und während sie den Kinnriemen festschnallt, sagt sie: Wenn das so ist, kann es ja mit der Liebe nicht weither sein.

Nun ist es mit Rolfs Fassung vorbei. Was weißt du denn von Liebe, schreit er und packt die Mutter am Kragen, hebt sie hoch und läßt sie wie einen nassen Sack wieder zurück in den Stuhl fallen. Der Helm auf ihrem Kopf rutscht zur Seite, so daß sie noch absurder wirkt. Rolf merkt nicht, daß die Taxifahrer aufgewacht sind, sieht auch Murat nicht, der vorhin über den Fahrdamm gehuscht war und jetzt langsam näher kommt. Er hat nur einen haßerfüllten Blick für seine Mutter, von der er annimmt, daß sie nichts anderes im Sinn hat, als sein Glück zu zerstören. Glaub nur nicht, daß ich nicht den Mut habe, dich anzuzeigen, fährt er sie an, ich weiß, daß du das Glas mit dem Baumschneider besitzt. Ich habe es neulich bei dir gesehen.

Doras Hand greift in die Manteltasche nach der Gaspatrone. Da packt Rolf ein zweites Mal zu und schüttelt sie grob hin und her, als könnte dadurch das Glas zum Vorschein kommen.

Gib es her, droht er, eher lasse ich dich nicht los! Es ist ein jämmerlicher Ton, den Dora ausstößt und der sofort Murat alarmiert. Mit einem Griff hat er Rolf den Arm nach hinten gedreht.

Laß die Frau in Ruhe, sagt er, sonst hau ich dir die Fresse kaputt.

Wie auf Kommando steigen nun auch die Taxifahrer aus ihren Autos und kommen auf sie zu. Es sieht ganz so aus, als würde Rolf im nächsten Augenblick von allen dreien gewaltige Prügel einstecken müssen. Verzweifelt versucht er, sich aus Murats Griff zu befreien.

Sag doch was, Mutter, ruft Lilli, die schlagen Rolf sonst zusammen!

Laßt ihn in Frieden. Dora rückt den Helm auf ihrem Kopf zurecht. Laßt ihn laufen, er ist mein Sohn.

Was denn, so 'n feiner Pinkel? Und die Puppe is deine Tochter?

Dora hebt die Schultern, als müsse sie sich bei den Taxifahrern für ihre Kinder entschuldigen.

Murat stellt ihr liebevoll den wackligen Stuhl zurecht und schiebt den Kindersportwagen näher an sie heran.

Ich paß auf, flüstert er, Tag und Nacht, wie Sie sehen.

Die Taxifahrer ziehen sich in ihre Autos zurück, während Rolf und Lilli den günstigen Moment nutzen, um zu verschwinden. Erst in der Fasanenstraße bleiben sie stehen, und Lilli sieht zum zweiten Mal ihren erwachsenen Bruder weinen. Er schluchzt wie ein Kind, und die Tränen tropfen unaufhörlich auf den Kragen seines hellen Trenchcoats.

Was jetzt? fragt er, was soll ich denn noch machen?

Rose und ihren Eltern reinen Wein einschenken, sagt Lilli und nimmt seine Hand, etwas anderes wird dir wohl nicht übrigbleiben.

Langsam belebt sich der sonntägliche Ku'damm. Sie brauchen nur zu sagen, was Sie wollen, beginnt Murat ein Gespräch und will für Dora Kaffee holen. Aber sie schweigt beharrlich.

Sie haben keine guten Kinder, fährt er fort, hält aber sofort den Mund, als Dora ihn wütend ansieht.

Das geht dich nichts an, sagt sie, und jetzt laß mich in Ruhe.

Noch Stunden nach dem Besuch von Rolf und Lilli sitzt sie in unveränderter Haltung auf ihrem Gartenstuhl. Sogar die Patrone hält sie noch in der Manteltasche umklammert.

Um ein Haar hätte sie dem eigenen Sohn das Tränengas ins Gesicht gesprüht. Was für eine Mutter ist sie, und was für Kinder hat sie, daß nur Verachtung bleibt, Haß und Vergeltung.

Was weißt du denn von Liebe, hatte Rolf geschrien. Viel davon wußte sie wirklich nicht, hatte sie als Kind nur vom Großvater zu spüren bekommen und sich später immer nur danach gesehnt. Und weil sie so wenig von der Liebe verstand, hatte sie geglaubt, ihren Kindern mit Geld und Geschenken ein Paradies kaufen zu können. Das war ein verhängnisvoller Irrtum. Nun muß sie die Rechnung begleichen.

Aber wo soll sie hin? Es gibt keine andere Stadt, in deren Straßen sie sich so zu Hause fühlen könnte. Sie wüßte nicht, wo die Parks sind, die Kirchplätze, die Bänke zum Ausruhen und die Toiletten, wo man sich ungestört waschen kann. Niemand würde sie kennen, es gäbe keine Taxifahrer, die ein Auge auf sie haben, und schon lange keinen Murat, der bereit ist, sie zu beschützen.

Nur kurz kommt ihr der Gedanke, in ein anderes Land zu gehen, nach Italien zum Beispiel, nach Griechenland oder Spanien, und sich dort ein Haus zu kaufen. Aber die Vorstellung, wieder ein zivilisiertes Leben zu führen, treibt ihr den Angstschweiß auf die Stirn. Die einfachsten Dinge würden für sie zum Problem. Sie wüßte sich nicht mehr zu kleiden, wäre nicht mehr fähig, sich eine Wohnung einzurichten, geschweige denn darin zu leben.

Sie holt das Baumschneiderglas hervor, fühlt mit den Fingerkuppen jede Rille. Den Hut des Männleins, das Bäumchen und auch das Messerchen kann sie in seiner Winzigkeit ertasten, und langsam wird ihr dabei klar, daß sie sich von dem Glas trennen muß, wenn sie hier in Berlin bleiben will.

Ein Zurück gibt es nicht mehr, und der Atem fährt ihr flach aus dem Mund, als habe ihr letztes Stündlein geschlagen. Und weil es kein Zurück mehr gibt, muß sie auch die Vergangenheit aufgeben, Kalni und Kosten, die Weißbuche und die Erinnerung an den polnischen Jungen. Die Eltern wird sie aus dem Gedächtnis verlieren, Schotte und ihren so mühsam erlangten Reichtum. Die Kinder hat sie bereits verloren, die haben sich freiwillig aus ihrem Leben geschlichen und sind nur noch hinter dem Geld her, das sie auch eines Tages bekommen werden.

Die Freiheit, die Dora plötzlich zu spüren glaubt, ist von einer befremdlichen Leichtigkeit. Und als sie aufsteht, hat sie das Gefühl, getragen zu werden, an nichts gebunden, von niemandem zurückgehalten, hinein in eine andere Zeit, die sie nicht kennt.

Aber nichts trägt sie davon. Sie geht mit schweren Füßen und muß ihren schäbigen Kinderwagen vor sich herschieben, wie sie ihn immer vor sich hergeschoben hat.

Wie sie so ziellos durch die Gegend läuft, nicht den Kurfürstendamm entlang, sondern durch die stillen Querstraßen, hat sie die Vorstellung, die Kinder gingen neben ihr her. Lilli stumm mit ihren tippelnden Schritten und Rolf auf der anderen Seite, die Hände fest aneinander reibend, den Mund wutverzerrt, jeden Moment bereit, nach ihr zu schlagen.

Was wollt ihr von mir? murmelt Dora, wollt ihr mich umbringen?

Lilli kichert und tippt an ihre Stirn.

Das Glas, sagt Rolf, wir wollen das Glas und eine gerechte Strafe für dich, damit dein Affentheater auf der Straße ein für allemal ein Ende hat.

Ich habe nicht gewußt, daß der Schuß in die Dunkelheit das Kind getroffen hat. Warum glaubt ihr nicht mir, warum glaubt ihr den Polen?

Rolf und Lilli antworten nicht. Längst haben sie sich in Luft aufgelöst.

Am Ludwigkirchplatz ruht sich Dora auf einer Bank im Schatten des Backsteingebäudes aus und schläft ein. Als sei ihr im Traum eine Aufgabe erteilt worden, kramt sie beim Erwachen das Glas aus dem Mantel und beginnt es zu beschmutzen. Sie schmiert Sand, Dreck und Reste aus einer Colabüchse in die Gravur, spuckt darauf und macht dadurch den kunstvollen Schliff unkenntlich. Immer wieder überprüft sie, ob noch etwas von dem Baumschneider zu erkennen ist, läßt ihre Finger über sein Hütchen gleiten, über sein Gesicht und den Arm mit dem Messerchen. Schließlich klebt sie darauf hauchdünn einen Kaugummi, den sie unter dem Sitz der Bank entdeckt hat. Die ganze Zeit über hat sie auf das Stimmchen des Baumschneiders gewartet, auf seinen Protest, seinen Zorn oder Hilfeschrei. Aber er ist still geblieben, als sei er für immer und ewig tot.

Ich muß das machen, flüstert Dora, du bist der letzte aus meinem früheren Leben, von jetzt an zählt für mich keine Vergangenheit mehr. Auch wenn ich sie noch mit mir herumschleppe, so wird sie mir doch von

Tag zu Tag fremder. Ich muß neu anfangen und lernen, anders zu leben. Sie stopft dem Baumschneider das Maul und bringt ihn für immer zum Schweigen. Gegen Abend nimmt sie das verdreckte Glas, sauber verpackt in Zeitungspapier und in eine ihrer Tüten versteckt, mit in die Grolmanstraße.

Als ein paar Tage später Murat nach Feierabend wieder zur Stelle ist, weiß Dora im voraus, daß er auf eines der üblichen Geschenke wartet.

Ich habe nichts mehr, Murat, sagt sie, du hast alles bekommen, was ich dir bringen konnte.

Er wird rot im Gesicht und behauptet, daß er deshalb auch nicht da sei. Sie wisse doch, daß er nach ihr schaue, damit ihr nichts zustoße. Und um seine Enttäuschung zu verbergen, beginnt er von der bevorstehenden Hochzeit zu berichten. Ein ganzes Restaurant habe er gemietet, damit hundertfünfzig Freunde, Bekannte und Verwandte seine Gäste sein können.

Hundertfünfzig? fragt Dora fassungslos.

Murat bemerkt ihre Verständnislosigkeit nicht, geht ins Detail und erzählt voller Stolz, daß er eine Kapelle bestellt habe und alle hundertfünfzig Gäste essen und trinken sollten, soviel sie könnten, und daß für Elif das schönste und teuerste Brautkleid gerade gut genug sei. Bei dem Schmuck, den sie von der Familie bekäme, hätte er allerdings ein wenig mitgeholfen, denn die Eltern und Geschwister verdienten nicht soviel, daß sie sich die Goldreifen und die Halskette als Brautgeschenk allein leisten könnten.

Warum wirfst du dein Geld aus dem Fenster, hast du keine anderen Sorgen? fragt Dora und muß an ihre Kindheit und die Behauptung des Vaters denken, daß der Großvater auch alles Geld aus dem Fenster geworfen habe.

Bei uns ist das Tradition, sagt Murat empört.

Aber Dora gibt nicht nach, sieht den sinnlosen Luxus nicht ein.

Glaubst du, ich habe dir die ganzen Antiquitäten gebracht, damit du sie an einem Tag verjubelst? fragt sie böse, meinst du nicht, es wäre sinnvoller, das Geld zu sparen und eine ganz normale Hochzeit im Kreis der Familie zu feiern?

Sie verstehen das eben nicht, antwortet Murat leise, aber da fällt ihm Dora schon wieder ins Wort.

Wenn ich das gewußt hätte, und sie droht ihm mit dem Finger, hättest du von mir nichts bekommen. Dann hätte ich gleich alles meinen Kindern vermachen können.

Sie verstehen das eben nicht, wiederholt Murat, meine Großmutter, die versteht das, die freut sich mit mir. Aber ihr Deutschen, ihr wollt immer nur, daß man so wird wie ihr.

Und als er Dora verläßt, küßt er ihr zum ersten Mal zum Abschied nicht die Hand.

Der Streit mit Murat macht Dora zu schaffen. Sie hatte sich an seine Besuche gewöhnt, an sein Zutrauen und an seine Herzlichkeit. Sicher, er ist hauptsächlich der Antiquitäten wegen gekommen, aber sein Staunen und seine Freude hat sie das vergessen lassen, und mit der Zeit ist daraus eine Art Abhängigkeit entstanden, die sie sich erst jetzt nach ihrem Zorn über das bombastische Hochzeitsfest eingesteht.

Selbst als Stadtstreicherin hat sie sich noch in das Leben anderer eingemischt, hat es zu beeinflussen versucht. Und nun ist Murat aus der Reihe getanzt, beweist seine Dankbarkeit nicht durch Umsicht und Sparsamkeit, sondern kehrt den Krösus heraus, spielt auf ihre Kosten den Herrn Neureich und scheint größenwahnsinnig geworden zu sein. War es ihr also doch nicht egal, was Murat mit dem Geld machte, das er für ihre Antiquitäten bekommen hatte? Schwimmt sie etwa noch immer im alten Fahrwasser?

Sie ist sich auf die Spur gekommen, und plötzlich weiß sie, sie wird sich einen anderen Ort suchen müssen. Weg von dem Haus, dessen Anblick stets ein Rettungsanker für sie war, und weg von Murat, dessen Zuneigung sie sich mit Werten erkauft hat. Wo sie dann seßhaft werden könnte, weiß sie noch nicht. Vielleicht in der Konstanzerstraße beim Preußenpark. Da ist auch eine Toilette mit Waschgelegenheit, und zur Post in die Lietzenburgerstraße ist es nicht weit. Vielleicht wird sie sich auch überhaupt keinen festen Standort mehr suchen, um ständig unterm Himmel auf der Erde unterwegs zu sein.

Aber bevor sie ihren Stammplatz verläßt, muß sie Murat noch einmal sehen, muß sich bei ihm entschuldigen. Abend für Abend wartet sie. Er läßt sich nicht blicken, hat es offenbar auch aufgegeben, sie zu beschützen. Nach drei Tagen spricht sie einen der Müllmänner an.

Meinste den Türken, Oma?

Ja, sagt Dora, den meine ich.

Und was willste von dem?

Ich muß ihn sprechen. Und wie sie das sagt, ist wieder ihre alte Autorität zu spüren, die keinen Widerspruch duldet und der Folge zu leisten ist. Wir könn's ihm ja ausrichten, knurrt einer der Männer, während er knallend den Müllcontainer über die Straße zieht.

Schon von weitem sieht Dora am Abend Murat über die Uhlandstraße auf sie zukommen. Er läßt sich viel Zeit und macht eher den Eindruck, als wolle er jeden Augenblick wieder umkehren. Dora sitzt, die Sonnenbrille auf der Nase, fest an die Rückenlehne gepreßt, die Arme ineinandergeschoben und ein Bein über das andere geschlagen, in ihrem Stuhl. Endlich bleibt er ohne ein Lächeln vor ihr stehen.

Es ist gut, daß du gekommen bist, sagt Dora und nimmt die Brille ab, ich möchte mich bei dir entschuldigen.

Murat muß lachen. Er ist es nicht gewohnt, daß sich eine Deutsche bei ihm entschuldigt, auch wenn es nur eine verrückte Alte ist.

Schon gut, sagt er verlegen und weiß nicht so recht, warum sie ihn herbestellt hat. Nur in seinen Augen glaubt sie ein kleines Leuchten zu sehen, das sie schon kennt und das ihm jedesmal in die Augen schießt, wenn er glaubt, ein Geschenk von ihr zu bekommen.

Komm her, sagt sie und kramt in einer der Tüten, komm her, ich habe ein Hochzeitsgeschenk für dich.

Ihre Stimme ist zittrig und leise, so daß Murat nicht richtig versteht, was sie ihm sagt.

Du mußt vorsichtig damit umgehen und es gründlich waschen. Schenk es deiner Frau und hebt es für eure Kinder später auf.

Murat, der mit einer weiteren Antiquität nicht mehr gerechnet hat, kann gar nicht schnell genug das Zeitungspapier auseinanderreißen. Aber als er das völlig verdreckte und unkenntliche Baumschneiderglas in den Händen hält, wechselt sein Gesichtsausdruck von grenzenloser Enttäuschung in blinde Wut.

Mit mir nicht, sagt er, mit mir nicht. Ich laß mich von Ihnen nicht verarschen.

Er hebt den Arm und knallt das Baumschneiderglas gegen die Kante des Bürgersteigs. Mit einem ganz zarten Klang zerspringt es in tausend Splitter, die den Rinnstein überdecken und im angehenden Lampenlicht zu glitzern beginnen.

Dora hat die Augen geschlossen. Erst als Murat weg ist, steht sie auf. Wie leicht ihre Füße auf einmal sind. Sie hat die tröstliche Gewißheit, daß sie nichts mehr festhält, keine Vergangenheit, keine Gegenwart, keine Zukunft. Nur den zarten Klang des splitternden Baumschneiderglases hört sie noch, und sie weiß, daß er sich für immer in ihren Ohren festsetzen wird.

Leonie Ossowski

Neben der Zärtlichkeit

Roman

202 Seiten, gebunden

Wolfsbeeren

Roman

478 Seiten, gebunden

Holunderzeit

Roman

432 Seiten, gebunden

Die Maklerin

Roman

304 Seiten, gebunden